UNSERE KOMPLIZIERTE LIEBE

TUCKER SPRINGS 4

L.A. WITT

Übersetzt von
JUTTA E. REITBAUER

Copyright Information

Unsere komplizierte Liebe

It's Complicated (Tucker Springs 4)

Deutsche Ausgabe der dritten englischen Auflage

Copyright © 2014, 2019, 2023 L. A. Witt

Erste Auflage veröffentlicht von Riptide Publishing, 2014-2018

Zweite Auflage veröffentlicht von Dreamspinner Press, 2019

Übersetzung von Jutta E. Reitbauer

Cover Art von Reese Dante

ISBN E-Book: 978-1-64230-204-2

ISBN Taschenbuch: 978-1-64230-181-6

❀ Erstellt mit Vellum

UNSERE KOMPLIZIERTE LIEBE

Nach ihrer x-ten Krise leben Brad Sweeney und Jeff Hayden getrennt und möchten noch einmal ganz von vorne anfangen. Am Morgen nach einem vielversprechenden neuen ersten Date sind sie optimistischer denn je, dass es dieses Mal klappen wird.

Bis Jeffs Ex-Frau und Geschäftspartnerin anruft und verkündet, dass sie schwanger ist ... mit Jeffs Baby.

Brad konkurriert bereits mit einem anspruchsvollen Job um Jeffs Zeit. Jetzt ist auch noch ein Baby unterwegs und er befürchtet, dass Jeff immer noch Gefühle für die Frau hat, die sein Kind bekommt.

Jeff versucht verzweifelt, alles in seinem Leben im Griff zu behalten, aber noch bevor er die Neuigkeit, dass er Vater wird, wirklich verinnerlichen kann, verkündet seine Ex, dass sie Tucker Springs verlassen will. Jetzt muss er entweder ihre Rolle in der Firma übernehmen, während er das Baby regelmäßig in Denver abholt oder besucht, oder er muss den Standort seines Geschäfts – und seinen Wohnsitz – zu seiner Ex verlegen.

Brad und Jeff wussten, dass eine Versöhnung nicht

einfach sein würde, aber ihnen geht schnell der Spielraum für Kompromisse aus. Und früher oder später muss sich etwas Grundlegendes ändern.

Dieses Buch ist der vierte Band der Tucker-Springs-Reihe *und kann als eigenständiger Roman gelesen werden.*

KAPITEL 1

BRAD

Ich dachte, ich wäre bei unserem ersten *Date nervös gewesen.*

Und das stimmte auch. Gott, ich war ein Wrack gewesen. Aber heute Abend? Als ich vor dem Restaurant im Auto saß und mit den Daumen auf das Lenkrad trommelte, während ich dazwischen mit meinem Freund Nathan simste, beschrieb *nervliches Wrack* meinen Zustand nicht mal ansatzweise. Vier Jahre, ein paar Trennungen und mehr als ein Jahr des Kampfes, um unsere verkorkste Beziehung zu retten – inklusive mehrerer Fehlstarts –, hatten zu diesem Abend geführt.

Selbst wenn es nicht perfekt läuft, verkündete mein ehemaliger Mitbewohner Nathan weise in einer weiteren Textnachricht, *was soll's? Ihr habt zu lange versucht, es hinzubiegen, als dass eine Nacht es vermasseln könnte.*

Wahrscheinlich hatte er recht. Wenn eine Nacht dieser Beziehung den Todesstoß versetzen könnte, wären wir schon längst Geschichte. Vorausgesetzt natürlich, dass dies nicht der Tropfen war, der das Fass zum Überlaufen brachte ...

So darfst du nicht denken, rief ich mir ein weiteres Mal in Erinnerung.

Ich schrieb Nathan zurück: *OK. Er wird bald hier sein. Ich gehe jetzt rein.*

Mein Daumen schwebte über dem Button, als ob die Nachricht mich verpflichten würde, auszusteigen und ins Restaurant zu gehen, aber dann biss ich in den sauren Apfel und drückte auf *Senden*. Sobald die Nachricht abgeschickt war, stieg ich aus dem Auto, richtete mein Sakko und ging hinein.

Ich war vorher noch nie hier gewesen. Jeff auch nicht. Wir waren uns einig, dass es gut wäre, an einem neuen Ort, auf unbekanntem Terrain von vorne anzufangen – ein Neuanfang in jeder Hinsicht. Außerdem konnten wir nicht mehr in das Restaurant gehen, in dem wir unsere allererste Verabredung gehabt hatten. Letztes Jahr war es abgerissen worden, um einem Hipster-Bistro mit einer veganen Speisekarte und Poetry Slams Platz zu machen.

Also hatten wir uns auf das Whitewater Grill geeinigt. Laut Nathan behauptete sein Chef mit Nachdruck, dass es gut sei und dass die Rippchen absolut spektakulär seien. Wir würden es wohl bald herausfinden.

Das Restaurant war schwach beleuchtet, fast völlig dunkel bis auf die flackernden Kerzen an jedem der kleinen, intimen Tische. Es war zwar nicht förmlich, aber so vornehm, dass ich froh war, mich für ein Sakko entschieden zu haben.

Eine hübsche Brünette in einer blütenweißen Bluse lächelte mich hinter dem Pult der Empfangsdame an. „Kann ich Ihnen helfen, Sir?"

„Ich ... Ja. Ich habe eine Reservierung für zwei Personen um sieben Uhr." Wann war mein Mund trocken geworden? „Brad Sweeney."

Sie suchte die Reservierung in ihrer Liste, führte mich zu einem Tisch bei den Fenstern auf der anderen Seite des Restaurants und versprach, Jeff zu mir zu schicken, sobald er da war. Nachdem sie gegangen war, schlug ich eine der in Leder gebundenen Speisekarten auf, sah mir die Vorspeisen an und warf zwischendurch immer wieder einen Blick auf die Eingangstür.

Mein Handy vibrierte. Dieses Mal war die Nachricht nicht von Nathan.

Bin auf dem Weg. Werde ca. 15 min Verspätung haben.

Nur eine Viertelstunde? Nicht schlecht.

Ich bin schon hier, schrieb ich zurück. *Soll ich Wein bestellen?*

Ungefähr eine Minute später: *Nimm einen roten :-) Bin gleich da.*

Mit einem Lächeln griff ich nach der Weinkarte. Er war also wirklich auf dem Weg hierher. Sonst hätte er mir gesagt, dass ich warten sollte. Er würde bald hier sein.

Oh Gott. Er würde bald hier sein, nicht wahr?

Ich nahm einen Schluck Eiswasser. Als die Kellnerin vorbeikam, bestellte ich eine Flasche Cabernet Sauvignon. Und ein weiteres Glas Wasser. Dann noch eines, nachdem sie den Wein gebracht und mir präsentiert hatte.

Ich schloss die Augen und nahm einige langsame, tiefe Atemzüge. Ich überreagierte. Es war ja nicht das erste Date mit einem Fremden, der vielleicht gar nicht so war, wie er sich in seinem Online-Profil darstellte oder von einem wohlmeinenden gemeinsamen Freund beschrieben wurde. Wir kannten uns. Zum Teufel, wir kannten sogar schon die nervigen Macken und Angewohnheiten des anderen. Es gab keinen Grund, wie bei einem üblichen ersten Date zu prahlen und sich von seiner besten Seite zu zeigen, auch wenn mein flatternder Magen etwas anderes behauptete.

Wenn überhaupt, dann war das nur eine Formalität. Wir gingen zum Essen aus, um den ersten Abend unseres neuen Versuchs zu feiern. *Wieder mal.* Also überhaupt kein Druck oder so.

Nein, überhaupt kein Druck.

Scheiße.

Die Luft im Raum veränderte sich mit dem Öffnen und Schließen der Eingangstür. Ich schaute hin und mein Gott, er war hier.

Es war verdammt gut, dass mein – unser – Tisch auf der gegenüberliegenden Seite des Raumes stand. Ich brauchte einen Moment, um mich an seinen Anblick zu gewöhnen, und das lag nicht nur an meinen Nerven. Nicht dieses Mal. Wir waren nicht für eine Konfrontation hier, und ihn so zu sehen, als mein Date und nicht als meinen Gegner, erinnerte mich an den Abend, an dem wir uns kennengelernt hatten. Als er den überfüllten Raum durchquerte, mit einem schwarzen Blazer, der sich an seine Schultern schmiegte, und einer engen, perfekt sitzenden Jeans sah er genauso aus wie der blonde, blauäugige Augenschmaus, der mich auf der Party vor ein paar Jahren fast meinen Drink hätte fallen lassen. Ein bisschen nervös, ein bisschen groß-spurig und jede Menge *Oh fuck, bitte sag mir, dass ich ihn mir nicht einbilde.*

Als er ein paar Schritte entfernt war, stand ich auf und war mir nicht einmal sicher, wie das Protokoll hier aussah. Ein platonischer Händedruck, als ob wir wirklich Fremde wären? Eine Umarmung? Verdammt, ich war wirklich mies darin.

Jeff lächelte, legte ohne das geringste Zögern seine Hand auf meine Taille und küsste mich auf die Wange. „Tut mir leid, dass ich zu spät bin."

Ich lachte trotz meiner Nervosität. „Du bist immer zu spät."

Seine Wangen färbten sich in dem schwachen Licht. „Ich hatte wirklich vor, heute pünktlich hier zu sein."

Ich zuckte mit den Schultern und bedeutete ihm, sich zu setzen. Als wir Platz genommen hatten, fragte ich: „Bist du in der Firma aufgehalten worden?"

„Ja. Aber wir bilden Tim zu unserem neuen stellvertretenden Manager aus, also wird das hoffentlich nicht mehr so oft vorkommen."

Die Hoffnung stirbt zuletzt, oder?

Unsere Blicke trafen sich und wir lächelten beide. Dann nahmen wir die Speisekarten in die Hand und sahen sie durch, obwohl ich sie schon achtundsiebzig Mal durchgelesen hatte und genau wusste, was ich wollte. Wenigstens hatte ich etwas zu tun, während ich mich an den Gedanken gewöhnte, dass Jeff auf der anderen Seite des Tisches saß.

Jeff entschied sich für ein Gericht und wir klappten beide unsere Karten zu. Als die Kellnerin zurückkam, bestellten wir und dann war sie weg ... mit den Speisekarten, sodass uns nichts als eine Flasche Wein blieb, um uns abzulenken.

Wo zum Teufel sollten wir überhaupt anfangen? Bei unserem wirklichen ersten Date waren wir sofort Feuer und Flamme gewesen und unterhielten uns von dem Moment an, an dem wir Platz nahmen, bis uns der Manager eine halbe Stunde nach Sperrstunde hinauswarf. Heute Abend? Betretenes Schweigen.

„Also." Jeff räusperte sich. „Ich, äh, nehme an, wir müssen nicht wie üblich über Hobbys, Lieblingsfilme und so was reden."

Ich lachte. „Nein, ich glaube, das haben wir schon hinter uns."

„Ja." Seine Augenbrauen zuckten nach oben. Die unausgesprochene Frage *Worüber sollen wir dann reden?* trug nicht dazu bei, die Nervosität in meiner Magengrube zu lindern.

Während das flackernde Kerzenlicht über seine Züge huschte, schauten wir uns in die Augen. Es war seltsam, ihn so zu sehen. In den letzten Monaten ging es bei jedem gemeinsamen Abendessen darum, diese Beziehung am Leben zu erhalten, und die Spannung zwischen uns hatte an eine Vertragsverhandlung erinnert. Heute Abend jedoch waren wir unter anderen Bedingungen hier. Aber wo zum Teufel sollten wir anfangen?

„Also, wie läuft es denn so in der Firma?" Ich war nicht scharf darauf, beim Essen über die Arbeit zu reden, schon gar nicht über dieses verdammte Geschäft, aber es war immerhin etwas.

Jeff fuhr mit einem Finger an der Kante des Tischsets entlang. „Es gibt viel zu tun. Und es ist ein bisschen verrückt, seit ich meine Arbeitszeiten angepasst habe."

„Ach ja? Wie geht es dir damit?"

Er zuckte mit den Schultern. „Es geht schon. Ich bilde einen der Jungs aus, der sich um –" Er senkte den Blick und lachte ein wenig, während seine Wangen rot anliefen. „Das habe ich doch schon erzählt, oder?" Bevor ich antworten konnte, räusperte er sich. „Jedenfalls übernimmt Tim immer mehr Aufgaben und ich esse an meinem Schreibtisch zu Mittag, damit ich nebenbei ein paar Dinge erledigen kann."

„Jeff." Ich musterte ihn. „Deine Arbeitszeit zu verkürzen, bedeutet nicht, dass du deine Pausen streichen musst."

Er schüttelte den Kopf. „Nein, so schlimm ist es nicht. Ich kümmere mich nur um so Sachen wie E-Mails und Rechnungen."

„Solange du dich nicht umbringst."

„Tue ich nicht." Er lächelte. „Versprochen. Ich schraube die Dinge zurück. Obwohl die Reduzierung meiner Arbeitszeit komisch war. Nicht schlecht, aber komisch."

„Es hat Christine also nichts ausgemacht?"

Jeff schüttelte den Kopf. „Nein, sie hat es verstanden. Tatsächlich macht sie das Gleiche. Ich meine, ich hätte sie in einer Million Jahren nicht davon überzeugen können, weniger als sechzig Stunden pro Woche zu arbeiten, aber sie hat jetzt jede Woche einen ganzen Tag frei, was nicht verhandelbar ist."

„Das ist gut zu hören. Sie braucht das."

„Ja. Und sobald Tim bereit ist, können sie und ich unseren Einsatz noch weiter zurückschrauben." Seine Stirn legte sich in Falten. „Es wird einige Zeit dauern, aber ich versuche es. Ich verspreche es."

„Ich weiß." Ich lächelte. „Du kannst dein Leben nicht von heute auf morgen komplett umkrempeln."

Jeffs lange Arbeitstage waren einer von vielen Streitpunkten, und Gott segne den Mann, er hatte sich verdammt viel Mühe gegeben, weniger Zeit auf der Arbeit zu verbringen. Ich hatte volles Verständnis dafür, dass der Besitz eines Unternehmens eine enorme zeitliche Belastung mit sich brachte, aber selbst er war der Meinung, dass wir eine bessere Chance auf eine funktionierende Beziehung hatten, wenn er nicht um Mitternacht nach Hause kam und um sechs Uhr morgens wieder gehen musste.

Er griff nach seinem Weinglas. „Also, wie läuft's denn – Was zum Teufel?" Er schob eine Hand in seine Tasche und kaum hatte er sein Handy herausgeholt, erkannte ich Christines unverwechselbaren Klingelton. Er starrte finster auf das Display und murmelte: „Verdammt noch mal, Chris. Ist das dein Ernst?"

Ich nahm mein Glas in die Hand und schwenkte langsam meinen Wein. „Wenn du rangehen willst, nur zu."

Jeff schüttelte den Kopf und lehnte den Anruf ab. „Nein. Ich möchte, dass mein Job uns weniger reinpfuscht. Das fängt heute Abend an." Er hantierte wieder mit dem Handy, stellte es wahrscheinlich auf lautlos und steckte es zurück in seine Tasche.

„Aber was ist, wenn Christine –"

„Nein." Jeff hob eine Hand. „Sie weiß es. Sie versteht es."

„Aber sie hat gerade versucht, dich anzurufen."

„Was auch immer es ist, sie wird allein damit klarkommen." Er zeigte eines dieser verschmitzten Grinsen, bei denen ich immer schwach wurde. „Und wenn nicht, wird sie mich anschreien, wenn ich am Sonntag in die Firma komme."

Ich lachte. „Daran zweifele ich nicht im Geringsten." Wir wussten beide, dass sie ihn nicht wirklich anschreien würde – kein anderes Ex-Ehepaar auf der Welt, egal ob Geschäftspartner oder nicht, konnte die Dinge so ruhig ausdiskutieren wie Jeff und Christine –, aber sie würde ihn sicher wissen lassen, wenn sie unzufrieden war.

„Wie dem auch sei." Jeffs Hand schaffte es diesmal bis zu seinem Weinglas. „Wie ich gerade fragen wollte, bevor wir unhöflich unterbrochen wurden: Wie läuft's denn so auf der Arbeit?"

„Ach, du weißt schon. Der übliche Scheiß im Einzelhandel. Obwohl neulich ..."

WIE BEI UNSERER ERSTEN VERABREDUNG redeten wir noch lange, nachdem wir aufgegessen hatten. Wir waren ineinander vertieft und genossen diese leichte, entspannte Unterhaltung nach monatelangem Streit und kaltem Schweigen, und keiner von uns schien es eilig zu haben, aufzuhören.

Ich wollte nicht, dass dieser Abend zu Ende war. Zum Teil, weil es so gut war, wieder so mit Jeff zusammen zu sein, aber zugegebenermaßen war da noch ein bisschen mehr als das. Wir befanden uns in einer seltsamen Schwebe zwischen Beziehung und Nicht-Beziehung, zwischen etwas völlig Neuem und etwas, an das wir uns schon vor langer Zeit gewöhnt hatten, und keiner von uns kannte wirklich die Regeln. Wir hatten schlussendlich herausgefunden, wie wir den Abend beginnen sollten, aber wie in aller Welt sollten wir ihn beenden?

Erste Dates waren normalerweise etwas, bei dem man spontane Entscheidungen traf. Ein Kuss? Ein Händedruck? Ein Blowjob auf dem Rücksitz? Am nächsten Morgen zusammen aufwachen? Das war der halbe Spaß eines ersten Dates – alles war möglich.

Doch Jeff und ich mussten die Dinge ein wenig behutsamer angehen. Abgesehen von einer kurzen platonischen Umarmung bei jedem Abschied und dem Kuss auf die Wange vorhin hatten wir uns seit Monaten nicht mehr berührt. Sex verwischte die Grenzen und machte alles komplizierter. Ich wollte nicht mit ihm ins Bett steigen und der Versuchung erliegen, bei ihm zu bleiben, nur weil der Sex gut war, also hatten wir körperliche Distanz gehalten, während wir versuchten, einander emotional wieder näherzukommen. Wir waren beide zuvor in unglücklichen Beziehungen geblieben, weil wir den Sex genossen, und wir hatten es beide bereut. Diesmal nicht. Kein Sex, bis wir alles andere geklärt hatten.

Aber als wir uns über den Tisch hinweg ansahen und

über den Rand unserer Weingläser miteinander lachten, während wir uns über die Stellen beugten, an denen unsere Teller wenige Stunden zuvor gestanden hatten, war ich in Versuchung. Heilige Scheiße, war ich in Versuchung. Ich hatte vergessen, wie seine blauen Augen mir schneller den Kopf verdrehen konnten als der Wein in meinem Glas.

Und als er über den Tisch griff und seine Hand auf meine legte, war die Wirkung wie ein Magnet auf einer Festplatte. Mein Verstand war völlig leer gewischt. Worüber auch immer wir gerade geredet hatten – es war weg.

Jeff sah auf unsere Hände hinunter und zog seine schnell zurück. „Tut mir leid", murmelte er und langte nach seinem Weinglas.

Muss es nicht.

„Es ist okay." Ich lächelte und hoffte bei Gott, dass er mein Herzklopfen nicht hören konnte und dass er nicht plötzlich einen Röntgenblick entwickelt hatte, der ihn durch den Tisch hindurch sehen ließ, welche Wirkung diese schlichte Berührung auf mich hatte. „Alte Gewohnheiten lassen sich nur schwer ablegen, oder?"

„Ja." Er lachte, auch wenn es gezwungen klang. „Ich schätze, da hast du recht." Er brach den Blickkontakt ab, räusperte sich und schaute auf etwas hinter mir. „Ich glaube, wir sollten besser gehen." Er schmunzelte. „Unsere Kellnerin hat in den letzten fünf Minuten ungefähr sechs Mal auf die Uhr geschaut. Ich glaube, die arme Frau will nach Hause."

„Oh. Ist es schon so spät?" Meinem Handy zufolge war es fast elf. „Wow. Ja, ich denke, wir sollten gehen."

Jeff winkte die Kellnerin her und bat um die Rechnung, und während wir warteten, sah er mich wieder an und lächelte. „Ich schätze, das ist der Moment, in dem ich dir erzähle, dass ich viel Spaß hatte, und dich nervös frage, ob wir das wiederholen können."

Ich grinste. „Heißt das, dass das jetzt der Teil ist, in dem ich mich schüchtern gebe und dir sage, dass du mich später diese Woche anrufen sollst, damit du dir überlegen musst, wo die Grenze zwischen zu früh und zu spät liegt?"

Jeff lachte, was nicht viel dazu beitrug, meine Gedanken zu entwirren. „Im Ernst, ich denke, heute Abend war ein guter Anfang. Wir sollten das, ähm, wirklich wiederholen."

„Das sollten wir." Erleichterung durchströmte mich, auch wenn seine Bemerkung eine ganz neue Art von Nervosität auslöste. Ja, wir hatten es schon einmal geschafft, mit Bravour bestanden und nicht wieder alles vermasselt, aber würden wir es auch ein zweites Mal schaffen? Es gab nur einen Weg, das herauszufinden. „Ich habe alle Abende frei, wenn ich nicht gerade eine Schicht bis Ladenschluss habe. Sag mir, wann und wo."

„Wir werden einen Abend finden."

Wir teilten uns die Rechnung und gaben jeder ein großzügiges Trinkgeld, weil wir den Tisch so lange besetzt hatten. Der Restaurantmanager schloss die Tür hinter uns ab, nachdem wir draußen waren, und Jeff und ich gingen schweigend die Holztreppe hinunter auf den nahezu leeren Parkplatz.

Wir waren auf halbem Weg zu unseren Autos – sein Pick-up stand zwei Plätze weiter als mein Toyota Camry –, als er stehen blieb.

Ich hielt ebenfalls an und drehte mich zu ihm um, weil ich dachte, dass er vielleicht seine Schlüssel oder sein Handy drinnen vergessen hatte. Wäre nicht das erste Mal, und ein wenig verspielte Nostalgie zauberte ein Lächeln auf meine Lippen, als ich mich an diesen Running Gag erinnerte. Fast hätte ich gefragt: *Was hast du dieses Mal vergessen?*

Aber dann merkte ich, dass er nicht in seinen Taschen kramte und nirgendwo anders hinschaute als direkt zu mir. Als er tief einatmete, einer dieser langsamen und bedächtigen Atemzüge, die bedeuteten, dass er gleich etwas Wichtiges sagen würde, schlug mein Magen einen Salto.

„Hör zu, ich …" Sein Blick huschte auf den Boden zwischen uns und richtete sich dann wieder auf mich. „Es war mein Ernst, was ich da drin gesagt habe. Ich will dich wirklich wiedersehen."

Ich schluckte. „Ich dich auch."

Kies knirschte unter seinen Füßen, als er das Gewicht verlagerte. „Es gibt da ein neues Lokal in der Nähe einer der Universitäten. Ein indisches Restaurant. Ich, äh, ich habe gehört, dass es ziemlich gut sein soll. Vielleicht könnten wir es ja mal ausprobieren?"

„Ich glaube, ich habe auch davon gehört. Lass uns hingehen."

„Wann passt es dir?"

Je früher, desto besser. Ich versuchte, nicht zu zappeln, aber es fiel mir schwer. „Was hast du am Wochenende vor?"

„Ich muss am Sonntag arbeiten, aber sonst …"

„Das ist mein freies Wochenende. Vielleicht können wir morgen Abend dieses Lokal ausprobieren?"

„Gute Idee." Er lächelte. Dann sackten seine Schultern ein wenig nach unten. „Also, was heute Abend angeht, sollen wir …" Er wandte den Blick ab und räusperte sich.

„Hm?"

Jeff nahm die Schultern zurück und sah mir wieder in die Augen. „Da wir von vorne anfangen und dies genau genommen als unser erstes Date gilt, heißt das, dass wir auch einen weiteren ersten Kuss bekommen?"

Schlagartig verließ die ganze Luft meine Lunge. „Ich, äh, schätze, wir können unsere eigenen Regeln machen. Wenn wir einen wollen, dann ..."

Er hielt meinen Blick fest. Dann verringerte er den Abstand zwischen uns um einen halben Schritt, was meinen Puls in die Höhe schnellen ließ. „Dann stelle ich vielleicht die falsche Frage."

Ich schluckte. „Was solltest du dann fragen?"

Seine Hand kam in mein peripheres Blickfeld, näherte sich langsam und vorsichtig meinem Gesicht und ich konnte nirgendwo anders hinschauen als direkt zu Jeff, bis seine Fingerspitzen meine Wange berührten und ich die Augen schloss.

„Ich schätze, ich sollte fragen ..." Sein Daumen zog einen sanften Bogen über meinen Wangenknochen. „Ich sollte ..."

Ich öffnete die Augen und schaute in seine. *Frag einfach. Ich verspreche, dass ich Ja sagen werde.*

Er fragte nicht.

Er zog mich an sich, drückte seine Lippen auf meine und stellte meine Welt auf den Kopf.

KAPITEL 2

JEFF

Als Brad sich in meinem Kuss entspannte, befand sich meine Welt zum ersten Mal seit Monaten wieder im Gleichgewicht. Ihn auf Abstand zu halten, hatte sich nie richtig angefühlt, nicht einmal, als wir allein den Anblick des anderen kaum ertragen konnten. Das hier war perfekt. Seine Finger in meinem Haar, seine Lippen, die sich für meine Zunge öffneten – perfekt.

Ich schlang einen Arm um seine Taille und zog ihn näher an mich. Als seine Hände unter meinen Blazer und auf meinen Rücken glitten, atmete ich durch die Nase aus und vertiefte den Kuss.

Heilige Scheiße. Es war genau so, wie ein erster Kuss sein sollte – ein bisschen zaghaft, aber enthusiastisch. Langsam, damit wir die Berührung und den Geschmack auskosten konnten, aber mit gerade genug Zittern in unseren Händen, um zu verraten, wie weit es noch gehen könnte. Er hatte die Aufregung von etwas Neuem und Unerforschtem und das unglaublich tiefe Gefühl der Erleichterung, die damit einherging, dass wir an einen Ort zurückkehrten, den wir nie hätten verlassen sollen. *Perfekt.*

Als sein Blick meinen traf, waren seine Lider schwer. Bis zu diesem Zeitpunkt waren meine Knie in Ordnung gewesen, aber jetzt waren sie nicht mehr ganz so stabil. Es war viel zu lange her, dass er diese Wirkung auf mich gehabt hatte, und ich saugte alles auf und liebte jede Sekunde, in der mir von Brads Kuss und seinen Berührungen schwindelig wurde.

Er lächelte und sah genauso halbtrunken aus, wie ich mich fühlte. „Und was machen wir jetzt?"

„Es gibt nur eins, was wir tun können."

„Ach ja?"

„Ja", flüsterte ich. „Komm mit mir nach Hause."

Brad richtete sich ein wenig auf, obwohl er unmöglich glauben konnte, dass ich etwas anderes im Sinn hatte.

„Was ist los?"

„Ich ..." Er schluckte. „Das soll unser Neuanfang sein. Wir wollten es langsam angehen lassen."

Ich grinste verspielt. „Wir haben es bei unserem *ersten* ersten Date auch nicht viel langsamer angehen lassen."

Brad lachte. „Okay, stimmt. Aber bist du dir sicher?"

Ich strich mit meiner Hand seinen Rücken hinunter und zog ihn an mich, um ihn spüren zu lassen, wie sicher ich war. „Ich mache dir Frühstück."

Er schmunzelte. „Du bestichst mich mit deinen Kochkünsten?"

„Funktioniert es?"

Brad fuhr sich mit der Zungenspitze über die Lippen. „Ich hatte mich schon entschieden." Er küsste mich. „Deine Kochkünste sind nur ein Bonus. Brechen wir auf."

Nichts außer dem Versprechen auf eine gemeinsame Nacht hätte mich in diesem Moment von ihm losreißen können. Nach einem kurzen Kuss marschierten wir zu unseren jeweiligen Autos.

Ich war mir sicher, dass ich einen Unfall bauen würde, wenn ich weiterhin alle fünf Meter in den Rückspiegel schaute, aber ich konnte einfach nicht aufhören, mich zu vergewissern, dass sein Wagen noch da war. Aber er war es. Die vertrauten Scheinwerfer blieben in einem sicheren Abstand hinter mir, drehten sich jedes Mal, wenn ich abbog, und folgten mir immer näher und näher zu dem Haus, das wir uns einst geteilt hatten.

Nervosität und Erregung waren gleichermaßen dafür verantwortlich, dass ich das Lenkrad so fest umklammerte. Dass wir einander wollten, war nie ein Thema gewesen. Sex war das Einzige, was wir von Anfang an richtig gemacht hatten, und es war das Letzte, was wir aufgegeben hatten, als die Dinge wirklich schlecht liefen. Ich hatte mir geschworen, sollten wir erneut zusammenkommen, würden wir es langsam angehen und uns erst mal daran gewöhnen, wieder ein Paar zu sein, bevor wir miteinander ins Bett gingen, aber verdammt, das war leichter gesagt als getan. Im Moment fühlte ich mich ihm so nah wie seit Monaten nicht mehr, und ich konnte mir nicht vorstellen, dass der heutige Abend anders enden würde, als dass wir uns so nah wie menschenmöglich kamen.

Mein Herz schlug von Sekunde zu Sekunde schneller, als ich in die Einfahrt einbog. Mein Ständer hatte nicht die ganze Fahrt über gehalten, aber jetzt erwachte er wieder zum Leben. Ich hielt wie üblich vor der Garage und Brad parkte daneben auf dem Platz, der ihm gehört hatte, bevor er ausgezogen war. Sein Auto auf diesem Parkplatz zu sehen, der so lange leer gestanden hatte, war seltsam vertraut und fremd zugleich, aber dieser Gedanke verschwand schlagartig aus meinem Kopf, als sich unsere Blicke über dem Dach seines Autos trafen. Wenn mein

Schwanz zu diesem Zeitpunkt nicht schon hart gewesen wäre, wäre er es binnen kürzester Zeit geworden.

Wir waren hier. Wir waren *zu Hause.*

Ohne ein Wort zu sagen, gingen wir über den Betonweg zur Haustür. Wir sahen uns an und grinsten, und vor lauter Vorfreude stolperte ich fast über meine eigenen Füße und fragte mich, ob wir überhaupt in die Nähe des Schlafzimmers kommen würden, bevor wir nachgaben und –

Brad presste mich gegen die Tür, die wir so oft zugeknallt hatten. Er legte seine Hände auf meine Schultern, nagelte mich dort fest und küsste mich, und verdammt, auch er war hart. Er war fast nie so aggressiv. Es sei denn, er wollte es wirklich, *wirklich.* Oh mein Gott, das würde eine *dieser* Nächte werden. Eine dieser Nächte, in denen man die Nummer des Rettungsdienstes auf der Kurzwahltaste bereithielt.

„Lass uns reingehen", murmelte ich an seinen Lippen.

Er küsste mich härter, zog sich dann aber so weit zurück, dass ich mich umdrehen und wenigstens versuchen konnte, das Schloss aufzusperren. Keine Chance, wenn er mich so auf den Nacken küsste. Und meine Hüften festhielt und seinen Schwanz an meinem Hintern rieb.

„Brad ..." Ich lehnte die Stirn an die Tür, die kühle Oberfläche ein Schock im Vergleich zu der Hitze seines Körpers. „Wir müssen ..."

„Was ist denn los?", zog er mich auf und sein warmer Atem kitzelte meinen Nacken. „Hast du Probleme, dich zu konzentrieren?" Wie zur Betonung drückte er seinen Schwanz noch fester an mich.

„Nur ein bisschen. Fuck ..."

Er lachte leise und wich dann ein wenig zurück. Irgendwie fand ich heraus, was ich mit meinem Schlüssel machen musste, und schaffte es, das Schloss zu öffnen.

Kaum waren wir drinnen, trat Brad die Tür hinter uns zu, packte mein Hemd und zog mich in einen weiteren Kuss. Wir prallten gegen die Couch. Die Wand. Gegen alles. Ich ließ meine Schlüssel irgendwo in der Nähe der Tür fallen und wir verloren beide unsere Schuhe, noch bevor wir den Vorraum hinter uns gelassen hatten.

Wir küssten uns, zerrten an den Klamotten des anderen, stolperten über unsere Füße auf unserem Weg durch die Küche, in der wir uns schon so oft Schreiduelle geliefert hatten. Den Flur hinunter, wo wir uns früher in kaltem Schweigen begegnet waren. In das Bett, das wir einst geteilt hatten, wenn es gut lief und wenn unsere Beziehung am seidenen Faden hing.

Brad landete auf dem Rücken und zog mich auf sich. Wir hatten uns nicht einmal die Mühe gemacht, uns auszuziehen. Sein Sakko war irgendwann verschwunden, aber ansonsten waren wir beide noch vollständig bekleidet, und es war mir völlig egal. Irgendwann würden die Klamotten schon runterkommen. Alles, was zählte, war, dass ich mich völlig in Brads Kuss verlor.

Obwohl wir unsere Beziehung kolossal in den Sand gesetzt und dabei fast unsere Freundschaft zerstört hatten, war dies das Einzige, was wir immer richtig gemacht hatten. Von der ersten Nacht an war es perfekt gewesen, und heute Abend unterstrich jede Berührung – sanft, wild, weich, hart –, wie viel jetzt auf dem Spiel stand. Wie sehr ich ihn brauchte und wollte und wie groß meine Angst war, ihn zu verlieren.

Ich rollte mich auf den Rücken und zog ihn mit mir mit. Sofort drückte er meine Handgelenke nieder und beugte sich vor, um meinen Hals zu küssen, und ich erzitterte unter ihm. Gott, ich liebte dieses Gefühl, unter ihm zu liegen und fast unbeweglich zu sein.

Als seine Lippen meinen Kragen erreichten, entschied ich, dass wir beide entschieden viel zu viel Kleidung anhatten. Anscheinend war er zu demselben Schluss gekommen, denn er ließ meine Handgelenke los und wir begannen beide, an den Knöpfen meines Hemds herumzufummeln.

„Scheiß drauf", murmelte er. „Du kümmerst dich um deine Klamotten." Er setzte sich auf und begann sein Hemd auszuziehen. „Ich um meine."

„Hört sich gut an." Und im Handumdrehen waren wir beide nackt.

Ich ließ meine Unterhose aus dem Bett fallen und unsere Blicke trafen sich. Er sah mich von oben bis unten an und murmelte „Endlich", als er mich wieder niederdrückte, nackte Haut an nackter Haut.

Ich war im Himmel. Schlicht und einfach. Brad kannte jeden Zentimeter meines Körpers. Jede erogene Zone, jeden kitzligen Punkt, jede Stelle, die es rau mochte, jede Stelle, die es sanft mochte. Ein Kuss hier, ein Biss dort – noch viel mehr davon und ich würde kommen, noch bevor er meinen Schwanz angefasst hatte. Wäre auch nicht das erste Mal gewesen.

Ich wand mich unter ihm. „Oh Gott."

Er lachte und ließ seine Zunge über meine Brustwarze schnellen, was mir eine Gänsehaut am ganzen Oberkörper bescherte. „Gefällt dir das?"

„Das weißt du doch."

„M-hm." Er tat es noch einmal und bei der federleichten Berührung hob sich mein Rücken von der Matratze.

„Wir sollten ... wir sollten Gleitgel holen."

Brad erschauerte und gab ein geflüstertes „Fuck" von sich. Wenn seine aggressive Seite zum Vorschein kam, konnte er ein gnadenloser Quälgeist sein, aber dieses Mal murmelte er nur „Dreh dich um" und hob sich von mir.

Ich gehorchte und als ich mich auf den Bauch legte, ließ das Klicken der Gleitgeltube meinen Atem stocken. Brad drückte meine Beine mit seinem Knie auseinander und meine Finger krümmten sich um den Rand der Matratze, während die Vorfreude mich um den Verstand zu bringen drohte.

Er streichelte mich mit einem befeuchteten Finger, dann mit zwei, um sicherzugehen, dass ich für ihn bereit war. Wieder einmal war ich mir sicher, dass er mich so lange reizen würde, bis ich den Verstand verlor, aber das tat er nicht. Er zog seine Finger heraus, legte seinen Schwanz an mich und arbeitete sich langsam und vorsichtig in mich hinein.

„Verdammt, fühlst du dich gut an", ächzte er und beugte sich hinunter, um meinen Nacken zu küssen. Sein Kinn war rau auf meiner Haut, sein warmer Atem sanft auf meinem Haaransatz. Sein Körper drückte meinen fest gegen das Bett und rieb meinen Schwanz bei jeder Bewegung über das Laken.

„Härter", flehte ich.

„Hm?" Er biss mich gerade so fest in den Nacken, dass es wehtat. „Was war das?"

„*Härter.*"

„Hab dich schon beim ersten Mal gehört." Er wurde langsamer, seine Stöße geschmeidig und bemessen. „Aber du hast nicht nett gefragt."

„Brad, mach einfach –"

Der Scheißkerl bewegte sich noch langsamer. „Hm?"

Ich schloss die Augen. „Bitte. Fick mich härter."

Ich wurde mit einem Stoß belohnt, der mir den Atem raubte. „Oh mein Gott ..."

Er fickte mich ausgiebig und hart, genau so, wie ich ihn angefleht hatte, es zu tun, auf dem perfekten Grat zwischen zu schmerzhaft und nicht annähernd schmerzhaft genug. „Ist es das, was du wolltest?"

„Ja." Ich versuchte, ihm entgegenzukommen, aber in dieser Position konnte ich mich nicht bewegen. Überhaupt nicht. Ich konnte nichts anderes tun, als dazuliegen und mich von ihm ficken zu lassen.

Als ob es nicht schon genug wäre, gefickt zu werden, machte mich die Reibung meines Schwanzes auf dem Laken wahnsinnig. Ich war so kurz davor, jede Beherrschung aufzugeben, aber ich hielt den Atem an, grub die Finger in die Matratze – alles, worauf ich mich konzentrieren konnte, um im Hier und Jetzt zu bleiben.

„Wage es nicht, schon zu kommen." Brads Stimme brachte mich fast zum Orgasmus. „Wage es nicht ... nicht ..." Seine Bewegungen waren jetzt hektisch, ebenso heftig wie ungleichmäßig, und ich biss die Zähne zusammen, als ich versuchte, mein Becken *gerade* genug zu bewegen, um ihn in den Wahnsinn zu treiben, was zufällig auch genug war, um mich in den Wahnsinn zu treiben, und ich bemühte mich, nicht zu kommen. Ich wollte es. Gott im Himmel, ich wollte es. Aber ich kämpfte dagegen an, so gut ich konnte, und er fickte mich, so gut er konnte, und kurz bevor ich den Punkt erreichte, an dem es kein Zurück mehr gab, zwang er seinen Schwanz ganz in mich hinein und erschauerte.

„Oh mein Gott", stöhnte er und seine Hüften rieben gegen meinen Hintern, als er versuchte, noch tiefer hineinzukommen. „Fuck. *Fuck!*" Mit einem letzten Stoß ließ er seinen Atem entweichen und entspannte sich auf mir. Leise fluchend zog er seinen Schwanz heraus und tippte mit einer Hand auf meine Hüfte. „Auf den Rücken."

Kaum hatte mein Rücken das Bett berührt, waren seine Lippen schon um meinen Schwanz. „Oh Gott …"

Sein Mund war schon immer so verdammt talentiert gewesen, und vielleicht war ich heute Abend einfach nur über alle Maßen erregt oder vielleicht war es auch nur so verdammt lange her, aber es überraschte mich. Ich bekam kaum noch Luft, als er sich über meinen Schwanz beugte, mich tief in sich aufnahm und mit seiner Zunge stimulierte.

Er schob meine Beine weiter auseinander. Ich klammerte mich ans Kopfteil, denn ich wusste, was jetzt kommen würde. Er schob zwei Finger in mich, und bei dem und seinem Mund, der seinen unglaublichen Zauber auf meinen Schwanz ausübte, hatte ich keine Chance. Meine Fingerknöchel waren bestimmt schon weiß, aber ich brauchte etwas, das mich auf dem Boden der Tatsachen hielt, während Brad meinen Schwanz leckte und lutschte und sich seine Finger so langsam und perfekt in mir bewegten.

„Oh fuck", flüsterte ich.

Brad ächzte, seine Stimme vibrierte auf meiner Haut, und obwohl sich mein Orgasmus eine Weile aufgebaut hatte, schien er aus dem Nichts zu kommen. In der einen Sekunde war ich fast so weit, in der nächsten war ich bereits in der Stratosphäre und Brad hielt mich dort für … fuck, verdammt lange.

Leise stöhnend erbebte ich ein letztes Mal, entspannte mich und ließ mich auf das Bett sinken, von dem ich mich gelöst hatte.

Brad zog seine Finger heraus und schob sich auf mich. Seine Stirn war heiß und feucht an meiner. „Hat dir nie jemand gesagt, dass du beim ersten Date keinen Sex haben sollst?"

Ich lachte und strich mit den Fingern durch sein

verschwitztes Haar. „Hast du jemals erlebt, dass ich getan habe, was mir gesagt wurde?"

„Du?" Er lachte verhalten. „Nein. Definitiv nicht."

Ich grinste und küsste ihn.

„Wir sollten duschen gehen", murmelte er. „Bevor wir einschlafen."

„Ich werde dich nicht einschlafen lassen." Ich fuhr mit den Fingerspitzen an seiner Seite entlang und grinste, als er sich von der kitzligen Berührung wegdrehte.

„Bastard." Er packte mein Handgelenk und drückte es wieder aufs Bett.

Ich lachte, aber er erstickte es mit einem spielerischen Kuss. Dieser Kuss wurde jedoch weicher und tiefer. Ich teilte seine Lippen mit meiner Zunge, und als ich meinen freien Arm um ihn legte, ließ er mein anderes Handgelenk los, und schon bald waren wir wieder ineinander verschlungen, immer noch verschwitzt und heiß, und genossen einfach nur einen sanften Kuss um seiner selbst willen.

Brad legte seine feuchte Stirn an meine. „Ich denke, wir sollten wirklich duschen gehen."

„Sollten wir."

Nachdem wir uns abgetrocknet hatten, kletterten wir zurück ins Bett und wandten uns einander zu. Sein dunkles Haar war noch nass und stachelig und ab und zu glitt ein Tropfen über seine Stirn oder seine Schläfe entlang.

Er fand meine Hand unter der Bettdecke und verschränkte unsere Finger miteinander. „Glaubst du wirklich, dass wir es schaffen können?"

Ein Teil meiner früheren Nervosität kehrte zurück und bildete einen Klumpen in meiner Magengrube. „Was denkst du?"

„Ich weiß, dass ich es schaffen will." Er berührte mein

Gesicht und fuhr mit dem Daumen über meinen Wangenknochen. „Ich habe nur, du weißt schon, Angst."

„Ich auch. Aber wenn der heutige Abend ein Hinweis
war, dann denke ich ja, wir können es schaffen."

Brad lächelte. Er beugte sich vor, um mich zu küssen
und flüsterte: „Ich liebe dich."

Ich lächelte an seinen Lippen. „Ich liebe dich auch."

Als wir uns zum Schlafen bereit machten, drehte er sich
auf die Seite und ich rutschte zu ihm und legte meinen Arm
um seine Taille. Gott, es fühlte sich gut an, ihn an mich zu
drücken. Der Sex war fantastisch gewesen – das war er
immer –, aber das war der perfekte Abschluss dieses
Abends.

Wir hatten noch einen langen Weg vor uns, bis unsere
Beziehung wieder auf festem Boden stand, aber heute
Abend war ich so optimistisch wie schon seit langer, langer
Zeit nicht mehr.

Als ich so neben ihm lag, der Geruch von Sex und
Schweiß noch immer in der Luft, war es unmöglich zu glauben, dass wir es nicht schaffen würden.

KAPITEL 3

BRAD

Mir war gar nicht bewusst gewesen, wie sehr ich es vermisst hatte, neben Jeff aufzuwachen. Als sich meine Augen flatternd öffneten, zauberte die Wärme seiner Brust an meinem Rücken ein Lächeln auf meine Lippen. In der Nacht lösten wir uns immer voneinander, fanden am Morgen aber irgendwie wieder zueinander, und jetzt wurde mir klar, dass es nichts auf der Welt gab, das ich mehr liebte, als so neben ihm zu liegen.

Er drückte das Gesicht an meinen Nacken und sein stoppeliges Kinn streifte meine Schulter. „Morgen."

„Morgen." Ich zog seinen Arm fester um mich. „Wir müssen doch noch nicht aufstehen, oder?"

„Nicht, wenn du nicht irgendwo sein musst."

„Nein." Ich grinste. „Aber ich glaube, du hast versprochen, mir Frühstück zu machen."

Jeff lachte und küsste die Seite meines Halses. „Ich glaube, du hast recht. Worauf hast du Lust?"

Mit einem schiefen Grinsen drehte ich leicht den Kopf. „Das klingt nach einer Fangfrage."

„M-hm. Und wenn wir das tun, wird es am Ende ein Mittagessen statt eines Frühstücks."

„Ich habe kein Problem mit –"

Sein Handy erwachte auf dem Nachttisch mit einem viel zu vertrauten Klingelton zum Leben.

Jeff hob den Kopf von meiner Schulter. „Oh großer Gott im Himmel. *Ernsthaft?*"

„Geh ruhig ran." Ich streckte den Hals und küsste ihn unter dem Kinn. Mein Herz sank, aber ich versuchte, es mir nicht anmerken zu lassen. Und er fragte sich, warum ich die verdammte Firma manchmal hasste – *immer* kam etwas in den unpassendsten Momenten dazwischen. „Wenn sie so früh anruft, muss es wirklich wichtig sein."

„Ja, wahrscheinlich. Ich mache es kurz." Er beugte sich von mir weg und ich rollte mich auf den Rücken. Vor sich hin murmelnd nahm er das Handy und hielt es an sein Ohr. „Hey, Chris. Was ist – Äh, okay. Schieß los."

Sie sagte etwas, das ich nicht verstehen konnte, und Jeff erstarrte.

Er setzte sich langsam auf. „Wie bitte?"

Ich setzte mich ebenfalls auf und beobachtete ihn. Seine Augen verloren an Fokus und weiteten sich. Ich konnte Christine reden hören, obwohl ich immer noch nicht verstand, was sie sagte, nur dass sie schnell sprach. Je mehr sie redete, desto weißer wurde Jeff und desto größer wurden seine Augen. Er lehnte sich mit dem Rücken gegen das Kopfteil und starrte an die Decke. „Bist du sicher? Oh Gott." Er rieb sich mit einer Hand über das Gesicht und atmete scharf aus. „Also gut. Also gut. Hör zu, ich bin ... Wir treffen uns in der Firma. Dann können wir reden." Pause. „Okay. Bis gleich."

Mein Herz sank noch tiefer. So viel zu unserem gemeinsamen faulen Tag. Wenn ich einen Cent für jedes

Mal bekäme, wenn seine Firma unsere Pläne durchkreuzte ...

Fluchend ließ Jeff das Handy auf die Bettdecke fallen, beugte sich vor und rieb sich mit beiden Händen das Gesicht. „Scheiße."

„Hey." Ich rückte ein Stück näher und berührte ihn zwischen den Schulterblättern. „Was ist los?"

Seine Hände dämpften seine Stimme, aber die Worte kamen trotzdem laut und deutlich heraus. „Christine ist schwanger."

„Oh." Nun ja. Das war nicht ganz so schlimm. Andererseits war es das wahrscheinlich doch. Ich hatte nicht mitbekommen, dass sie mit jemandem zusammen war, aber ihr letzter Freund war kein besonders guter Fang gewesen, und wenn Jeff so sehr neben sich stand, dann musste der neue Typ auch ein echter Gewinner sein. „Wie geht es ihr?"

„Nicht gut." Jeff murmelte etwas, das sich eher wie ein Fluch anhörte, während er seine Finger in die Schläfen grub. „Scheiße."

„Sie kommt schon klar." Ich schob meine Hand hoch und drückte seine Schulter. „Sie ist hart im Nehmen. Sie kann damit umgehen." Noch während ich das sagte, machte sich ein ungutes Gefühl in meinem Bauch breit. Christine würde ihre Arbeitszeit in der Firma reduzieren müssen. Es würde Mutterschaftsurlaub geben. Sie würde ein paar Wochen, vielleicht sogar ein paar Monate weg sein, was bedeutete, dass Jeff für sie einspringen musste.

Aber Jeff brauchte das nicht zu wissen, also wiederholte ich leise: „Sie kommt schon klar."

„Du verstehst nicht." Jeff hob den Kopf und wandte sich mir zu. „Das Kind ist von mir."

Mein Herz blieb stehen. „Es ist ... *was?*"

„Es ist ..." Jeff senkte den Blick und rubbelte sich mit einer Hand durch die Haare. „Das Baby ist von mir."

Sprachlos beschrieb es nicht mal ansatzweise.

Jeff schwang die Beine über die Bettkante und griff nach seinem Morgenmantel. „Mein Gott. Das ist ... Scheiße. Ich habe keine Ahnung, was wir jetzt tun sollen."

Mist. Vielleicht war es egoistisch, aber ich kam nicht umhin, mich zu fragen, wer alles zu „uns" gehörte. Natürlich würde Jeff weder Christine noch das Baby im Stich lassen, aber in meiner Brust flatterte ein Gefühl der Panik. Wir hatten so hart gearbeitet, um an diesen Punkt zu gelangen, hatten endlich die Chance, diese Beziehung zu retten, und jetzt ... das.

Wir standen beide auf.

Jeff zog seinen Morgenmantel an. „Ich, äh, muss mit ihr reden." Er drehte sich zu mir um und zog die Augenbrauen hoch. „Es tut mir leid. Ich weiß, wir wollten –"

„Nicht." Ich legte meine Hand auf seinen Arm und drückte ihn sanft. „Wir haben Zeit, die Dinge zwischen uns zu klären. Das hier ist dringender."

Er hielt meinen Blick fest und nickte dann. „Okay. Danke. Ich rufe dich nachher an." Er legte seine Stirn an meine. „Ich will immer noch ... uns."

Kühle Erleichterung durchströmte mich. „Nimm dir ruhig Zeit. Ich gehe nirgendwo hin."

„Danke", flüsterte er erneut und küsste mich sanft. „Willst du heute Abend immer noch essen gehen?"

Ich brachte ein Lächeln zustande. „Ja. Schreib mir später eine Nachricht und wir ... Ja. Treffen wir uns. Irgendwo." Ich hatte plötzlich keine Lust mehr, diesen Inder auszuprobieren, aber wir würden uns schon etwas einfallen lassen.

„Okay. Mach ich." Jeff küsste mich erneut.

Ich zog mich schnell an und ging, bevor es noch unangenehmer wurde. Als ob es irgendetwas an einem überstürzten Abgang gäbe, das *nicht* unangenehm wäre. Besonders in diesem Fall.

Als ich aus der vertrauten Einfahrt fuhr, verdrehte sich mein Magen zu einem übelkeitserregenden Knoten. Das Haus zu verlassen, das Jeff und ich einst geteilt hatten, hätte sich nicht wie ein Walk of Shame anfühlen sollen. Dies war nicht der Morgen nach einem One-Night-Stand, an dem ich aus einem fremden Haus wegschlich. Es ging um mich und Jeff, nicht um mich und denjenigen, der gestern Abend im Club süß und willig gewesen war.

Aber nach diesem Telefonat ...

Großer Gott. Was zum Teufel war hier los? Ich konnte mir nicht einmal ansatzweise einen Reim darauf machen. Dafür war ich noch nicht wach genug, verdammt noch mal.

Ich hielt an einem Coffee Shop im Light District. Zwar war ich nicht besonders hungrig, weil mein Magen so viele Saltos schlug, aber Koffein klang wirklich gut.

Während ich auf meine Bestellung wartete, schickte ich Nathan eine Nachricht. *Bist du beschäftigt?*

Es war halb elf an einem Samstagvormittag. Es war gut möglich, dass er und Ryan noch im Bett lagen. Ich konnte es ihnen nicht verübeln – wenn ich so einen heißen Kerl in meinem Bett hätte, wäre ich auch nicht vor Mittag aufgestanden. Vor allem, weil ein freier Samstag für mich eine Seltenheit war. Und doch war ich hier, hellwach und auf der Suche nach einem Kaffee, während mein heißer Kerl zu seiner Ex-Frau fuhr. Wegen eines Babys. Seines Babys. Ihres Babys.

Was zum Teufel?

Zum Glück schrieb mir Nathan gleich zurück. *Was ist los?*

Oh, was war *nicht* los?

Können wir uns treffen? Bald?

Die Barista reichte mir meinen Kaffee, und als ich zurück zum Auto ging, summte mein Handy.

Bin im Stall. Kann in 20 min wieder in der Stadt sein. Alles ok?

Nicht wirklich.

Innerhalb von Sekunden schrieb er zurück: *Carly's Diner. Ich bin so schnell wie möglich dort.*

Wir sehen uns dort.

Ich hatte gerade an einem rissigen Kunststoff-Tisch Platz genommen, als Nathan durch die Eingangstür hereinkam. Üblicherweise stolzierte er wie ein süßer, kleiner Pfau in ein Lokal, aber heute platzte er herein, als wäre er kurz davor loszusprinten. Seine Jeans war staubig und sein T-Shirt hatte ein paar Flecken, wahrscheinlich weil sein Pferd versucht hatte, sich das Gesicht an ihm abzuwischen, wie die Stute es immer tat. Normalerweise würde man ihn in der Öffentlichkeit nicht mal tot in etwas sehen, das nicht makellos sauber und stylish war, aber anscheinend kam er direkt aus dem Stall.

Ich schulde dir eine Menge, Nathan. Eine ganze Menge.

Er ließ sich auf den Stuhl mir gegenüber fallen und kam ohne Umschweife zur Sache. „Also, was ist passiert?"

„Äh, nun ja ..." Ich strich mit dem Daumen über den Rand der laminierten Speisekarte.

„So schlimm, hm?" Nathan schnitt eine Grimasse. „So viel zu der ganzen Sache mit dem ersten Date?"

„Nein, eigentlich war der letzte Abend großartig." Ich

konnte mir ein Lächeln nicht verkneifen. „Der letzte Abend war *unglaublich*."

Seine Grimasse verwandelte sich in ein breites Grinsen. „Gut gemacht, Mann." Dann legte er den Kopf schief und das Grinsen verschwand. „Aber ...?"

„Aber Christine hat heute Morgen angerufen."

„Chris – die Ex-Frau?" Er verdrehte die Augen. „*Ernsthaft*? Was zum Teufel wollte sie denn?"

„Ihm sagen, dass sie sein Kind bekommt."

Nathans Kinnlade klappte herunter und seine Augen hätten unmöglich noch größer werden können. „Sie ... Was?"

„Sie ist schwanger. Mit Jeffs Kind." Ich rieb mir mit der Hand über das Gesicht und ächzte. „Scheiße, ich bekomme das einfach nicht in meinen Kopf."

„Das kann ich mir vorstellen." Nathan pfiff leise.

„Ich weiß nicht mal, ob ich ... ich weiß nicht, sauer bin?" Ich runzelte die Stirn. „Das sollte ich nicht sein. Jeff hat im Moment viel um die Ohren und ich will nicht, dass es nur um mich geht."

„Nein, natürlich nicht. Aber du hast jedes Recht, Gefühle in dieser Angelegenheit zu haben." Er verschränkte die Arme auf dem Tisch. „Und du hast jedes Recht, dir Sorgen darüber zu machen, wie sich das auf deine Beziehung zu ihm auswirken wird."

Mir rutschte das Herz in die Hose. Ich hatte nicht glauben wollen, dass dies unsere Beziehung beeinträchtigen *würde*, aber wie sollte es das nicht tun?

„Das macht mir eine Heidenangst, um ehrlich zu sein." Ich rieb mir die Stirn und fragte mich, ob es noch zu früh für ein Bier oder zwei war. „Eine meiner schlimmsten Befürchtungen über Jeff und mich erwacht gerade zum Leben."

„Du dachtest, er würde jemanden schwängern?"

„Nein." Ich ließ meine Hand sinken und sah Nathan an. „Aber ich hatte schon immer diese –"

Die Kellnerin erschien mit einer Kanne Kaffee. Keiner von uns wollte etwas bestellen, aber der Kaffee war uns willkommen.

Nachdem sie gegangen war, sagte ich: „Ich hatte immer diese nagende Sorge wegen ihm und Christine."

„Wie das?"

„Was ist, wenn sie es bereuen, sich getrennt zu haben?" Ich gestikulierte mit einer Hand und stieß dabei fast meine Tasse um. „Offensichtlich stimmt die Chemie zwischen ihnen noch immer, denn er hat nicht erwähnt, dass Petrischalen im Spiel waren."

Nathan nickte langsam, sagte aber nichts.

„Und schon vorher habe ich einfach … Ich weiß nicht. Ich meine, sie haben geheiratet, als sie erst neunzehn waren, aber sie sind beide erwachsen geworden, seit sie sich getrennt haben. Und um ehrlich zu sein, frage ich mich manchmal, welcher Fehler mehr Jugend und Dummheit geschuldet war – die Heirat oder die Scheidung."

Nathan verzog das Gesicht. „Es war also eine saubere Trennung."

Ich nickte. „Sie hatten eine der freundschaftlichsten Scheidungen, von denen ich je gehört habe. Das ist zum Teil auch das, was mich beunruhigt."

Er rührte geistesabwesend in seinem Kaffee. „Glaubst du, sie empfinden noch immer etwas füreinander?"

„Sie fühlen sich offensichtlich noch immer zueinander hingezogen."

„Anscheinend." Er trank einen Schluck Kaffee. „Ich meinte gefühlsmäßig. Vögeln ist eine Sache, aber …"

Ich knetete meinen Nacken und überlegte, ob mein

Magen noch mehr Kaffee vertragen würde. „Ich weiß es nicht. Ich weiß nur, dass Jeff es nicht ertragen konnte, sich fix an mich zu binden, selbst als es gut lief, und jetzt hat er ein Kind mit ihr." Als ich mich das sagen hörte, nahm das flaue Gefühl in meinem Magen noch zu.

„Und was wirst du jetzt tun?"

„Ich?" Ich blinzelte. „Es ist nicht mein Kind."

„Nein, aber es *ist* dein Freund."

Das traf mich unter den Rippen. Mein Freund. Jeff und ich hatten uns schon so lange in den Haaren gelegen, dass ich schon fast vergessen hatte, ihn als meinen Freund zu betrachten. Ich hatte mich gerade erst an den Gedanken gewöhnt, es noch einmal zu versuchen.

Und jetzt würde er Vater von jemandem werden.

Ich schaute Nathan in die Augen. „Ich habe keine Ahnung."

KAPITEL 4

JEFF

Als ich von meiner Wohnung zur Firma fuhr, hielt ich das Lenkrad so fest umklammert, dass meine Hände schmerzten. Ich hätte früher hinfahren und es hinter mich bringen sollen, aber ich brauchte etwas Zeit. Ich hatte mir eingeredet, dass ich nach einer Dusche und etwas Koffein besser in der Lage sein würde, mit ihr darüber zu reden, aber meine Duschen waren nie so lang und vor Mittag trank ich nie mehr als zwei Tassen Kaffee

Nach einer zwanzigminütigen Dusche und meiner dritten Tasse konnte ich es jedoch nicht mehr rechtfertigen, noch länger herumzutrödeln, also schickte ich Christine eine Nachricht, um ihr mitzuteilen, dass ich auf dem Weg sei. Nun gab es kein Zurück mehr, kein Herauswinden, egal wie sehr sich mein Magen verknotete oder wie schwierig es war, das Lenkrad zu halten, wenn meine Handflächen so schwitzten wie jetzt.

Das war völlig verrückt. Es musste ein Streich sein. Ein Scherz. Irgendwas.

Ein Baby? Jetzt? Mit meiner Ex-Frau? *Ernsthaft?*

Verdammt noch mal. Jedes Mal, wenn ich dachte, ich

hätte mein Leben im Griff, wurde mir ein anderer Knüppel zwischen die Beine geworfen. Und die Knüppel wurden größer und größer.

Nein, ich würde nicht ausflippen. Ich wischte meine Handflächen an meiner Jeans ab und nahm einige langsame und tiefe Atemzüge. Ich konnte damit umgehen. Es war überwältigend und nicht gerade eine Kleinigkeit, aber ich würde damit fertigwerden und dabei nicht den Verstand verlieren. Ich war fünfunddreißig Jahre alt und kein verdammter Teenager, der seine Freundin nach dem Abschlussball geschwängert hatte.

Aber wie sollte ich dabei *nicht* in Panik geraten? Meine Ex-Frau und Geschäftspartnerin war mit meinem Baby schwanger. Mein Freund – Ex-Freund? – und ich befanden uns auf einem Boden, der viel zu empfindlich und instabil für jede Art von Umbruch war.

Ich fluchte leise und schlug mit der Faust auf das Lenkrad. Das war Wahnsinn.

Und es ist wahrscheinlich gut, dass Grandma das nicht mehr erlebt hat, dachte ich bitter. Die alte Schabracke hatte es nie verwunden, dass ich eine schwarze Frau geheiratet hatte. Sie hatte nie einen Grund gesehen, sich dafür zu entschuldigen, dass sie ganz offen kalt und unhöflich zu meiner Frau war. Natürlich nahm ich schon bald nicht mehr an Familientreffen teil und ich hatte nur durchs Hörensagen erfahren, wie *begeistert* Grandma war, als Christine und ich uns scheiden ließen. Nach dem, was meine Mutter mir erzählte, ging sie in dem Glauben in ihr Grab, dass ich irgendwann eine „nette weiße Frau" finden würde. Niemand hatte es je übers Herz gebracht, ihr zu sagen, dass ich mit einem netten weißen *Mann* zusammengezogen war.

Der nette weiße Mann, mit dem ich letzte Nacht

geschlafen hatte und mit dem ich den ganzen Tag hatte verbringen wollen. Aber jetzt ...

Scheiße. Scheiße. *Scheiße.*

Ein Teil von mir wollte umdrehen und zu Brad zurückfahren. Ich musste wissen, dass zwischen uns alles in Ordnung war. Oder dass wir noch eine Chance hatten, dass alles in Ordnung kommen würde.

Heute Abend. Wir würden heute Abend gemeinsam zu Abend essen, vorausgesetzt, er war immer noch bereit, mit mir in einem Raum zu sein und ... ich wusste nicht einmal, was passieren würde. Ich konnte mir nur vorstellen, welche Gedanken ihm durch den Kopf gingen. Er hatte vom ersten Tag an gewusst, dass ich bi war, aber das hatte er auf keinen Fall kommen sehen. Ich ganz sicher nicht. Und jetzt hatte ich keine Ahnung, was ich von all dem halten sollte.

Aber zuerst das Wichtigste, ich musste mit Christine reden.

Das Schild unserer Firma kam in Sicht und die Übelkeit wurde schlimmer, als ich hinter dem Gebäude parkte, das wir uns mit einem Reifenhändler und einem Hersteller von Autoradios teilten. Auf dem Weg zum Mitarbeiter-Eingang versuchte ich, meinen Magen davon zu überzeugen, sich zu beruhigen, aber ... klar. Als ob das passieren würde. Gestern Abend war ich auf dem Weg ins Restaurant und auf dem Weg ins Haus mit Brad nervös gewesen, aber eine völlig andere Art der Nervosität ließ mich vor der Tür zögern.

Ich schloss die Augen und holte tief Luft. Hier draußen zu stehen, würde nichts ändern. Andererseits würde es auch nichts ändern, darüber zu reden, aber vielleicht würde es mich zumindest beruhigen, wenn ich mit Christine an einem Strang zog. Und sie vielleicht auch. Sie musste ein

Wrack sein, obwohl sie sich am Telefon ganz gut zusam-
mengerissen hatte.

Steh deinen Mann und stell dich der Sache, Hayden.

Noch ein weiterer tiefer Atemzug und ich stieß die
Tür auf.

Die Belegschaft war bereits fleißig bei der Arbeit. Cory
stellte die Stickmaschine für eine anscheinend große Bestellung von Bowling-Shirts ein. Mary Ann ließ den Lasergravierer laufen, während sie vorsichtig weitere Acryltrophäen
aus einer Kiste holte und sie neben der Maschine aufstellte.
Die Jungs, die für den Versand zuständig waren, luden
Kisten in den Lieferwagen, und drei weitere abgefertigte
Aufträge standen bereit, um verpackt zu werden.

Dave legte gerade einen Satz Namensschilder aus
Messing in eine der Graviermaschinen und schaute auf.
„Hey, Boss. Hätte nicht gedacht, dass Sie heute kommen."

Da sind wir schon zwei.

„Ich habe nur etwas im Büro vergessen." Ich zwang
mich zu einem Lächeln. „Wenn jemand fragt, ich bin
nicht da."

„Verstanden."

Ich sah Christine nicht im hinteren Bereich, wo die
Angestellten arbeiteten, also machte ich mich auf den Weg
in den Empfangsbereich und fand sie an der Rezeption, wo
sie über einem Stapel von Bestellungen brütete.

„Hey", sagte ich.

Sie sah auf. „Hey."

Unsere Blicke trafen sich. Wenn ich nicht schon
gewusst hätte, was los war, hätte ich an ihrer angespannten
Körperhaltung und der Panik in ihren Augen erkannt, dass
wir gleich ein Gespräch über etwas Wichtiges führen
würden.

Sie wandte sich zu Tim um. „Wir werden ein paar

Minuten im Büro sein. Wenn du etwas brauchst, ruf laut nach uns."

Tim salutierte mit zwei Fingern und machte sich wieder daran, den Wochenplan am Whiteboard einzutragen.

Christine und ich tauschten einen kurzen Blick aus und ich folgte ihr in unser gemeinsames Büro.

Sie lehnte sich gegen ihren Schreibtisch und sobald ich die Tür geschlossen hatte, verschwand ihre unbeugsame Haltung schlagartig. Sie weinte nicht, brach nicht völlig zusammen, aber für eine stoische Frau wie Christine war die Art und Weise, wie ihre Schultern sanken und sie sich mit den Handballen die Augen rieb, nahe genug.

Ich hatte keine Ahnung, was ich sagen sollte, also ging ich einfach zu ihr und schlang die Arme um sie. Ich drückte sie fest an mich und schloss die Augen, während ich über ihre dichten Locken strich. „Es tut mir so leid, Chris."

„Es ist nicht deine Schuld." Sie schniefte, ließ mich aber nicht los. „Dazu haben zwei gehört."

„Trotzdem ..."

„Es spielt ohnehin keine Rolle mehr. Es passiert wirklich."

Mein Magen überschlug sich und ich ließ sie los. Wir lösten uns voneinander, aber keiner von uns setzte sich. Sie lehnte sich an ihren Schreibtisch. Ich an meinen. Getrennt durch ein paar Meter verblasstes Laminat schwiegen wir einen langen Moment.

Schließlich fragte ich: „Wie lange weißt du es schon?"

„Ich habe gestern Abend einen Test gemacht." Sie wischte sich über ihr Auge. „Ich habe versucht, dich anzurufen, aber ..."

Ich zuckte zusammen. „Es tut mir leid. Ich ..."

„Ist schon okay." Sie lächelte halbherzig. „Ich habe

vergessen, dass du mit Brad essen warst. Ich hätte nicht angerufen, aber ich bin wohl irgendwie in Panik geraten."

„Es ist in Ordnung. Das ist wichtig."

Mit einem humorlosen Lachen nickte sie und ließ sich gegen den Schreibtisch sinken. „Ja. Ist es."

„Also." Ich steckte die Hände in die Taschen und versuchte, das flaue, nervöse Gefühl in meinem Magen zu ignorieren. „Was jetzt?"

Christine sah mir in die Augen. „Ich schätze, wir bekommen ein Baby."

Mein Mund wurde trocken. Ich hielt ihren Blick fest und hatte Mühe, meine Gedanken zu sortieren.

„Und bevor du fragst", sagte sie tonlos, „ich werde nicht abtreiben."

„Okay. Was ist mit ..." Ich schluckte. „Ich meine, hast du vor, das Baby zu behalten?"

„Ich weiß nicht, was ich sonst tun soll." Sie schüttelte den Kopf. „Es wäre etwas anderes, wenn ich ein Teenager wäre oder noch auf dem College oder so. In diesem Fall würde ich das Baby sofort hergeben. Aber jetzt? Ich habe mein Leben auf die Reihe gekriegt. Ich bin kein Kind, das nicht mal auf sich selbst aufpassen kann. Das Baby herzugeben, nun ja ... das kommt mir einfach unverantwortlich vor."

Ich trommelte mit den Fingern auf die Schreibtischkante und überlegte, was ich sagen sollte.

Mit einem Ächzen kniff sich Christine in den Nasenrücken. „Gott, ich weiß gar nicht, wo ich anfangen soll. Ich habe in letzter Zeit kaum noch Zeit für mich selbst."

„Ja, das Gefühl kenne ich." Ich musste mich fragen, ob wir dieses Unternehmen überhaupt gegründet hätten, wenn wir gewusst hätten, wie sehr es unser Leben in Anspruch nehmen würde.

Sie ließ die Hand sinken. „Und ich kann es mir nicht leisten, Mutterschaftsurlaub zu nehmen."

„Chris." Ich musterte sie. „Du brauchst das und *musst* das tun."

„Und ich brauche einen Gehaltsscheck", fauchte sie.

Ich hob die Hände. „Du bekommst weiterhin einen Gehaltsscheck. Die Firma wird nicht zusammenbrechen, während du dir eine Auszeit nimmst."

Die Feindseligkeit verpuffte. „Dieses Geschäft braucht uns beide."

„Und du wirst irgendwann körperliche Einschränkungen haben. Ich kann mich um das Geschäft kümmern, während du dich erholst."

„Und was ist mit dir und Brad?" Sie schob geistesabwesend einige Unterlagen auf ihrem Schreibtisch hin und her. „Du hast selbst gesagt, dass eines der größten Probleme ist, dass du zu viel Zeit hier verbringst. Was wird passieren, wenn du siebzig oder achtzig Stunden hier verbringen musst, während ich zu Hause bin ..." Sie schloss die Augen und schluckte schwer. „Während ich mit dem Baby zu Hause bin."

Scheiße. Ich weiß es nicht.

„Das kriegen wir schon hin. Wir haben ja Zeit." *Etwa siebeneinhalb Monate, wenn ich richtig gerechnet habe.* „Und du bist nicht allein. Ich bin auch hier."

Das schien ein wenig Spannung aus ihren Schultern zu lösen, obwohl sie den Blick nach unten gerichtet hielt.

Ich verlagerte das Gewicht. „Hast du wirklich gedacht ...?"

„Was?" Sie schaute mich an und schüttelte schnell den Kopf. „Nein. Ich habe keine Sekunde gedacht, dass du mich im Stich lassen würdest. Es tut nur gut, es zu hören. Dass du da sein wirst."

„Natürlich werde ich das." Ich stieß mich vom Schreibtisch ab und streckte wieder die Arme nach ihr aus. „Du weißt, dass ich auch für dich da wäre, wenn es nicht mein Kind wäre."

Sie sank in meine Umarmung und ließ einen langen Atemzug entweichen. „Danke."

„Weiß es sonst noch jemand?"

„Noch nicht." Sie seufzte und wich so weit zurück, dass sie zu mir aufblicken konnte. „Es heißt, dass man es bis zur zwölften Woche niemandem sagen soll. Für den Fall, dass, äh ..."

„Für den Fall ... *Oh*." Meine Brust zog sich zusammen. Ich stand immer noch unter Schock, aber der Gedanke, dass dem Baby oder Christine etwas zustoßen könnte, weckte in mir das heftige Bedürfnis, sie beide zu beschützen. Ich widerstand dem Drang, sie wieder an mich zu ziehen, und räusperte mich. „Okay. Gut, dann warten wir eben. Allerdings weiß Brad schon Bescheid."

„Das ist okay. Ich glaube, ich bin einfach noch nicht bereit, es meinen Eltern zu sagen."

„Ich auch nicht." Ich erschauderte. Meine Mutter hatte mich monatelang gedrängt, mich mit Brad zu versöhnen und es nicht noch mehr zu versauen, als wir es ohnehin schon getan hatten. Ich konnte es kaum erwarten, Öl in dieses Feuer zu gießen.

„Wie dem auch sei. Wie du gesagt hast, wir haben Zeit." Sie wischte sich über die Augen und nahm die Schultern zurück. „Wenn ich erst einmal begriffen habe, dass das hier wirklich passiert, können wir uns alles weitere überlegen."

„Ja. Definitiv."

„Fürs Erste sollte ich wieder an die Arbeit gehen." Ihr Blick huschte zur Bürotür. „Wir haben heute ein paar eilige Aufträge."

„Brauchst du mich –"

„Nein." Mit sanftem, aber festem Druck legte sie eine Hand auf meine Brust. „Ich habe das im Griff. Ich denke, du musst etwas Zeit mit Brad verbringen." Sie zog eine Augenbraue hoch.

Ein mulmiges Gefühl machte sich in meinem Bauch breit. „Ja, ich sollte mit ihm reden."

Christines Gesichtsausdruck wurde weicher. „Wie ist der letzte Abend eigentlich gelaufen?"

„Gut. Wirklich gut." Ich verbiss mir ein frustriertes Stöhnen. *Ja, bis zu dem Telefonat heute Morgen.*

„Es tut mir leid", sagte sie erneut.

„Muss es nicht." Ich umfasste sanft ihr Gesicht und küsste sie auf die Stirn. „Wir werden das schon irgendwie hinkriegen."

„Glaubst du, dass zwischen euch wieder alles ins Lot kommt?"

„Ja." Ich zwang mich zu einem Lächeln. „Wir bekommen das wieder hin."

Das hoffe ich.

———

SPÄTES MITTAGESSEN/FRÜHES ABENDESSEN?

Ich schickte die Nachricht ab, als ich die Firma fast zwei Stunden später verließ. Eigentlich wollte ich viel früher gehen, aber ich war in Papierkram vertieft gewesen – nichts Neues – und war schließlich geblieben, bis Christine mich hinauswarf.

„Geh." Sie schubste mich in Richtung Tür. „Hör auf, ihm aus dem Weg zu gehen."

Was sollte ich sagen? Sie kannte mich gut.

Es ging nicht darum, dass ich Brad aus dem Weg gehen

wollte. Ganz im Gegenteil. Ich freute mich nur nicht auf das unvermeidliche Gespräch. Auch wenn wir geschickt darin waren, spannungsgeladene und unangenehme Themen zu vermeiden, konnte ich mir nicht vorstellen, dass wir länger als ein paar Minuten brauchen würden, bis jemand dieses Thema anschnitt.

Als ich meinen Pick-up startete, vibrierte das Handy in meiner Tasche.

Habe Zeit, wann immer du frei bist.

Nun, es war nicht besonders enthusiastisch, aber es war auch kein *Leck mich am Arsch*, also würde ich es nehmen.

Treffen wir uns bei Jack's im Light District?

Der Motor lief im Leerlauf und mir drehte sich der Magen um, während ich auf das Display starrte.

Er ließ mich nicht lange warten: *Ich kann in 15 min da sein.*

Ich schloss die Augen und sagte lautlos *Gott sei Dank*.

Ich brauchte fünfundzwanzig Minuten, um zum Lokal zu kommen, und als ich reinkam, hatte er bereits einen Tisch am Fenster gefunden. Als ich zu ihm ging, stand er auf und sein Gesichtsausdruck verriet absolut nichts. Ich legte eine Hand auf seine Taille, scheute aber davor zurück, mich zu ihm zu beugen. Brad zögerte ebenfalls, aber dann kam er näher und küsste mich leicht.

Nun, das war ein angespannter Schritt in die richtige Richtung.

„Tut mir leid, dass ich heute Morgen abhauen musste", sagte ich.

„Ist schon okay." Er trat unbehaglich von einem Bein aufs andere und wich meinem Blick aus. „Ich konnte dich unter diesen Umständen nicht wirklich bitten zu bleiben."

„Stimmt. Aber trotzdem ..."

„Mach dir keine Sorgen", murmelte er.

Wir setzten uns und sahen uns einen Moment lang nicht an. Der Kellner kam und überreichte uns die Speisekarten, sodass wir uns wenigstens für einige Zeit auf etwas anderes konzentrieren konnten. Als er mit zwei Bier und einem Korb mit Brotstangen zurückkehrte, hatten wir immer noch kein Wort miteinander geredet oder unser Abendessen ausgesucht.

Brad hatte sein Bier zur Hälfte ausgetrunken, als er endlich das Schweigen brach. „Also, wie geht es Christine?"

„Alles in allem ganz gut." Geistesabwesend schwenkte ich mein fast leeres Bier, als hätte ich ein Glas Wein getrunken. „Sie hat Angst, aber ich glaube, sie muss es erst noch ganz begreifen."

„Das kann ich mir vorstellen." Er verschränkte die Hände unter dem Kinn und stützte die Ellbogen auf den Tisch. „Was ist mit dir?"

„Ich weiß es nicht. Es ist ..."

„Du musst es auch erst noch ganz begreifen?"

Ich nickte.

Seine Stirn legte sich in Falten und seine Lippen spannten sich an, als würde er gleich eine Grimasse schneiden. „Wie lautet der, äh, Plan?"

„Mit dem Baby?"

„Ja."

„Äh, nun ja." Ich nahm einen langen Schluck und trank den Rest meines Bieres aus. Ich fing den Blick des Kellners von der anderen Seite des Raumes ein und gestikulierte mit meinem Glas, woraufhin er nickte. *Lieber Gott, beeil dich damit.* Danach wandte ich mich wieder Brad zu und sagte: „Es ist noch alles in der Schwebe, aber wir ..." Ich machte eine Pause. „Sie behält es."

Brads Augenbraue hob sich. „Du wirst also Vater." Er schaute in sein Bierglas, runzelte die Stirn und schwenkte die bernsteinfarbene Flüssigkeit, als würde er darüber nachdenken, ob er sie austrinken sollte oder nicht. „Wie kommst du damit klar?"

„Es ist ein bisschen überwältigend. Ich ..." Ich griff nach meinem Bier, aber verdammt, das Glas war immer noch leer. „Ich muss mich noch an den Gedanken gewöhnen."

Genau in diesem Moment tauchte der Kellner auf und stellte ein frisches Bier auf den Tisch.

Oh, Sie sind ein Heiliger. Das gibt ein riesiges Trinkgeld, werter Herr.

„Danke." Ich hob das Glas zu einem angedeuteten Toast, bevor ich einen Schluck nahm. Ich stellte es ab, behielt es aber in der Hand und schaute wieder zu Brad. „Wie ich gesagt habe, es ist überwältigend. Ich weiß nicht so recht, was ich davon halten soll."

Das war nicht ganz richtig. Ja, ich hatte Angst. Ja, ich war ganz kurz davor auszuflippen.

Aber ganz so einfach war es nicht. Die Wahrheit war, dass ich nicht wusste, wie ich Brad sagen sollte, dass ich nicht *nur* Angst hatte und am Ausflippen war. Die Situation bereitete mir endloses Kopfzerbrechen und Gott allein wusste, wie sich alles entwickeln würde, aber ich wollte Kinder, solange ich denken konnte. So sehr mir die Vorstellung, mit jemandem zusammenzuziehen und mich niederzulassen, auch eine Heidenangst einjagte – schließlich war ich bereits ein gebranntes Kind –, so sehr war ich mir doch bewusst, dass die Uhr tickte. Wenn – falls – Brad und ich uns endlich zusammenrauften und den Schritt zur Adoption wagten, würde das Verfahren ewig dauern und ich wäre in meinen Vierzigern, bevor ich endlich Vater wäre.

Dieses kleine Problem hatte sich jedoch plötzlich erledigt. Vielleicht nicht auf die bestmögliche Art und Weise, aber die Tatsache blieb bestehen, dass ich Vater wurde.

Bald. Trotz all meiner Ängste und Nervosität und dieser beschissenen Situation konnte ich mich einfach nicht *nicht* freuen.

„Ich muss ... eine Menge verarbeiten." Ich nahm noch einen Schluck. „Was ist mit dir?"

Er hob den Kopf. „Was?"

„Wie denkst du über all das?"

„Spielt das eine Rolle?" Er zuckte halb mit den Schultern. „Es wird passieren, ob es mir gefällt oder nicht." Der giftige Unterton war subtil, aber definitiv vorhanden.

Ich kämpfte gegen den Drang an, eine Hand auf seinen Arm zu legen. „Es spielt eine Rolle für mich."

Seine Augen verengten sich. Ich zuckte innerlich zusammen und wartete auf welche schnippische Bemerkung auch immer ihm auf der Zunge lag.

Dann schloss Brad die Augen und kniff sich in den Nasenrücken. „Okay, ich muss ... ich muss es einfach wissen. Abgesehen vom Offensichtlichen", er ließ die Hand sinken und sah mich direkt an, „wie genau ist das passiert?"

Ich ließ einen Atemzug entweichen. „Wie oder wann?"

Er legte den Kopf leicht schief und griff nach seinem Bier. „Beides, jetzt, da du es sagst."

„Das war, als du und ich uns fix getrennt hatten. Nur damit das klar ist."

„Okay." Falls das eine Erleichterung war, ließ er es sich nicht anmerken. Ich wusste nicht, ob er dachte, dass ich ihn betrogen hatte, aber er hielt sich heute Abend sehr bedeckt. „Also, was ist passiert?"

„Willst du wirklich alle Details?"

„Nein, nicht die Details." Er rutschte auf seinem Stuhl hin und her. „Ich schätze, ich frage mich nur, wie ihr von ..."

„Wie wir von Geschäftspartnern zu Bettgenossen geworden sind?"

Brad zuckte zusammen. „Im Prinzip genau das."

Ich trommelte mit den Fingern auf den Rand meines Glases. „Wir waren eines Abends auf der Arbeit. Es war, ich weiß nicht, einfach ein harter Tag für uns beide. Eine harte Woche, um genau zu sein. Einer der Graveure hatte einen großen Auftrag vermasselt und Christine und ich blieben bis drei Uhr morgens, um alles noch einmal zu machen, damit wir die Bestellung am nächsten Tag ausliefern konnten." Ich nahm einen Schluck und rollte ihn im Mund hin und her, während ich mir die Nacht noch einmal ins Gedächtnis rief und versuchte, eine Erklärung zu finden.

Damals musste es Sinn ergeben haben. Wenn ich jetzt mit klarem Kopf zurückblickte, konnte ich die Schritte nicht zusammenfügen. Ich konnte mir selbst – geschweige denn Brad – nicht erklären, wie es dazu gekommen war. In der einen Minute waren meine Ex-Frau und ich gestresst und erschöpft, arbeiteten abwechselnd zusammen und schnauzten uns gegenseitig an, während wir versuchten, mitten in der Nacht einen Auftrag im Eiltempo zu erledigen. In der nächsten Minute drückte ich sie mit ihren Beinen um meine Taille an den Büroschrank.

„Jeff?"

Ich schluckte das Bier in meinem Mund hinunter. „Ich kann es wirklich nicht erklären. Um ehrlich zu sein, es ist einfach passiert."

Er suchte meinen Blick. „War es das erste Mal, dass ihr –"

„Brad. Warum tun wir das? Es zu sezieren, wird nichts ändern."

„Das würde mir helfen, es zu begreifen." Er senkte den Blick. „Ich ... ich versuche, es zu verstehen. Und herauszufinden, was es für uns bedeutet."

„Für uns?"

„Ja." Er trank sein Bier aus. „Wir gegen euch beide."

„Euch beide ..." Ich setzte mich aufrechter hin. „Glaubst du, dass Christine und ich wieder zusammenkommen werden?"

Er presste die Lippen aufeinander und seine Augen forderten mich heraus, ihm zu sagen, dass seine Sorge unberechtigt war.

Ich kämpfte gegen den Drang an, an unseren Gläsern vorbeizugreifen und seine Hand zu nehmen. „Brad, das war eine einmalige Sache. Ich kann nicht einmal erklären, warum es passiert ist. Ich schätze, in jener Nacht brauchten wir beide jemanden und ..." Ich atmete aus und wich seinem Blick aus. „Vielleicht haben wir nur ein bisschen Dampf abgelassen. Ich weiß nicht. Aber so ist es nicht."

„Und wird sich das jetzt ändern, da es um ein Kind geht?"

Ich hob meinen Blick. „Wenn es so wäre, meinst du, ich wäre dann hier bei dir?"

„Ich schätze, wir werden sehen, wie sich alles in den nächsten Monaten entwickelt."

Ich presste die Zähne aufeinander. Ein Teil von mir wollte ihn für diese nicht besonders verschleierte Anschuldigung anfauchen. Ich spürte schon, wie sich die Spannung zusammenbraute, wie immer, bevor einer von uns beiden zum Angriff überging und wir uns stritten. Na toll. Weniger als vierundzwanzig Stunden nach unserem „ersten Date" waren wir schon wieder auf vertrautem Boden.

Aber ein anderer Teil von mir konnte ihm das nicht übelnehmen.

„Hör zu, ich weiß, das ist eine Menge, mit dem du gerade fertigwerden musst. Glaub mir, ich weiß das." Ich beugte mich vor und legte meine Hand zwischen uns auf den Tisch. „Aber ich bin hier, weil ich noch immer will, dass dies funktioniert. Warten wir einfach einige Zeit ab, um alles einsinken zu lassen, und nehmen wir die Dinge, wie sie kommen, und ..." Und was? Scheiße, ich wusste es nicht.

Brads Blick huschte zwischen meiner Hand und meinen Augen hin und her. Nach einem langen, schweigsamen Moment legte er seine Hand auf meine und schlang seine Finger darum. „Okay. Fangen wir heute Abend mit dem Essen an und sehen dann, wie es weitergeht?"

Ich lächelte. „Hört sich nach einer guten Idee an."

Er lächelte nicht zurück, aber er ging auch nicht weg.

Es war ein Anfang.

Nach einem meist stillen Essen teilten wir uns die Rechnung und gingen zu unseren Autos. Überraschung, Überraschung, keiner von uns sagte viel auf dem Weg zum Parkplatz. So viel zu dem verspielten Flirten und der fast überschäumenden Aufregung, die wir gestern Abend erlebt hatten.

„Geht es dir gut?", fragte ich.

Brad nickte. „Ich versuche immer noch, alles in meinen Kopf zu bekommen."

„Ich kenne das Gefühl."

Und verdammt, ich kannte diesen „Oh, *wirklich?*"-Blick von unzähligen Auseinandersetzungen in den letzten Jahren. Den Kopf schief gelegt, die Augenbraue hochgezogen – ja, davon war ich ein paar Mal direkt betroffen gewesen.

Ich unterdrückte ein verärgertes Seufzen. „Weißt du, für mich ist das auch nicht einfach."

„Ich weiß, es ist ..." Brad blieb stehen, als wir unsere Autos erreichten. „Darf ich ganz ehrlich sein?"

„Bitte."

Er verschränkte die Arme, fast so, als wäre ihm nur kalt, anstatt eine abwehrende Haltung einzunehmen, und lief hinter meinem Wagen auf und ab. „Wenn es eine andere Frau wäre, würde mich das alles wahrscheinlich nicht stören. Nicht so sehr, meine ich."

Ich verlagerte das Gewicht und Kies knirschte unter meinen Schuhen. „Warum stört es dich, dass es Christine ist?"

„Weil ihr beide eine gemeinsame Vergangenheit habt." Er hörte auf herumzulaufen und drehte sich zu mir um. „Ihr habt eine lange gemeinsame Vergangenheit."

„Und wir sind aus gutem Grund geschieden."

Er hielt den Blick gesenkt und sagte nichts.

„Brad." Ich berührte sein Kinn und hob es an, bis sich unsere Blicke trafen. „Einige Dinge werden sich wegen des Babys ändern müssen, aber mit Christine und mir ist es vorbei. Schon seit Jahren ist es mit uns vorbei."

„Kannst du mir wirklich zum Vorwurf machen, dass es mir schwerer fällt, das zu glauben, jetzt, da sie dein Kind bekommt?"

Ich zuckte zusammen und zog meine Hand zurück. „Es tut mir leid. Es ist ... Hör zu, Christine und ich werden nicht wieder zusammenkommen. Ja, wir haben einmal miteinander geschlafen", als er zusammenzuckte, war das wie ein Schlag in die Magengrube, „aber das heißt nicht, dass wir –"

„Was ist, wenn sie das Baby bekommen hat?" Seine Stimme zitterte ein wenig. „Du hast selbst gesagt, dass du irgendwann eine Familie haben willst." Er schluckte schwer. „Sieht so aus, als wäre das –"

„Nicht", flüsterte ich. „Das ist nicht das, was ich wollte. Das weißt du verdammt genau."

„Aber es ist das, was du hast. Und ich habe einfach Angst, dass ..." Er senkte den Blick.

Ich legte meinen Arm um seine Taille. „Ich weiß, dass du Angst hast. Und ich verstehe das. Aber ich schwöre dir, du brauchst dir keine Sorgen zu machen."

Er hob den Kopf. *Ich will das glauben*, sagten seine Augen. *Gib mir einen Grund dazu.*

Was zum Teufel sollte ich sagen? „Ich weiß nicht, wie es weitergehen wird. Um ehrlich zu sein, will ich heute Abend nicht einmal darüber nachdenken." Ich streichelte seine Wange. „Ich will einfach nur mit dir zusammen sein."

Er wandte den Blick nicht ab, sagte aber auch nichts.

„Wir sind gestern Abend ausgegangen, weil wir unserer Beziehung eine Chance geben wollten." Ich ließ meine Finger von seiner Wange in sein Haar gleiten. „Das hat sich nicht geändert. Ich will uns immer noch."

„Ich auch." Er atmete tief ein. „Und ich will mich wegen dieser Sache nicht wie ein Arschloch aufführen. Ehrlich nicht. Ich bin nur ..." Er sah mir durch die Wimpern in die Augen. „Das zwischen uns ist schon seit einer Weile so zerbrechlich, dass ich ..."

„Ich weiß." Obwohl ich eine Heidenangst hatte, dass er mich wegstoßen würde, legte ich meine Finger fester auf seinen Kopf, zog ihn an mich und presste meine Lippen auf seine.

Er versteifte sich, aber nur für eine Sekunde. Langsam schlang er die Arme um mich und erwiderte meinen Kuss. Normalerweise war ich niemand, der in der Öffentlichkeit herummachte oder so, aber diesen Kuss wollte ich auf keinen Fall überstürzt abbrechen. Nicht, wenn er sich an mich schmiegte, den Kuss vertiefte und mit seinen Fingern durch mein Haar glitt. Wir betatschten uns nicht oder rissen uns die Klamotten vom Leib, sondern waren einfach nur völlig in etwas versunken, das wir beide dringend brauchten. Wenn uns jemand sah und es für unangemessen hielt, konnte er sich gerne selbst ficken.

„Ich meine es ernst", sagte ich und unterbrach den Kuss kaum. „Das wird nicht leicht werden, aber ich will dich nicht verlieren."

„Ich will dich auch nicht verlieren." Seine Lippen streiften meine. „Ich will wirklich, dass es funktioniert.

„Ich auch."

Brads Lippen verließen meine, trafen sie erneut und zogen sich dann ganz zurück. „Willst du, ähm ..." Er wandte den Blick für ein paar Sekunden ab, dann sah er mir wieder in die Augen. „Willst du mit zu mir kommen?"

Ich lächelte. „Definitiv."

KAPITEL 5

BRAD

Unsere Probleme waren nicht vergessen und sie waren ganz sicher nicht verschwunden, aber als Jeff und ich zusammen auf meinem Bett landeten, war mir alles egal außer dem hier. Er presste meinen Mund auf seinen, streckte seinen Körper auf mir aus und das war im Moment alles, was zählte.

Er setzte sich auf und zog sein T-Shirt aus, und als ich ihm folgte, schob er meines hoch und runter von mir. Er legte mich wieder hin und begann, meinen Hals zu küssen, wobei er seine Bartstoppeln genau richtig über meine Haut streifen ließ, um mich zum Beben zu bringen.

„Fuck", flüsterte ich und hielt mich an seinen Schultern fest, während er jeden Zentimeter meines Halses erkundete.

„Oh Gott, Brad." Sein Atem war heiß an meiner Kehle. „Ich will dich."

Mit einem Stöhnen bäumte ich mich unter ihm auf. Ich ließ eine Hand nach unten gleiten und umfasste seine Erektion durch seine Hose, aber er zog meine Hand weg und verschränkte unsere Finger auf dem Kissen, während sich seine Lippen von meinem Schlüsselbein bis zu meinem Kiefer hocharbeiteten.

Ich neigte den Kopf nach hinten, um ihm Zugang zu so viel Haut zu geben, wie er wollte. „Ich will –"

„Ich weiß." Er ließ seine Bartstoppeln über meinen Hals kratzen, während er meinen anderen Arm festhielt. „Aber wenn ich mich jetzt von dir ficken lasse, ist es vorbei und –"

„Und dann werde ich dich wieder ficken." Ich wand mich unter ihm und versuchte, meine Handgelenke zu befreien, so, *so* sehr erregt davon, dass er mich festhielt. „Lass mich los, damit ich ... damit ich ..."

„Damit du was kannst?", murmelte er unter meinem Ohr und packte meine Arme fester. Er drückte sich an mich und knabberte an meinem Ohrläppchen und ... Fuck. Ich wusste nicht mehr, was ich eigentlich sagen wollte.

Sein Schwanz rieb über meinen und die Elektrizität, die mich durchfuhr, erinnerte mich endlich daran, was genau ich wollte. „Lass mich dich ficken."

„Das werde ich." Er biss in mein Ohrläppchen, was mich aufkeuchen ließ. „Aber du musst mir etwas versprechen."

Ich ballte die Fäuste um nichts. „Dir was versprechen?"

„Dass du mich hart ficken wirst", flüsterte er und rieb sich wieder an mir. „Damit ich mich morgen nicht bewegen kann, ohne an dich zu denken."

Ich wimmerte leise.

„Versprochen?"

„M-hm."

„Sag es." Er strich mit seinen Lippen über die Seite meines Halses. „Ich will hören –"

„Ich werde dich ficken, bis es wehtut", knurrte ich. „Lass mich einfach *los*."

Er ließ mich los. Unsere Blicke trafen sich, und wenn das Glitzern in seinen Augen ein Hinweis darauf war, wollte er es wirklich hart und ausführlich.

„Zieh dich aus", befahl ich.

Mit einem Grinsen griff er nach seiner Gürtelschnalle. Wir entledigen uns beide unserer restlichen Klamotten und ich holte die Tube Gleitgel aus der Schublade. Ich reichte sie Jeff, warf dann aber einen zweiten Blick in die Schublade.

Und hielt inne.

Nein. Zögerte.

„Stimmt etwas nicht?"

„Ich ... Meinst du, wir sollten ...?"

Er streckte den Hals und presste die Lippen aufeinander. „Ernsthaft? Wir haben sie seit Jahren nicht mehr benutzt."

„Ja, ich weiß. Aber das war vor ..." Allein bei dem Gedanken fühlte ich mich wie ein Arsch, geschweige denn, es laut auszusprechen. Aber gleichzeitig wollte ich unter diesen Umständen ein Kondom benutzen.

Uuund da ging die Stimmung dahin.

Jeff setzte sich auf seine Fersen und seine Miene verhärtete sich. „Es ist dein Ernst. Eine Nacht mit meiner Ex-Frau und –"

„Und du hast offensichtlich keines bei ihr benutzt", fauchte ich.

Er starrte mich finster an. Dann hob er die Hände. „Weißt du was? Vielleicht ist das doch keine gute Idee."

„Jeff, wir sind –"

„Du vertraust mir nicht, aber du willst trotzdem ficken?" Er schnaubte, als er sich vorbeugte, um das Gleitgel zurück in die Schublade zu legen. „Vergiss es."

Ich zuckte zusammen, griff aber nach seinem Arm. „Ich habe nie gesagt, dass ich dir nicht vertraue."

Mit einem Schütteln befreite er seinen Arm aus meinem Griff. „Ich werde gehen." Er stand auf und griff nach seinen Boxershorts.

„Jeff, warte."

Er drehte sich um und funkelte mich an.

„Es tut mir leid. Ich ..." Ich stand auf. „Bitte. Ich möchte, dass du bleibst."

Sein Gesichtsausdruck änderte sich nicht. „Aber du wirst mich einfach nicht anfassen?"

Ich verkniff mir ein verärgertes Seufzen. „Denk doch mal nach. Wenn du in meiner Lage wärst, was würdest du tun?"

Er wich meinem Blick aus. „Ich würde dir vertrauen, das steht fest."

„Ich habe nie gesagt, dass ich dir nicht vertraue."

„Also vertraust du Christine nicht?"

„Ich schlafe nicht mit *ihr*. Also *muss* ich ihr nicht auf diese Weise vertrauen."

Er atmete schwer aus und beugte sich hinunter, um seine Jeans und sein T-Shirt aufzuheben, bevor er sich auf den Rand der Matratze setzte.

Ich trat um das Bett herum und setzte mich neben ihn. „Jeff."

Er sah mich immer noch nicht an, aber hörte auf, sich anzuziehen.

„Ich vertraue dir wirklich", sagte ich leise. „Bitte. Geh nicht."

Endlich sah er mir in die Augen und der Schmerz in seinem Blick traf mich hart.

Ich berührte sein Bein. „Hör zu, es tut mir leid. Ich wollte nicht ..." Was tun? Mich selbst schützen? Ich atmete aus und rieb mir die Augen. Dann ließ ich meine Hand fallen und sah ihn an. „Ich wollte dich nicht verärgern. Vielleicht hätten wir darüber reden sollen, bevor wir wieder miteinander ins Bett gegangen sind."

Jeff senkte den Blick und seine Körperhaltung entspannte sich leicht. „Ja. Das hätten wir wahrscheinlich tun sollen." Er schluckte. „Und was machen wir jetzt? Das ist, äh, ein wenig ein Stimmungskiller."

Ein wenig?

„Ich weiß. Es tut mir leid."

„Mir auch." Er strich mit seiner Hand meinen Unterarm hinauf und hinunter. „Ich weiß es nicht."

Ich legte meine Hand über seine auf meinen Arm. „Bleibst du wenigstens heute Nacht hier?"

Er schaute zum Bett und kaute auf der Innenseite seiner Wange.

„Zumindest für den Abend", sagte ich. „Vielleicht können wir ein Glas Wein trinken und einen Film schauen oder so. Danach können wir ... wir können es spontan entscheiden."

„Bist du sicher?"

„Bist du es?" Ich befeuchtete meine Lippen. „Wir müssen nicht, äh ..."

Er antwortete nicht.

„Hör zu, es tut mir leid."

„Nein, ich ..." Jeff schüttelte den Kopf. Dann sah er mir in die Augen. „Du hast recht damit, vorsichtig zu sein. Es hat mich nur ein bisschen überrascht."

„Ich weiß. Ich habe erst daran gedacht, als –"

Er unterbrach mich mit einem Kuss. „Nicht. Ich verstehe das." Als er meine Wange streichelte, fügte er hinzu: „Um fair zu sein, hätte ich wahrscheinlich selbst daran denken sollen. Du weißt, dass ich dich nie absichtlich einem Risiko aussetzen würde, oder?"

Ich nickte.

„Dann ist zwischen uns alles in Ordnung." Er küsste mich erneut und ließ den Kuss einen Moment lang andauern. „Und um deine Frage zu beantworten: Ja, ich bleibe, wenn du es willst."

Ich schlang eine Hand um seinen Nacken. „Ich will es."

„Dann bleibe ich."

———

Es wurde ein Film und eine Flasche Wein. Zumindest beruhigte der Wein meine Nerven ein wenig und der Film gab uns einen Grund, etwas anderes zu tun, als über mangelndes Latex zu reden.

Es war gut, dass ich den Film schon hundertmal gesehen hatte, denn ich bekam kaum ein Wort davon mit. Alles, worauf ich mich konzentrieren konnte, war Jeff. Mein Arm lag um seine Schultern, sein Kopf ruhte auf meiner Brust und sein Weinglas auf meinem Knie, aber ich fühlte mich immer noch eine Million Meilen von ihm entfernt. Mussten wir noch mehr darüber reden? Überreagierte ich? Oder er?

Ich richtete den Blick auf ihn und beobachtete, wie das bleiche, flackernde Licht des Fernsehers sein Gesicht erhellte.

Das, was im Schlafzimmer passiert war, hätte sich zu einem ausgewachsenen Schreiduell ausweiten können. Ich verstand immer noch nicht, warum das nicht der Fall gewesen war. Früher konnten wir die Nachbarn mit einem Streit über den Geschirrspüler aufwecken, aber als ich ihn nur wenige Stunden, nachdem ich herausgefunden hatte, dass er seine Ex-Frau geschwängert hatte, mit dem Wunsch nach einem Kondom überrumpelte? Wir hatten das Feuer gelöscht, bevor es überhaupt ausgebrochen war.

Aber war das Problem gelöst? Obwohl ich diesen zögerlichen Frieden einem Streit vorzog, wollte ich einen Schlussstrich ziehen. Ich wollte sicher sein, dass wir die Sache wirklich zu den Akten legten.

Scheiße.

Ich sah zu, wie meine Finger durch sein blondes Haar glitten, während das Licht des Fernsehers auf seinem Gesicht spielte. Er schaute zu mir auf und lächelte, als er mein Gesicht berührte und mich sanft küsste.

Warum tue ich mir das immer wieder an?

Weil er es wert ist.

Bitte, Gott, mach, dass es das wert ist.

Ich wandte meine Aufmerksamkeit wieder dem Bildschirm zu, aber obwohl ich den Film auswendig kannte, hatte ich keine Ahnung, was vor sich ging. Ich konnte mich nicht konzentrieren. Auch wenn Jeff direkt neben mir auf der Couch saß, hatte ich Angst, dass er am Ende des Abends zur Vernunft kommen und gehen würde. Aber nach dem Film und dem letzten Glas Wein zogen wir uns beide in mein Schlafzimmer zurück.

Ohne ein Wort zu sagen, machten wir uns bettfertig, putzten uns die Zähne und zogen uns bis auf die Boxershorts aus. Es war seltsam, mit ihm unter die Decke zu schlüpfen, nur um zu schlafen. Natürlich hatten wir das schon oft gemacht, als wir noch zusammenwohnten, aber wir waren hergekommen mit der Absicht, so viel mehr zu tun. Jetzt lagen wir teilweise angezogen in meinem Bett und ich wusste nicht, was ich davon halten sollte.

Ich starrte in die Dunkelheit. Ich glaube nicht, dass ich jemals in meinem Leben ein anderes menschliches Wesen

so überdeutlich wahrgenommen hatte. Seine leisen, langsamen Atemzüge. Das gelegentliche Flüstern von Haut auf
Laken, wenn er sich bewegte.

Ich schloss die Augen und versuchte zu schlafen, aber
es ging nicht. Egal ob unser früherer Streit die Stimmung
gekillt hatte oder nicht, eine Tatsache blieb bestehen: Ich
wollte ihn immer noch. Sehr. Ich wusste nicht, ob es daran
lag, dass wir noch nicht zu Ende gebracht hatten, was wir
angefangen hatten, oder ob ich es einfach brauchte, dass er
mich berührte, damit ich wusste, dass unsere Beziehung
eine Chance hatte, aber so neben ihm zu liegen, war reinste
Folter.

Ich rollte mich auf die Seite und starrte die Wand an.
Körperlich sehnte ich mich nach ihm, aber es war so viel
mehr als das. Mir gefiel diese Distanz nicht. Es fühlte sich
zu sehr wie in den Nächten an, in denen wir uns zwar nahe
genug waren, um im selben Bett zu schlafen, aber zu angespannt, verletzt, wütend oder was auch immer, um uns zu
berühren.

Neben mir regte sich Jeff. Ich hielt den Atem an und
lauschte.

Er drehte sich um. Dann rutschte er näher.

Ich schloss die Augen, mein Herz pochte und meine
Lunge brannte, und dann materialisierte sich seine Hand
auf meiner Seite, halb auf der Haut und halb auf dem Bund
meiner Boxershorts. Ich ließ den Atem entweichen, den ich
angehalten hatte.

Seine nackte Brust wärmte meinen Rücken, und als er
auf meiner Schulter ausatmete, sein Atem kühl auf meiner
Haut, lief mir ein Schauer übers Rückgrat und direkt zu
meinem Schwanz. Ich presste mich an ihn. Er drückte das
Gesicht an meinen Nacken und als er seinen Körper an
meinen schmiegte, rieb sein harter Schwanz gegen meinen

Hintern. Ich ließ meine Hand über seine gleiten und er drückte leichte, zaghafte Küsse auf meinen Nacken, was mir überall eine Gänsehaut bescherte.

Ist das ...

Sollten wir ...

Was sind ...

Stell keine Fragen.

Ich rollte mich zu ihm herum. In der Dunkelheit fanden sich unsere Lippen und sein Kuss ließ kühle Erleichterung durch mich strömen. Alle Gedanken verschwanden aus meinem Kopf und ich stellte nichts mehr in Frage außer, wie wir überhaupt so lange voneinander hatten getrennt sein können.

Wir legten die Arme umeinander, verschränkten unsere Beine miteinander und ich drückte meine nackte Brust gegen seine. Unsere dünnen Boxershorts taten fast nichts, um unsere Erektionen davon abzuhalten, sich aneinander zu reiben, besonders als er eine Hand auf meinen Rücken legte und uns noch näher zusammenbrachte.

Ich hakte einen Daumen in den Bund seiner Shorts und zog sie nach unten. Jeff atmete scharf durch die Nase ein, küsste mich härter und hob das Becken an, damit ich seine Shorts noch weiter hinunterziehen konnte.

Ich drückte ihn auf den Rücken und legte mich auf ihn. Atemlos küsste ich ihn und streichelte ihn, während er mir die Shorts über die Hüften schob. Sobald sie aus dem Weg waren, begann er auch mich zu pumpen, wobei sich seine Hand fast im selben Rhythmus wie meine bewegte.

Jeffs Hand verschwand von meiner Hüfte und er rutschte ein wenig zur Seite. In der Dunkelheit brauchte ich eine Sekunde, um herauszufinden, was er tat, aber dann wurde mir klar, dass er nach dem Nachttisch griff.

Ich zog seine Hand sanft zurück und beugte mich dann

selbst in diese Richtung. Blindlings tastete ich herum und fand das Gleitgel. Als der Deckel klickte, spannte sich Jeff leicht an. Mein Herz pochte, als ich meine Hand mit dem Gel benetzte, und es schlug noch schneller, als ich meine Finger um unsere beiden Schwänze schlang.

Jeff stieß einen langen, abgehackten Atemzug aus. Seine Hände ruhten auf meinen Hüften. Ich pumpte uns beide mit meiner feuchten Hand, und er ermutigte meinen Körper, sich zu bewegen. Ehe ich mich versah, stieß ich schnell und hart gegen ihn.

Mit einem leisen Stöhnen ließ Jeff meine Hüften los. Diesmal packte er mich an den Haaren und küsste mich hart, während sein Becken meinen Stößen folgte und das Bett unter uns knarrte. Mir drehte sich der Kopf, meine Muskeln brannten von der Anstrengung, aber ich wollte nicht aufhören. Niemals. Er fühlte sich einfach zu gut an – mit einem Gefühl der Einsamkeit neben ihm in der Dunkelheit zu liegen, war jetzt eine ferne, surreale Erinnerung.

Sein Rhythmus war nicht länger synchron mit meinem. Er holte tief Luft, während sich sein Rücken unter uns aufwölbte, und ich spürte mehr, als dass ich ihn ächzen hörte. Er drückte sich nach oben und zwang seinen Schwanz gegen meinen und durch meine enge, glitschige Faust, also umfasste ich uns beide fester und fickte mich an ihm. Sein Schwanz wurde noch härter. Schien noch dicker zu sein. Und dann waren wir beide noch glitschiger, sein Sperma vermischt mit dem Gleitgel, während er unter mir keuchte und zitterte.

Er schob meine Hand aus dem Weg und übernahm das Kommando. Seine Hand war trocken und selbst mit dem Gleitgel und dem Sperma auf meinem Schwanz erzeugten seine Bewegungen eine atemberaubende Reibung. Mein

Körper bewegte sich jetzt von selbst und stieß in seine Faust, bis die Dunkelheit weiß wurde und ich auf ihm heftig erschauerte. Er drückte mich, streichelte mich und seine feuchte Hand brachte mich um den Verstand.

Als es zu viel wurde, packte ich sein Handgelenk und er lockerte sofort seinen Griff. Ich ließ mich auf ihn sinken, meine Lippen streiften seine, verweilten aber nicht lange, weil ich zu sehr damit beschäftigt war, so viel Sauerstoff wie möglich einzusaugen.

Keiner von uns beiden sagte ein Wort. Nicht, als wir um Atem rangen. Nicht, als wir aufstanden, um uns sauber zu machen. Nicht, als wir gemeinsam zurück ins Bett schlüpften.

Jeff legte seinen Arm über mich und sein Atem wärmte meinen Nacken. Jetzt war kein Platz mehr zwischen uns. Keine Distanz und keine Kleidung. Wir hatten zwar noch nichts geklärt, aber wir berührten uns. Das war ein Anfang.

Es gab eine Million Dinge, die wir sagen mussten, aber im Moment hielten wir einander einfach fest.

Und während ich in Jeffs Armen lag, schlief ich ein.

KAPITEL 6

JEFF

Ich schlief immer noch halb, aber ich war wach genug, um Brad zu finden und meine Arme um ihn zu schließen. Er legte seine Hand auf meinen Bauch und seinen Kopf auf meine Schulter, und sein Fuß glitt über meinen Knöchel hin und her. Die Wärme seiner Haut, die Nähe seines Körpers – ich hätte den ganzen Tag so bleiben können.

Und natürlich ging mein Alarm genau in diesem Moment ab.

„Jetzt schon?", murmelte Brad.

„Scheißding." Ich tastete nach meinem Handy und als ich es fand, schaltete ich das Klingeln aus und kehrte zurück auf meinen Platz neben Brad.

Er legte den Kopf wieder auf meine Schulter. „Ich schätze, du musst bald aufstehen."

Ich küsste ihn auf den Kopf. „Ja."

„Glaubst du, der Boss feuert dich, wenn du zu spät kommst?"

Ich lachte und strich mit den Fingern über seinen Arm. „Nein, wird sie nicht. Ich könnte ..." Ich brach ab, weil ich nicht wusste, wie ich sagen sollte, dass bestimmte Dinge

Christines missbilligenden Blick wert waren. Nach der letzten Nacht war unser verspieltes Geplänkel am Morgen plötzlich ein Minenfeld.

Brad zog seinen Arm zurück und stützte sich auf seinen anderen Ellbogen auf. „Hör mal, äh, wegen letzter Nacht." Er senkte den Blick. „Es tut mir leid. Ich wollte nicht, dass du ..."

„Es ist okay. Du musst dich selbst schützen." Ich zog ihn sanft zu mir herunter und küsste ihn auf die Stirn. „Wenn du vorerst lieber Kondome benutzen willst, können wir das auch."

„Das müssen wir nicht."

„Brad." Ich hob sein Kinn an. „Ich will nicht, dass du dich unwohl fühlst."

Sein Adamsapfel hüpfte und er wandte den Blick wieder ab. „Ich komme mir wie ein Arsch vor, weil ich es überhaupt vorgeschlagen habe."

„Dann bin ich derjenige, der es vorschlägt. Ich verstehe deine Beweggründe und ich möchte immer noch, dass wir in der Lage sind, zu ..." Ich schluckte. „Wir werden sie für die nächste Zeit benutzen. Okay?"

Er sah mich immer noch nicht an, aber er nickte. „Okay."

Ich umfasste seinen Nacken und küsste ihn. „Weißt du, das ist ein gutes Zeichen."

Endlich begegnete er meinem Blick. „Ein gutes Zeichen? Wieso?"

„Das hätte zu einem wilden Streit ausarten können. Ist es aber nicht." Ich lächelte. „Das ist ein verdammt guter Anfang."

Brad kaute auf seiner Lippe, legte die Stirn in Falten und wandte den Blick von mir ab.

„Du bist anderer Meinung?"

„Ich bin mir nicht sicher." Er fuhr sich mit den Fingern durch sein zerzaustes Haar und arrangierte es zu einer etwas geringeren Unordnung. „Ist es nicht ausgeartet, weil wir die Sache endlich in den Griff bekommen?" Er schaute mich an. „Oder weil wir beide Angst haben, einen Sturm heraufzubeschwören?"

Meine gute Laune sank und ich schluckte. „Ich weiß es nicht."

Er ließ seine Hand in meine gleiten und verschränkte unsere Finger. „Wenn du mich fragst, würde ich lieber wegen dieser Dinge streiten, als so zu tun, als ob sie nichts wären und sie unausgesprochen zu einem immer größeren Problem werden zu lassen."

„Ja, geht mir genauso." Ich strich mit dem Daumen über die Rückseite von seinem. „Bist du sauer wegen gestern Abend? Ich meine, gibt es irgendetwas, worüber wir uns streiten *sollten*?"

Er sah auf unsere Hände. „Ich glaube, ich sollte dich das fragen."

Ich hob unsere Hände und küsste die Rückseite seiner. „Ich bin immer noch da, oder?"

Er hielt meinen Blick fest, sagte aber nichts.

„Ich bin nicht sauer. Ehrenwort." Ich drückte seine Hand und küsste sie erneut. „Wir beide haben gestern viel durchgemacht, aber es ist alles gut zwischen uns."

Langsam ließ Brad den Atem entweichen. „Ja, das war eine Menge." Mit einem trockenen Lachen fügte er hinzu: „Vielleicht waren wir einfach zu überwältigt, um zu streiten."

Mein Magen verkrampfte sich. So etwas hatten wir schon einmal erlebt – wenn zu viele Kackehaufen am Dampfen waren, als dass wir uns auf eine Sache konzentrieren und deswegen einen Streit anzetteln konnten. So sehr ich es auch hasste, wenn wir uns stritten, die Alternative war immer schlimmer.

Er beugte sich vor und presste seine Lippen auf meine. „Machen wir uns jetzt darüber keine Sorgen. Wir beide müssen den gestrigen Tag erst einmal sacken lassen und ... wir können heute Abend weiterreden. Über alles. Aber jetzt", er nickte zu dem Wecker neben dem Bett, „sollten wir aufstehen und uns fertig machen."

„Das sollten wir wohl."

„Ja. Du musst in den Laden und ich sollte ein paar Dinge erledigen, wenn ich schon den Tag frei habe. Wir müssen das nicht sofort in Ordnung bringen."

Aber ich will nicht, dass noch etwas zwischen uns kaputtgeht.

Ich nickte. „Okay. Essen wir heute gemeinsam zu Abend?"

Brad lächelte. „Du kochst?"

„Kann ich. Oder ich lade dich ein." *Das spielt keine Rolle. Ich will nur mit dir zusammen sein.*

„Wenn ich etwas besorge, kochst du es dann?"

„Sicher."

„Dann treffen wir uns bei mir. Um sechs?"

„Okay." Ich küsste ihn. „Ich werde da sein."

CHRISTINE SAß AN IHREM SCHREIBTISCH UND blätterte mit einem Textmarker in der Hand in einem Lieferantenkatalog, und als ich hereinkam, schaute sie auf.

„Morgen", sagte ich.

„Morgen."

„Wie sind ..." Ich sah genauer hin und merkte, dass der Katalog nicht von einem mir bekannten Lieferanten stammte. „Ist das ..."

Sie zog einen Aktenordner darauf, aber nicht bevor ich das Sortiment an Kinderbetten und Laufställen gesehen hatte. „Nichts."

„Nichts?" Ich zerrte den Katalog unter dem Ordner hervor. „Du planst einen Großeinkauf, nicht wahr?"

Sie grinste verlegen. „Na ja, ich dachte mir, es kann ja nicht schaden, mal reinzusehen, oder?"

„Nein, wohl nicht. Hast du etwas gefunden?"

Das Grinsen wurde breiter. „Oh, ein paar Dinge. Ich muss noch herausfinden, was ich wirklich brauche und was total überflüssig ist, aber ..."

„Ja, gute Idee." Ich musterte sie. „Und, kommst du zurecht?" Ich deutete auf den Katalog. „Arrangierst du dich wenigstens mit der Situation?"

Sie seufzte und schob den Katalog beiseite. „In der einen Minute geht es mir gut. In der nächsten werde ich von Gefühlen überwältigt. Ich schätze, ich bin noch dabei, alles zu begreifen."

„Ich kenne das Gefühl. Es ist, als wäre ich in Panik und gestresst, aber gleichzeitig aufgeregt."

Ihre Augenbrauen hoben sich. „Du bist ... aufgeregt?"

„Nun, ja." Ich zuckte mit den Schultern. „Wir *werden* ein Baby bekommen. Das ist doch ein Grund, sich zu freuen, oder?"

Sie sah mich einen Moment lang an und lächelte dann leicht. „Ja, ist es. Ich dachte nur, du wärst ... du weißt schon ..."

„Ich weiß." Ich trat näher und legte meinen Arm um ihre Schultern. „Und ja, es ist verrückt und verdammt beängstigend, aber trotzdem."

Ihr Gesicht erhellte sich noch ein bisschen mehr. „Ich bin froh, dass du mit an Bord bist." Und genau so schnell, wie es gekommen war, verschwand das Lächeln wieder. „Ich hatte irgendwie Angst ..."

„Chris. Du solltest mich besser kennen."

„Ich will damit nicht andeuten, dass du ein fauler Drückeberger bist, ich wollte nur nicht, dass du einen Groll auf das Baby hegst." Ihr Blick fiel auf den Katalog und ihre Finger spielten mit der Ecke der Seite. „Oder auf mich."

„Ich bin genauso verantwortlich wie du. Und dieses Baby ist genauso meins wie deins. Du kannst darauf wetten, dass ich mit an Bord bin."

Sie schaute mir in die Augen und entspannte sich ein wenig. „Okay."

„Wie dem auch sei, ich sollte mal nachsehen, wie es Mary Ann mit dem Auftrag für die South Springs High School geht. Das sah ziemlich kompliziert aus."

„Gute Idee. Sie hatte vorhin alles gut im Griff, aber für etwas so Großes ..."

Ich nickte. „In Ordnung. Ich bin gleich wieder da."

Ich wandte mich um, um zu gehen.

„Jeff, warte."

Ich drehte mich um. „Hm?"

Sie tippte mit ihrem Stift auf den Katalog mit den Babysachen. „Es gibt da, äh, noch etwas, worüber wir reden müssen."

Ein flaues Gefühl breitete sich in meinem Bauch aus.

Oh Scheiße. Was noch?

Ich hustete, um die Luft durch meine zusammengeschnürte Kehle zu bekommen. „Äh, ja, gut?"

Der Stift tippte etwas schneller und sie hielt den Blick gesenkt.

Ich hustete erneut. „Also, was gibt's?"

„Die Sache ist die ..." Christine starrte auf den Stift. „Es ist etwas, das ich schon eine Weile loswerden wollte."

Mein Magen krampfte sich zusammen. „Okay?"

„Ich denke darüber nach, aufzuhören." Der Stift hielt inne. „Meine Hälfte des Geschäfts zu verkaufen. An dich, an jemand anderen, einfach ..." Sie seufzte. „Einfach aussteigen."

Ich schluckte. „Warum?"

„Ich brauche einen Tapetenwechsel. Es ist nicht nur der Laden. Eigentlich ist es gar nicht der Laden, sondern ..." Sie sah mir in die Augen. „Im Grunde will ich raus aus Tucker Springs."

„Irgendein bestimmtes Ziel?"

„Denver", sagte sie ohne zu zögern. „Um näher bei meiner Familie zu sein. Das ist zwar eine schöne Stadt, aber ... Ich möchte nicht den Rest meines Lebens hier verbringen."

„Du wirst also was tun? Deine Sachen packen und umziehen, bevor das Baby kommt?"

„Ich weiß nicht, wann", sagte sie. „Aber bald. Vielleicht ein paar Monate nach seiner Geburt."

Ich wollte antworten, hielt aber inne. „Er?"

Sie zuckte mit den Schultern. „Na ja, es ist besser als ‚es'."

„Oh. Richtig." Ich hakte die Daumen in meine Taschen. „Wie machen wir das dann? Mit dem Baby?"

„Ich bin mir nicht sicher, ehrlich gesagt. Wenn er so klein ist, könnte es zu viel sein, wenn er ständig hin- und herfahren muss. Ich weiß es nicht. Ich weiß es wirklich nicht."

Ich wippte auf den Ballen. „Dann müssen wir uns wohl auf eine Art Sorgerechtsvereinbarung einigen."

Christine nickte. „Ich weiß. Wenn du den Anwalt, der unsere Scheidung bearbeitet hat, damit beauftragen willst, zahle ich die Hälfte."

„Okay. Das können wir machen." So einfach würde es nicht sein. Das wusste ich und ich hatte keinen Zweifel, dass sie es auch wusste. Aber ich war noch immer erschüttert vom Gedanken, dass sie mit dem Baby wegzog und mir das Geschäft überließ. Das war viel zu viel, um es auf einmal in meinen Schädel zu bekommen. Ich ließ mich in den Kunstledersessel hinter meinem Schreibtisch fallen. „Warum willst du weggehen?"

„Tucker Springs ist nicht mein Zuhause, Jeff. Das war es nie." Sie legte ihren Stift weg und verschränkte die Hände. „Und um ehrlich zu sein, möchte ich mein Kind nicht dort großziehen, wo es sich so fühlt, wie ich mich den größten Teil meines Erwachsenenlebens gefühlt habe."

„Was meinst du damit?"

„Ich steche heraus wie ein bunter Hund." Sie umarmte sich selbst, als ob sie bei dem Gedanken eine Gänsehaut bekommen würde. „Außerhalb von Denver ist Colorado so weiß, wie es nur geht. Ich bin mir nicht sicher, wie ich mich dabei fühle, wenn mein Baby als das einzige schwarze Kind an seiner Schule aufwächst."

Ich konnte nicht einmal ansatzweise verstehen, wie das war, also wie sollte ich dagegen argumentieren? „Ähm. Okay. Wir haben ja noch Zeit. Lass uns jetzt noch keine Entscheidungen treffen."

Ihr Gesichtsausdruck verhärtete sich. „Das ist keine spontane Entscheidung. Das ist etwas, das mir schon sehr, sehr lange zusetzt. Lange bevor ein Baby ins Spiel kam."

„Warum hast du nichts gesagt?"

„Weil ich dich nicht im Stich lassen wollte. Und mir

liegt diese Firma am Herzen." Sie schaute zur Tür, als könnte sie durch sie hindurch in den geschäftigen Teil auf der anderen Seite sehen. „Aber ich kann hier nicht bleiben. Ich möchte irgendwo hinziehen, wo ich nicht so auffalle." Sie war einen Moment lang still, dann wandte sie sich wieder mir zu. „Unterm Strich? Ich will nach Hause."

„Sie will *was* tun?"

Zum Glück waren wir in Brads Esszimmer und nicht in einem Restaurant, sonst hätte sich bei seiner Stimme jeder Kopf im Raum umgedreht.

Ich stocherte in dem Hühnchen auf meinem Teller herum. „Sie will zurück nach Denver ziehen."

Brad ließ einen langen Atemzug entweichen. „Und was bedeutet das für dich?"

Ich hob den Kopf und sah ihm in die Augen.

Was bedeutet das für mich? Oder was bedeutet das für uns?

Ich griff nach meinem Weinglas. „Ich weiß es noch nicht. Wahrscheinlich werde ich ihren Anteil kaufen und die Firma selbst leiten, bis ich einen neuen Geschäftspartner gefunden habe. Oder zumindest einen Manager. Irgendwas."

„Ich dachte, du hättest einen stellvertretenden Geschäftsführer in Ausbildung."

„Haben wir auch. Aber ich bin mir nicht sicher, ob er bereit ist, in ihre Fußstapfen zu treten. Zumindest noch nicht."

Brad schwenkte seinen Wein und betrachtete die Flüssigkeit, anstatt mich anzuschauen. „Glaubst du wirklich, dass du die Firma ohne Christine führen kannst?"

„Ich weiß nicht, welche Wahl ich habe."

Er stellte das Glas ab und sah mir in die Augen, den Kopf leicht schräg gelegt. „Du bekommst praktisch schon einen Ausschlag, wenn sie sagt, dass sie Urlaub nimmt oder sich krank meldet. Dieser Laden ist keine Ein-Mann-Show, und das weißt du."

„Hast du eine andere Idee?"

Er senkte den Blick. „Nein, nicht wirklich." Er trommelte mit den Fingern neben seinen Teller. „Was ist mit dem Kind? Was wollt ihr tun, wenn sie in einer anderen Stadt lebt?"

„Hin- und herfahren, nehme ich an."

Er sah mich durch seine Wimpern an. „Willst du wirklich jede Woche oder alle paar Tage ein Kleinkind hin- und herchauffieren? Das scheint für alle Beteiligten anstrengend zu sein. Besonders für das Kind."

Seufzend stocherte ich wieder in meinem Hühnchen herum.

„Ich möchte nicht, dass es hier um mich geht", sagte er leise, „aber ich denke, es ist nur fair, dass ich mir Sorgen darüber mache, wie sich das auf uns auswirken wird."

„Natürlich ist es das. Und ich mache mir auch Sorgen."

Er starrte auf seinen Teller. „Es fühlt sich einfach so an, als hätten wir gerade angefangen, unseren Scheiß auf die Reihe zu kriegen, und jetzt entscheidet jemand anderes für uns."

„Christine entscheidet nichts bei uns."

„Nein." Mit einem gequälten Gesichtsausdruck sah er mir in die Augen. „Nur bei deinem Kind und deinem Job." Er schluckte schwer. „Und wo du leben wirst."

„Leben?" Ich zuckte zusammen, als hätte er mir einen Stromschlag verpasst. „Brad, ich gehe nirgendwo hin."

Er schürzte die Lippen, legte den Kopf schief und warf mir diesen typischen „Ach *wirklich?*"-Blick zu.

Ich griff über den Tisch, um seine Hand zu nehmen. „Ich werde nicht weggehen. Christine und ich werden eine Lösung finden."

Das „Ach *wirklich?*" wich nervöser, grenzwertiger Panik. Seine Augenbrauen zogen sich zusammen und er biss sich auf die Unterlippe, wie er es nur tat, wenn er versuchte, die Fassung zu bewahren, aber innerlich ausflippte. Es war ein Blick, der sagte: *Ihr beide werdet das schon hinkriegen, aber was ist mit uns?*

Ich führte seine Hand zu meinen Lippen und küsste die Rückseite seiner Finger. „Ich weiß nicht, was passieren wird. Und um ehrlich zu sein, macht mir das alles eine Scheißangst. Aber ..." Ich zwang mich, seinen Blick zu erwidern. „Ich will dich nicht verlieren."

Brad drückte meine Hand. „Ich gehe nirgendwo hin."

„Ich auch nicht."

„Noch nicht", flüsterte er. „Ich wünschte nur, das wäre passiert, als wir noch auf festerem Boden standen."

Wenn wir auf festem Boden gestanden hätten, wäre das nicht passiert.

Schuldgefühle brannten in meinem Bauch. Ich wich seinem Blick aus und strich mit dem Daumen über sein Handgelenk. „Es tut mir so leid, Brad."

„Es ist nicht deine Schuld", flüsterte er. „Wir werden ... wir werden das durchstehen."

„Ich weiß." *Gott, ich hoffe es.*

Brad war kein pflegeintensiver Freund. Er musste nicht der Mittelpunkt meines Universums sein und er hatte nie so getan, als hätte er ein Anrecht darauf, meine Zeit als Erster zu bekommen. Ich gab offen zu, dass die Ansprüche, die er an meine Zeit stellte, gerechtfertigt waren – es war nicht einfach, mit einem arbeitswütigen Geschäftsinhaber zusammen zu sein.

Und es würde auch nicht einfacher werden. Mit der Firma, dem Baby und dem Umzug von Christine nach Denver würde meine freie Zeit immer knapper werden. Irgendwann würde etwas auf der Strecke bleiben.

Ich wusste nur nicht, was.

KAPITEL 7

BRAD

Etwa eine Woche, nachdem wir von dem Baby erfahren hatten, parkte ich neben Jeffs Pick-up auf dem Parkplatz hinter seiner und Christines Firma und ging durch die Tür für Angestellte hinein. Obwohl die meisten Mitarbeiter mich kannten, stutzte einer der Sticker und versteifte sich, als wollte er mich gleich wieder zur Tür hinausschicken, aber Mary Ann klopfte mir im Vorbeigehen auf die Schulter.

„Hey, Brad. Lange nicht mehr gesehen. Wie geht's dir?"

„Gut. Dir?"

Sie zuckte mit den Schultern und hielt eine Spule mit Garn hoch. „Wie immer schwer beschäftigt."

„Besser als die Alternative."

„Ja, das stimmt. Schönen Tag, Mann."

„Dir auch."

Der andere Mitarbeiter entspannte sich und machte sich wieder an seine Arbeit. Ein paar der anderen begrüßten mich mit einem leichten Nicken oder einem Hallo.

Die Tür zu dem Büro, das sich Jeff mit Christine teilte,

war offen und er war über einen kleinen Stapel Unterlagen gebeugt.

Ich blieb in der Tür stehen. „Hey."

Er schrieb etwas auf einem Formular vor ihm zu Ende, sah mich dann an und lächelte. „Hey du."

Ich ging durch das Büro zu seinem vollgestopften Schreibtisch. „Ich bin ein bisschen früh dran, aber ..." Ich zuckte mit den Schultern.

„Kein Problem." Jeff neigte den Kopf nach hinten und ich küsste ihn. Er schlang seinen Arm um meine Beine. „Und ich bin so was von bereit, einen Happen zu essen. Hast du ein bestimmtes Lokal im Sinn?"

Ich zuckte mit den Schultern. „Wie viel Zeit hast du?" Ihm gehörte das Unternehmen, aber wir hatten schon vor langer Zeit gelernt, dass das nicht unbegrenzte Pausen und dreistündige Mittagessen bedeutete.

„Wenn ich das hier fertig mache, bevor wir gehen", er deutete auf den Stapel Arbeitsaufträge, „kann ich eine Stunde oder so rausschlagen, bevor ich mich mit dem Buchhalter treffen muss."

„Keine Verschnaufpause, was?"

Er ächzte nur.

Ich lachte. „Nun, du bist derjenige mit einem dichtgedrängten Zeitplan. Wo willst du hin?"

Er dachte einen Moment nach. „Die Straße rauf wurde gerade einen neues Thai-Lokal eröffnet."

„Ich habe schon lange nicht mehr thailändisch gegessen. Ist das Essen dort gut?"

„Ich war noch nie dort, aber meine Leute sagen, es ist noch besser als das in der Ford Street."

„Dann probieren wir es aus."

„Sehr gut." Er tippte auf die Arbeitsaufträge. „Lass

mich das nur schnell abschließen. Sollte nicht länger als fünfzehn oder zwanzig Minuten dauern."

„Nur keine Eile." Während er arbeitete, machte ich es mir auf dem Stuhl neben Jeffs Schreibtisch gemütlich und beschäftigte mich mit meinem Handy.

Keine zwei Minuten nachdem ich aufgetaucht war, beugte sich Christine zur Tür herein. „Hey, tut mir leid, dass ich störe. Jeff, kann ich mir deinen Pick-up für ein oder zwei Stunden ausleihen?"

„Ich würde Ja sagen, aber ich muss mich um eins mit dem Buchhalter treffen."

„Scheiße." Sie warf einen Blick über ihre Schulter. „Ich habe Dave meinen Wagen für die Lieferung nach Loveland nehmen lassen und er hat gerade angerufen und gesagt, dass es einen Unfall auf der Interstate gab. Er wird wahrscheinlich erst in einer Stunde zurück sein."

„Was ist mit dem Lieferwagen?" Jeff schnitt eine Grimasse. „Mist, ich habe Larry gerade damit losgeschickt. Was brauchst du? Vielleicht kann ich es erledigen, während ich unterwegs bin."

Sie lachte. „Nein, ich glaube nicht, dass du für mich zu einem meiner Termine gehen willst."

„Oh. Verstehe."

Ich sah zuerst zu Jeff, dann zu Christine. „Ich kann dich mitnehmen."

Sie wandte sich mir zu. „Was?"

„Ich muss erst um vier Uhr auf der Arbeit sein." Ich zuckte mit den Schultern. „Wenn Jeff nichts dagegen hat, dass wir an einem anderen Tag zu Mittag essen, kann ich dich zu deinem Termin bringen."

„Es macht dir nichts aus? Es könnte eine Weile dauern."

„Keine Sorge. Selbst wenn ich mich verspäte, wird

meine Chefin das verstehen. Sie schuldet mir sowieso noch den einen oder anderen Gefallen. Jeff?"

„Äh." Er schaute zwischen Christine und mir hin und her. „Ja, wir ... wir können ein anderes Mal zu Mittag essen."

„Okay." Ich erhob mich von meinem Stuhl. „Im Ernst, das ist kein Problem für mich, wenn es für dich auch keines ist."

„Nein, nein. Das ist in Ordnung."

Christine zögerte, aber dann lächelte sie. „Okay. Danke. Ich hole meine Handtasche."

Sie verschwand nach hinten und Jeff drehte sich zu mir. „Bist du dir da sicher?"

„Ja, natürlich. Sie braucht eine Mitfahrgelegenheit. Das macht dir doch nichts aus, oder?"

„Natürlich nicht. Aber ..." Sein Blick wanderte zu der Stelle, an der sie gestanden hatte. „Ihr zwei habt nie ..."

„Vielleicht ist es an der Zeit, dass wir damit anfangen." Ich beugte mich hinunter und küsste ihn auf die Wange.

Er sah mir in die Augen und ein schwaches Lächeln umspielte seine Lippen. „Bringt euch nur nicht gegenseitig um, okay?"

„Werden wir nicht. Versprochen." *Zumindest hoffe ich das.*

Er zog mich für einen leichten Kuss zu sich hinunter und danach verließ ich sein Büro, um zu Christine zu gehen.

Ich hatte vom Anfang unserer Beziehung an gewusst, dass seine Ex-Frau ein wichtiger Teil seines Lebens war und dass ich mit ihr auskommen musste, wenn ich mit ihm zusammen sein wollte. Auch wenn ich etwas angespannt gewesen war, bevor ich sie kennengelernt hatte, hatte ich danach keine Probleme, nett zu ihr zu sein. Wir waren zwar nie enge Freunde geworden, aber es gab auch keine Feindseligkeit zwischen uns.

Seit dem Beginn unserer Bekanntschaft war dies der erste peinliche Moment zwischen uns, als wir in meinem Auto saßen und beide geradeaus starrten, ohne dass ein Gespräch das Schweigen zwischen uns füllte.

„Also, ähm ..." Genau. Das machte die Sache weniger unangenehm. Ich räusperte mich. „Wie geht es dir?"

„Recht gut. Und dir?"

„Ganz okay."

„Gut."

Und ... noch mehr Schweigen. Die Wegbeschreibung, die sie mir gegeben hatte, war so einfach gewesen, dass ich nicht auf *Wo muss ich noch mal hin?* zurückgreifen konnte. Zumindest nicht, ohne wie ein Vollidiot zu klingen. Ich fragte mich, ob es auffällig wäre, wenn ich schneller fahren würde. Aber selbst wenn Christine es nicht bemerkte, könnten es einige der Polizisten in Tucker Springs tun, und im Wagen zu sitzen und auf meinen Strafzettel zu warten, wäre nicht gerade hilfreich. Vor allem, wenn ich sie am Ende zu spät zu ihrem Termin bringen würde.

Also gesetzeskonforme Geschwindigkeit.

Eine Ampel kam in Sicht und natürlich wurde sie gelb.

Als die Ampel auf Rot schaltete, bremste ich und hielt an. Etwas an der Tatsache, dass wir angehalten hatten und nicht miteinander redeten, machte die Unbehaglichkeit noch größer. Es war, als hätten wir uns bislang auf die Fahrt durch eine Stadt konzentrieren können, die wir wie unsere Westentasche kannten, aber jetzt, da sich die Stadt nicht mehr bewegte, na ja, Scheiße.

Christine rutschte auf dem Beifahrersitz hin und her. „Also, ähm, da wir ein bisschen Zeit haben und nur du und ich hier sind ..."

Die Peinlichkeit näherte sich Alarmstufe Unerträglich. Ich räusperte mich. „Ja?"

Sie holte tief Luft. „Ich wollte nur sagen, dass mir das alles sehr leidtut."

„Keine Sorge." Ich tippte mit dem Daumen auf das Lenkrad. „Ich arbeite heute sowieso erst später, also ist es –"

„Das habe ich nicht gemeint. Ich meine ... alles."

Ich trommelte schneller auf das Lenkrad. „Es ist nicht deine Schuld. Ich weiß, dass ihr beide nicht geplant hattet –"

„Nein, das haben wir definitiv nicht." Die Ampel wurde grün und als ich Gas gab, schaute sie mich an. „Macht ihr Fortschritte, du und Jeff?"

Meine Daumen hörten auf zu trommeln. „Er redet nicht darüber?"

„Das tut er. Die ganze Zeit." Sie machte eine Pause. „Ich frage dich."

„Oh. Nun gut. Äh, ja, ich glaube schon. Wir schreien uns nicht alle fünf Minuten an."

„Das ist schon mal ein Anfang."

„Man kann nur hoffen."

„Was soll das heißen?" Obwohl mein Blick geradeaus gerichtet war, spürte ich, dass sie mich direkt anschaute.

Ich rutschte auf meinem Sitz herum. „Ich habe mal gehört, wenn man aufhört zu streiten, hat man aufgehört, etwas für den anderen zu empfinden. Ich weiß nicht, wie wahr das ist, aber ... manchmal weiß ich nicht, ob Jeff und ich unsere Beziehung auf die Reihe kriegen oder ob wir einfach keine Energie mehr zum Streiten haben."

„Nun." Sie hielt für einen langen Moment inne. „Vielleicht seid ihr beide mittlerweile so zermürbt, dass ihr aufhören könnt, euch anzuschreien, und die Dinge einfach in Ruhe klären könnt."

„Ja, vielleicht." Irgendwie bezweifelte ich das. „Kann ich dich etwas Persönliches fragen?"

„Sicher."

In meiner Magengrube ballte sich Nervosität. „Wann wusstest du, dass es zwischen dir und Jeff vorbei ist?"

„Ich kann es dir nicht sagen." Sie schnalzte mit der Zunge. „Es war toll und dann war es beschissen und dann war es vorbei. Nichts davon ergab damals einen Sinn und das tut es auch jetzt nicht."

„Oh."

Sie schaute aus dem Fenster. „So ist das eben manchmal. Jeff und ich, wir waren zwei dumme Kinder, die nie hätten heiraten sollen. Wir wussten nur, dass wir unglücklich waren. Wir wussten nicht, dass so etwas gekittet werden kann."

Ich wollte antworten, zögerte aber. „Glaubst du, ihr hättet eure Beziehung kitten *können*?"

„Dieser Zug ist schon vor langer Zeit abgefahren, Baby." Sie drehte sich zu mir um. „Und ehrlich, ich will, dass du weißt, dass ich euch beiden die Daumen drücke."

Wirklich? Ich schaute sie an. „Danke."

„Ich meine es ernst. Ihr wart früher so glücklich miteinander und ich hoffe wirklich, dass ihr das wieder erreichen könnt." Sie senkte ihre Stimme ein wenig, flüsterte fast. „Trotz allem, was jetzt passiert."

Ich kaute auf meiner Lippe, wusste aber nicht, was ich sagen sollte.

Christine fuhr fort: „Ich weiß, dass es zwischen euch beiden schon eine Weile schwierig ist, und ich bin sicher, dass diese Situation nicht geholfen hat, aber Jeff ist ein ganz besonderer Mann. Ich weiß, dass du das weißt. Mach nur ..." Sie zögerte, dann legte sie ihre Hand auf meinen

Arm. „Mach nur nicht den gleichen Fehler wie ich und lass ihn gehen."

Nachdem Christine nach hinten zum Arzt gegangen war und ich allein im Wartezimmer mit meinen Gedanken und einem schlechten Fernsehprogramm saß, gingen mir ihre Worte immer wieder durch den Kopf.

Mach nur nicht den gleichen Fehler wie ich und lass ihn gehen.

Ich rutschte unruhig auf dem harten Stuhl hin und her, kaute auf meiner Lippe und versuchte, nicht zu viel in ihre Worte hineinzuinterpretieren. Natürlich scheiterte ich daran.

Sie bereute es also, ihre Beziehung beendet zu haben. Und offensichtlich gab es immer noch eine gewisse Anziehung zwischen ihnen, sonst würde ich nicht im Wartezimmer sitzen, während sie einen Termin bei ihrem Gynäkologen hatte.

Ich rieb mir mit Daumen und Zeigefinger die Augen. Diese Situation wurde immer seltsamer. Ganz zu schweigen von nervenaufreibend. Jeff und Christine waren schon immer im Paket gekommen – sie waren Freunde und Geschäftspartner, also war es nie eine Option gewesen, ihn zu bitten, sie nicht mehr zu sehen. Natürlich würde es mir nicht im Traum einfallen, ihm zu verbieten, sich mit jemandem zu treffen, aber zugegebenermaßen beunruhigte mich die Erkenntnis, dass sie nun untrennbar zum Leben des anderen gehören würden. Selbst wenn sie die Firma nicht länger zusammen betrieben, auch wenn Christine nach Denver zog und Jeff in Tucker Springs blieb, bekamen sie trotzdem ein Baby.

Eine Million Was-wäre-wenn-Szenarien gingen mir durch den Kopf, und jedes davon machte mich noch unruhiger. Was wäre, wenn Jeff die ständigen Fahrten, um sich das Sorgerecht zu teilen, leid wäre und er mit ihr nach Denver gehen würde? Was, wenn das Baby sie einander näherbrachte? Was, wenn sie einen Neuanfang beschlossen, so wie er und ich es getan hatten?

Ich schloss die Augen.

Die Sache zwischen uns war immer noch wackelig. Was, wenn sie wieder zerbrach? Was, wenn er, anstatt eine Atempause einzulegen und es noch einmal zu versuchen, sich einfach sagte zum Teufel damit und zu der Frau zurückkehrte, die er immer noch liebte und die zufällig auch die Mutter seines Kindes war?

Ja. Dieses Szenario wurde immer besser, je mehr ich darüber nachdachte.

Etwa eine halbe Stunde, nachdem sie mit dem Arzt mitgegangen war, kehrte Christine zurück. Sie hängte sich ihre Handtasche über die Schulter. „Können wir gehen?"

Ich stand auf. „Wann immer du willst."

„Ich brauche nur einen Moment." Sie blieb vor der Rezeption stehen und wechselte ein paar Worte mit der Empfangsdame. Wahrscheinlich ging es um die Zuzahlungen und die Terminplanung, aber das ging mich nichts an.

Als sie fertig war, steckte sie ihr Portemonnaie zurück in ihre Tasche und wir gingen hinaus.

„Danke, dass du mich hergebracht hast", sagte sie, als ich ihr die Tür aufhielt. „Du bist meine Rettung."

„Freut mich, dass ich helfen konnte."

Sie lächelte und wir gingen auf den Parkplatz hinaus. „Wenn wir schon mal hier sind, willst du, äh, vielleicht etwas essen gehen? Vor allem, weil du wegen mir dein Date mit Jeff verpasst hast?"

Ich warf einen Blick auf meine Uhr. „Klar. Ich habe noch jede Menge Zeit."

„Ich lade dich ein. Worauf hast du Lust?"

„Ich bin nicht wählerisch." Ich deutete auf das Schild für das Einkaufszentrum ein paar Blocks weiter. „Die Restaurants dort sind recht passabel."

„Klingt gut."

Ich parkte vor dem Einkaufszentrum und wir gingen hinein. Christine wollte etwas aus dem Sandwich-Shop und mir war nach chinesisch. Ich fand einen freien Tisch und ein paar Minuten später setzte sie sich zu mir.

Als sie ihr Tablett abstellte, beäugte ich das Sandwich. „Was? Keine Essiggurken und Eiscreme?"

Christine rümpfte die Nase. „Gott sei Dank habe ich noch kein Verlangen nach komischem Zeug. Ich bin mir aber sicher, dass es noch kommen wird."

„Ja, wahrscheinlich." Ich lachte leise. „Meine Mutter hat mir erzählt, dass sie nicht aufhören konnte, Süßkartoffeln zu essen, als sie mit mir schwanger war."

„Wirklich?"

Ich nickte. „Irgendwie frage ich mich, ob das der Grund ist, warum ich sie *nie* ausstehen konnte. Nicht einmal als Kind."

„Nie? Baby, da verpasst du was. Süßkartoffeln sind fantastisch, wenn man sie richtig zubereitet."

Ich schüttelte den Kopf und spießte ein Stück gebratenes Schweinefleisch von meinem Plastikteller auf. „Ich habe sie sogar schon mal so probiert, wie sie Jeffs Mom zubereitet, und ..." Allein beim Gedanken daran musste ich fast würgen.

Christines Kinnlade fiel herunter. „Du isst nicht einmal ihre?"

„Nein."

„Oh. Tja denn." Sie machte eine wegwerfende Geste. „Dann gibt es keine Hoffnung für dich."

„Sieht so aus."

Wir lachten beide.

Wir fingen an zu essen, aber dann hielt sie inne, murmelte „Entschuldige" und griff unter ihr Shirt, um am Träger ihres BHs herumzuzupfen. „Verdammtes Ding ..."

„Alles okay?"

„Ja, ja." Mit finsterer Miene zerrte sie wieder an dem Träger. „Nur dieses ... verdammte Ding passt nicht mehr so gut wie noch vor einer Woche." Ihr Blick traf meinen und sie verzog das Gesicht. „Tut mir leid. BH-Probleme sind wahrscheinlich das Letzte, was du hören willst."

„Ist schon gut. Mit den BH-Problemen und allem anderen gehst du besser um, als ich es wahrscheinlich tun würde."

Christine schnaubte. „Schätzchen, wenn du schwanger wärst ..."

Wir lachten beide, bevor sie den Satz beenden konnte.

Ich warf einen Blick auf meine Uhr. „Weißt du, wir haben Zeit und wir sind ja schon mal hier." Ich deutete auf unsere Umgebung. „Wenn du in einen der Läden gehen willst, um etwas zu kaufen, das besser passt ...."

Christine blinzelte. „Bietest du mir an, mit mir einkaufen zu gehen? *BHs?*"

„Nun, ich habe nicht gesagt, dass ich bezahle, aber wenn du etwas brauchst und wir hier sind, klar."

„Ich könnte neue gebrauchen, aber, ich meine ..." Sie musterte mich. „Das wird dich zu Tode langweilen, nicht wahr?"

„Nee, ist schon in Ordnung."

Sie hielt meinen Blick einen Moment lang fest. „Okay. Wenn du wirklich mit an Bord bist. Ich werde mich beeilen, versprochen."

Ich lächelte. „Mach dir keine Gedanken darüber."

Nachdem wir fertig gegessen hatten, schlenderten wir durchs Einkaufszentrum. Keiner von uns hatte die leiseste Ahnung, wo ein Umstandsmodengeschäft war, aber Gott sei Dank gab es einen Lageplan, der uns zu einem kleinen Laden zwischen einem Elektronikgeschäft und einem Nagelstudio führte.

Ich war mir nicht sicher, wer sich hier mehr fehl am Platz fühlte, ich oder Christine. Ich hätte mir nie vorstellen können, eine schwangere Frau in ein Geschäft für Umstandsmode zu begleiten, aber Christine sah aus, als würde ihr gleich übel werden. Aber sie war ja auch schwanger. Vielleicht *würde* ihr wirklich gleich übel werden.

„Geht es dir gut?"

Sie nickte langsam und starrte auf die Klamotten und die Schaufensterpuppen mit den hervorstehenden Bäuchen. „Ja, alles okay. Lass uns das schnell erledigen, damit –"

„Kann ich Ihnen helfen?" Eine lächelnde Verkäuferin trat zwischen Kleiderständern hervor.

„Ja, ich suche nach –" Christine zögerte und räusperte sich. „BHs."

„Die finden Sie da drüben."

„Danke." Christine ging in die angegebene Richtung, und als ich ihr folgte, stutzte die Frau.

„Sind Sie – Oh, das tut mir leid. Ich wusste nicht, dass Sie zusammen sind."

Ich spürte, wie Irritation von Christine ausging, aber ich

winkte ab. „Sind wir nicht. Ich habe da drüben nur einen Rock gesehen, den ich haben will."

Die Augen der Frau weiteten sich vor Entsetzen. Christine unterdrückte ein Lachen, als sie zu den BHs ging. Ich zwinkerte der Verkäuferin zu, um sie noch ein bisschen mehr zu verarschen, und folgte dann Christine.

„Gut gespielt", sagte sie leise.

Ich schmunzelte. „Ich dachte mir, es ist besser, als wenn du ihr den Kopf abbeißt."

„Das wäre auch fast passiert", murmelte sie. „Man könnte meinen, sie hat noch nie einen weißen Mann mit einer schwarzen Frau gesehen."

„In dieser Stadt hat sie das wahrscheinlich auch nicht."

Christine schaute finster drein. „Als ob ich das nicht wüsste." Dann stach ihr etwas ins Auge. „Oh mein Gott."

„Hm?"

Sie zog eine Bluse von der Stange und zeigte sie mir. „*Das* ist es, worauf ich mich in ein paar Monaten freuen kann?"

Ich rümpfte die Nase über das grässliche grüne ... Ding. „Bitte sag mir, dass das nicht alles ist, was sie haben."

Wir sahen uns beide um. Der Rest der Auswahl war nicht viel besser. Christine stöhnte und hängte die Bluse zurück auf den Ständer.

„Es muss doch eine Alternative geben", murmelte ich.

„Wem sagst du das?"

„Erwarten die wirklich, dass Frauen diesen Mist tragen?" Ich verdrehte die Augen. „Die Sachen sind hässlich."

Sie schenkte mir ein Grinsen. „Glaubst du, sie wären entsetzt, wenn ich sie bitten würde, mir etwas zu zeigen, das sexy ist?"

Ich schnaubte. „Selbst wenn nicht, bezweifle ich, dass

sie etwas auf Lager haben. Was ist .... Was ist *das* denn für ein Scheiß?" Ich nahm eine Bluse in die Hand, die vom riesigen Kragen bis zum unförmigen Design so aussah, als wäre sie speziell dafür entworfen worden, jede Spur einer Figur zu verbergen, die nicht wie ein Gummibärchen mit Gliedmaßen aussah. „Sind Umstandsdesigner blind?"

„Das sollte man meinen, oder?" Sie seufzte und schaute sich mit finsterer Miene die verschiedenen Optionen an. „Gott bewahre, dass eine schwangere Frau wie jemand aussieht, mit dem ein Mann schlafen möchte."

Eine Frau, mit der mein *Mann* –

„Ohne Scheiß. Urgh. Wenn es Zeit ist, dass du anfängst, dich nach so was umzuschauen, ähm ..." Ich nickte in Richtung eines Stapels von Blusen für hochschwangere Frauen. „Warum suchen wir uns nicht einen Laden, der etwas weniger ..."

Sie zog eine bleistiftdünne Augenbraue hoch. „Wir?"

„Hey, was bringt es, einen schwulen Freund zu haben, wenn er nicht ab und zu mit dir einkaufen geht?"

Christine lachte. „So habe ich das noch gar nicht gesehen."

Ich kicherte.

„Wie auch immer." Sie nahm ein paar BHs aus den Regalen. „Ich probiere die mal an, dann können wir hoffentlich hier raus."

„Lass dir ruhig Zeit."

Auf dem Weg zur Umkleidekabine blieb Christine stehen. Dann drehte sie sich zu mir um. „Nochmals vielen Dank, Brad. Ich weiß, dass das alles für dich nicht einfacher war als für mich oder Jeff, aber ..."

„Keine Ursache." Ich erwiderte das Lächeln. „Wir sitzen doch alle im selben Boot, oder?"

Sie betrachtete mich einen Moment lang schweigend, dann lächelte sie. „Ja."

Christine verschwand in der Umkleidekabine. Während sie die Klamotten anprobierte, ging ich zum Eingang des Ladens. Ich blieb in Sichtweite, damit sie mich sehen konnte, wenn sie herauskam, brauchte aber etwas Luft.

Obwohl ich mich über ein paar Freundinnen geärgert hatte, die versucht hatten, das Klischee auszunutzen, dass schwule Männer tolle Shoppingfreunde sind – ich hatte zwar einen guten Geschmack, aber ich war für niemanden der verdammte Stilberater –, schien es mir eine gute Ausrede zu sein, um etwas Zeit mit Christine zu verbringen. Vielleicht konnte ich ihr zeigen, dass ich nicht wütend oder gestresst war. Dass ich keinen Groll auf sie oder das Baby hegte.

Dass ich ein Teil davon war – und sein wollte. Schließlich saßen wir alle im selben Boot.

Zumindest im Moment.

Nun, das war etwas, das ich nie erwartet hätte: Christine und Brad, die lachend und mit Einkaufstüten in den Händen durch den Mitarbeitereingang kamen.

Ich musterte die Tüten. „Arzttermin, was?"

Sie grinsten beide verlegen.

„Wir haben zu Mittag gegessen", sagte Christine mit einem Achselzucken.

„Und wir haben uns", Brad hielt eine Handvoll Tüten hoch, „mitreißen lassen."

Ich lachte. „Das sehe ich."

Christine stellte ihre Tüten neben einem Vorrats-schrank ab, wo sie nicht im Weg waren. „Wann wolltest du mir sagen, dass es so viel Spaß macht, mit deinem Freund einzukaufen?"

„Äh, ich ..." Ich sah Brad an. Der hilfsbereite Bastard zuckte nur mit den Schultern.

„Du hättest ihn sehen sollen." Christine unterdrückte ein Kichern. „Er fing an zu schimpfen, dass diese Blusen offensichtlich dazu designt wurden, Frauen sowohl flach-brüstig als auch fett aussehen zu lassen. Ehe ich mich versah, gab er sechs Frauen Modetipps und stellte Outfits für sie zusammen. Darunter auch zwei, die dort arbeiteten."

Noch nie in meinem Leben hatte ich Brads Gesicht so rot werden sehen.

„Du machst Witze", sagte ich.

Christine lachte. „Hand aufs Herz, der Filialleiter hat ihm sogar einen Job angeboten."

Brad rollte mit den Augen und schüttelte den Kopf. „So war es gar nicht."

„Natürlich nicht." Sie stieß ihn spielerisch mit dem Ellbogen an. Dann sah sie mich an und ihre Miene wurde ernst. „Habe ich etwas Wichtiges verpasst?"

„Nein, es war ruhig." Ich gestikulierte mit einer Hand in Richtung der Stickmaschinen. „Aber kannst du dir den Auftrag für die Musikabteilung der Tucker U mal anschauen? Du weißt doch, wie pingelig die sind."

„Was du nicht sagst." Sie wandte sich an Brad. „Danke noch mal, dass du mich gefahren hast."

Und verdammt noch mal, jetzt umarmte meine Ex-Frau meinen Freund. Und er erwiderte die Umarmung. Die beiden hatten immer einen freundlichen Umgangston miteinander gehabt, aber das? Das war definitiv neu.

Christine ließ Brad los und ging zu den Stickern. Als sie weg war, drehte ich mich zu ihm um. „Muss ich die Klischeepolizei auf dich hetzen?"

Brad lachte verlegen. „Oh, *so* schlimm war es nicht."

„Nicht?"

Er hob seine Handflächen. „Nein, war es nicht, ich schwöre. Ich habe in einem der Umstandsmodegeschäfte eine Tirade losgelassen, weil die Sachen, die sie schwangere Frauen tragen lassen, hässlich sind, und dann habe ich vielleicht in einem anderen Laden über ein paar Dinge gemeckert. Der Filialleiter fand das lustig, aber er hat *ganz sicher* nur Spaß gemacht, als er mir einen Job angeboten hat."

„Ich will dich nur auf den Arm nehmen." Ich legte meinen Arm um Brads Taille und küsste ihn auf die Wange. „Schön, dass ihr zwei euch amüsiert habt."

„Besser als ich dachte."

„Das sehe ich. Wie genau", ich deutete auf den Berg an Einkaufstüten, „ist *das* eigentlich passiert?"

„Wir haben im Einkaufszentrum zu Mittag gegessen und sie wollte sich ein paar Umstandsklamotten ansehen." Er zuckte mit den Schultern. „Ich sagte, sie sähen scheiße aus, sie sagte, sie sähen scheiße aus, und wir waren eine Zeit lang beschäftigt, uns in den anderen Läden nach Sachen umzuschauen, die *nicht* scheiße aussehen."

„Das sehe ich."

Er lachte wieder und schaute auf seine Uhr. „Verdammt. Ich sollte gehen. Ich muss mich noch umziehen und komme sowieso schon zu spät."

„Okay." Ich zog die Augenbrauen hoch. „Sehen wir uns heute Abend?"

Er lächelte und legte eine Hand auf meine Taille. „Bei dir oder bei mir?"

„Hast du Schlussdienst?"

Er nickte. „Bleibst du bis nach Feierabend?"

„Ich glaube nicht, dass ich vor neun Uhr hier rauskomme. Wenn du nichts gegen ein spätes Abendessen hast, besorge ich etwas und koche für uns."

Brad küsste mich. „Du bist der Beste. Dann bis heute Abend. Wahrscheinlich um halb elf oder so. Die übliche Zeit."

„Klingt gut. Wir sehen uns heute Abend."

Nach einem weiteren kurzen Kuss ging er hinaus. Er war auf halbem Weg zur Tür, als ich sagte: „Oh, und Brad?"

Er blieb stehen und drehte sich mit hochgezogenen Augenbrauen um.

„Danke", sagte ich. „Dafür, dass du Christine heute geholfen hast."

Sein Lächeln war das aufrichtigste, das ich seit Langem gesehen hatte, als er zu mir zurückkam. „Jederzeit." Er ließ seine Hand an meinem Gürtel entlang gleiten und zog mich näher zu sich. „Weißt du, wir werden beide lange arbeiten. Willst du statt Essen zu besorgen einfach zu mir kommen, wenn ich Feierabend habe?" Er grinste. „Diesmal koche ich."

„Oh, dann werde ich definitiv da sein."

Ein letzter Blick, ein letzter Kuss und dann war er weg. Mit seinem Kuss auf den Lippen und dem heutigen Abend im Kopf war ich mir nicht sicher, wie ich mich auf irgend-etwas konzentrieren sollte, aber das spielte keine große Rolle. Noch fünfundvierzig Minuten, dann war ich für eine Weile weg von hier.

Denn ich hatte heute Nachmittag auch einen Termin.

———

BIN EIN PAAR MINUTEN ZU SPÄT. GEH SCHON MAL REIN. *Bin gleich da.*

Ich steckte mein Handy in die Tasche und schloss die Tür zu Brads Wohnung auf. Einen Moment lang sah ich mich um und wusste nicht, wie ich mich fühlen sollte, wenn ich hier allein war. Ich fragte mich, ob Brad sich so gefühlt hatte, als er heute Mittag mit Christine weggefahren war. Sie hatten nie mehr als ein paar Minuten allein mitein-ander verbracht.

Und das war das erste Mal, dass ich allein in Brads

Wohnung stand. Langsam, auch wenn ich mir nicht ganz sicher war, warum, ging ich zur Couch und setzte mich.

Die wenigen Möbel, die er hatte, waren entweder geliehen oder er hatte sie auf Craigslist ergattert, vor allem seit Nathan vor ein paar Monaten ausgezogen war, um mit seinem Freund zusammenzuwohnen. Brad hatte ein paar Stücke aus unserer Wohnung, aber nur Sachen, die wir im Gästezimmer untergebracht hatten. Ich wollte, dass er mehr mitnahm, und bestand darauf, die Hälfte der Sachen zu bezahlen, die er für die Wohnung ausgesucht hatte, aber wir hatten uns letztendlich darauf geeinigt, unser Haus nicht aufzuteilen. Das erschien einfach zu dauerhaft.

Im spärlich eingerichteten Wohnzimmer hatte er ein paar Drucke und Fotos aufgehängt, und die beiden IKEA-Bücherregale waren unter dem Gewicht jedes jemals veröffentlichten Science-Fiction-Romans zusammengesackt, aber er hatte sich nie ganz häuslich eingerichtet. An den Wänden des Wohnzimmers stapelten sich immer noch Kisten. Einige waren offen und der Inhalt ragte heraus, als hätte er sie auf der Suche nach einem bestimmten Gegenstand durchstöbert, aber nie ganz ausgepackt.

Ich war mir nicht sicher, was ich von alledem halten sollte. Hatte es etwas zu bedeuten, dass er sich nie eingelebt hatte, oder war er einfach zu beschäftigt gewesen?

Brad mochte keine unvollendeten Projekte. Als wir zusammengezogen waren, war jeder Karton binnen einer Woche verschwunden. Er kam nicht einmal damit zurecht, in einem Hotel aus einem Koffer zu leben. Alles musste in Schubladen verstaut werden.

Aber nach einem Monat an diesem Ort war diese Armee aus Kisten immer noch da.

Und das wenige, das er ausgepackt hatte, ließ einen

Knoten in meinem Bauch entstehen. Das Haus, das wir in den letzten Jahren geteilt hatten, fühlte sich ohne ihn trostlos und leer an. Wir hatten nicht lange genug dort gelebt, als dass die Farbe an den Wänden verblasst wäre und Schatten dort hinterlassen hätte, wo einst Bilder gehangen hatten, aber mein Kopf füllte die Lücken immer aus. Ich konnte nicht durch den Flur gehen, ohne die kahle Stelle zu sehen, an der früher ein gerahmter Druck von Schloss Neuschwanstein hing, und dieser Druck sah auf der schmalen, tapezierten Wand zwischen Brads Wohnzimmer und der Küche entsetzlich deplatziert aus. Die drei Kisten mit der Aufschrift *Comics* hatten mich immer genervt, weil sie Platz im Gästezimmer beanspruchten, aber jetzt konnte ich nicht mehr hineingehen, ohne die Leere in der Ecke zu sehen, wo sie gestanden hatten. Und die Hefte hatten auf dem alten Couchtisch gelegen, für dessen Renovierung und Politur keiner von uns Zeit gehabt hatte, den wir aber auch nicht wegwerfen wollten.

In diesem Zimmer sah der Tisch so bizarr aus, vor der Couch geparkt unter einer TV-Fernbedienung, einem ordentlichen Stapel Post und einem Untersetzer mit einem leeren Glas darauf.

Mein Blick blieb an dem leeren Glas hängen und ein dumpfes Gefühl breitete sich in meinem Magen aus. Brad gehörte zu den Menschen, die überall im Haus Becher und Wasserflaschen herumstehen ließen, und es machte mich *wahnsinnig*. Wie oft hatten wir uns schon darüber gestritten? Aber als ich hier allein in seiner Wohnung saß, konnte ich nicht begreifen, wie wir uns jemals so darüber aufregen konnten. Das Glas war nicht störend. Es war kein aus Faulheit nicht weggeworfener Müll in einem ansonsten aufgeräumten Zimmer.

Das war er. Es war ein Zeichen, dass Brad hier gewesen war.

Mit einem Kloß im Hals wurde mir bewusst, wie lange es her war, dass ein verirrtes Glas oder eine vergessene Flasche im Haus von „unseres" zu „meines" geworden war.

Brads Schlüssel knirschte im Schloss der Wohnungstür und ließ mich aufschrecken. Im letzten Jahr oder so hatte mich dieses Geräusch immer zusammenzucken lassen, aber heute Abend ließ es mein Herz flattern wie damals, als wir frisch zusammengekommen waren.

Ich stand auf, als sich die Tür öffnete, und unsere Blicke trafen sich.

„Hey." Er warf seine Schlüssel auf den Stapel Kisten, der als Beistelltisch neben der Tür diente. „Tut mir leid, dass ich zu spät bin."

„Kein Problem." Ich trat um die Couch herum. „Wie war es auf der Arbeit?"

Er ächzte, während ich die Arme um ihn schlang. „Ein langer Tag."

„So ist das im Handel", sagte ich mit einem verspielten Grinsen. „Jeder Tag ist ein langer Tag."

„Erinnere mich nicht daran." Er küsste mich und brachte ein müdes Lächeln zustande. „Ich bin froh, dass du hier bist."

„Ich auch." Der Wind hatte sein Haar zerzaust und ich strich die Strähnen wieder glatt. „Wenn du etwas ohne Aufwand machen willst, wie eine Pizza bestellen, ist das in Ordnung."

Brad atmete aus. „Ich habe versprochen, dass ich kochen werde."

„Es ist fast elf. Du musst das nicht tun."

„Wir finden schon was. Wenn nicht, gibt es ein Vierundzwanzig-Stunden-Restaurant die Straße hoch." Er deutete in Richtung Schlafzimmer. „Aber zuerst werde ich duschen gehen."

„Okay."

„Wenn du eine Flasche Wein öffnen willst, dann mach das ruhig."

Ich lachte leise. „Wahrscheinlich sollte ich so spät nicht mehr viel trinken. Ich muss noch fahren."

Er hielt meinen Blick einen Moment lang fest. „Du, äh, musst nicht unbedingt fahren."

Ich sah ihm in die Augen und schluckte schwer. Ein Teil von mir wollte vorschlagen, dass ich nüchtern bleiben sollte, nur für den unwahrscheinlichen Fall, dass dieser Abend den Bach hinunterging. Ein Teil von mir hatte furchtbare Angst davor, dass der Abend noch schlechter laufen würde, wenn ich das laut aussprach.

Ich räusperte mich. „Falls wir zu diesem Diner fahren ..."

Brad zuckte mit den Schultern und ein schwaches Lächeln umspielte seine Lippen. „Wir können immer noch eine Pizza bestellen. Wie dem auch sei, ich bin gleich wieder da."

„Okay."

Er verschwand im Schlafzimmer und ließ mich im Wohnzimmer zurück, das voll mit Kisten, gebrauchten Möbeln und diesem leeren Glas war. Es war ein bisschen leichter, hier zu sein, jetzt, da er physisch anwesend war und nicht mehr nur „hier" in dem Sinne, dass all seine Gewohnheiten und Besitztümer im Raum waren. Jetzt war er hier, aber was würde geschehen müssen, damit er all diese Dinge einpackte und nach Hause brachte?

Ein Schritt nach dem anderen. Wir kommen schon noch dorthin.

Bitte, bitte, lass uns dorthin kommen.

Keine zehn Minuten später kam er in Jeans und T-Shirt wieder heraus. Sein dunkles Haar war stachelig und feucht, nicht mehr perfekt frisiert, sondern nur mit den Fingern zu einer vagen Ordnung gekämmt. Mir war das egal. Er sah gut aus, egal was er mit seinen Haaren machte.

„Ich weiß, du willst sichergehen, dass du fahren kannst“, sagte er mit müder Stimme, als er in die Küche ging, „aber ich könnte wirklich ein Glas Wein brauchen.“

„Jetzt, da du es sagst, ich auch.“ Ich stand auf und folgte ihm in die Küche. „Ein Glas wird mir nicht schaden. Wenn ich zwei trinke, kann ich immer noch ein Taxi rufen.“

Er drehte sich mit offenem Mund um, als wollte er etwas sagen, aber er ließ den Gedanken fallen und holte zwei Gläser aus dem Schrank. Wir nahmen unseren Wein mit ins Wohnzimmer und setzten uns auf die Couch. Brad legte seinen Arm über die Rückenlehne hinter meinen Schultern und stellte sein Glas auf sein gebeugtes Knie zwischen uns.

Ich nahm einen Schluck von meinem Wein und wollte ihn auf den Tisch stellen, aber der eine Untersetzer war mit dem leeren Wasserglas belegt.

„Nimm einfach einen von diesen.“ Er neigte sein Glas zu dem Stapel Briefumschläge. „Oder stell es einfach auf die Tischplatte. Die muss sowieso abgeschliffen werden.“

Ich nahm eines der Kuverts vom Stapel und stellte mein Glas darauf. Dann lehnte ich mich zurück und spiegelte seine Haltung mit einem Knie auf dem Kissen.

„Und, wie war dein Tag?“, fragte er über den Rand seines Glases hinweg.

„Viel zu tun.“ Ich zuckte mit den Schultern. „Aber das ist gut, also kann ich mich nicht beschweren.“ Ich bewegte mich leicht. „Ach, übrigens, ich habe etwas für dich.“

„Ja?“

Ich zog einen zusammengefalteten Umschlag aus meiner Gesäßtasche. „Hier.“

Brad nahm ihn und schaute mich an. „Was ist das?"

„Meine Testergebnisse."

„Test... Was?"

Ich schluckte. „Du hattest recht, wir hätten vorsichtig sein sollen. Die Abmachung, damit wir keine Kondome benutzen, war, dass wir mit niemand anderem zusammen sind. Also habe ich ..." Ich nickte in Richtung des Umschlags.

Er schaute darauf und dann wieder zu mir. „Ich habe deswegen überreagiert. Und das tut mir leid."

„Mir tut es auch leid. Ich hätte offen zu dir sein sollen und das", ich zeigte auf den Umschlag, „früher erledigen sollen."

Brad warf noch einmal einen Blick auf den Umschlag. Dann legte er ihn auf den Couchtisch, stellte sein Weinglas darauf und streckte die Arme nach mir aus. „Komm her."

Unsere Lippen trafen sich und die ganze Anspannung, die sich in meinen Schultern aufgebaut hatte, seit ich seine Wohnung betreten hatte, war weg. Einfach ... weg. Ich atmete tief durch die Nase ein, zog ihn näher an mich und er leistete nicht den geringsten Widerstand.

Das war mit Abstand eine meiner Lieblingsbeschäftigungen mit ihm – auf der Couch sitzen und rummachen. Noch vollständig bekleidet, ohne uns gegenseitig zu betatschen, küssten wir uns, als wäre es das Einzige, was wir beide auf der Welt tun wollten. Oh, bald würde es mehr geben – dieser Ständer war nur eine gewisse Zeit lang erträglich, bis ich seine Hände und seinen Mund brauchte, um mir damit zu helfen –, aber im Moment war es genau das, was ich wollte.

Genau das, was auch er wollte, wenn seine geruhsamen Küsse ein Hinweis waren. Seine Finger strichen durch mein Haar. Dann ruhte seine Hand seitlich an meinem

Hals. Als ich den Kopf in die andere Richtung neigte und seinen Mund aus allen möglichen Winkeln erkundete, wanderten seine Finger meine Wange hoch, dann zurück in mein Haar.

Er war atemlos, als seine Lippen meine verließen. „Was hältst du davon, wenn wir das ins Zimmer nebenan verlagern?"

Ich atmete schwer und grinste. „Du erwartest von mir, dass ich laufen kann?"

„Ich werde –" Er sog zischend den Atem ein, als ich mit einer Hand über seinen Schritt strich. „Ich werde dafür sorgen, dass es sich für dich lohnt."

„Oh, daran habe ich keinen Zweifel. Los."

Im Schlafzimmer entledigten wir uns unserer Klamotten – uns gegenseitig langsam auszuziehen konnte bis zu einer Nacht warten, in der wir nicht so begierig waren – und kletterten zusammen ins Bett.

Brad drückte mich sofort auf den Rücken, und ich seufzte in seinen Kuss, während ich die Arme um ihn schlang.

„Weißt du", murmelte er, „es ist schon eine Weile her, dass du der Top warst."

Ein Schauer lief durch mich. „Zu lang."

„Was meinst du, sollen wir das korrigieren?"

Ich leckte mir über die Lippen und zog ihn in einen weiteren tiefen Kuss.

„Sag mir, wie du mich willst", flüsterte er.

Auf jede Art, wie ich dich haben kann.

„Auf Händen und Knien."

Brad biss sich auf die Lippe und unterdrückte fast einen Schauer, aber nicht ganz.

Ich grinste. „Deine Lieblingsstellung."

Er nickte und stöhnte leise.

„Dreh dich um. Ich hole Gleitgel."

Ich rollte unter ihm hervor und er begab sich auf alle viere, während ich die Gleitgeltube vom Nachttisch nahm.

So schnell wie möglich trug ich es auf und kniete mich hinter ihn. Brad mochte keine Vorbereitung. Keine Zunge, keine Finger – nimm einfach etwas Gleitgel und *fick mich*. Ich hatte nie herausgefunden, ob er den Schmerz mochte oder einfach nur zu ungeduldig war, endlich gefickt zu werden, aber so gefiel es ihm nun mal, und ich hatte nicht vor, mit ihm darüber zu diskutieren.

Nachdem ich reichlich Gleitgel auf uns beiden aufgetragen hatte, legte ich eine Hand auf seine Hüfte und presste meinen Schwanz an ihn. Wie immer gab es etwas Widerstand, aber er erwiderte den Druck und mir drehte sich der Kopf, als ich in ihn eindrang. Er ächzte und verkrampfte sich leicht, aber dann entspannte er sich und nach und nach arbeitete ich mich in ihn hinein, wobei mein Kopf immer leichter wurde, je tiefer mein Schwanz hineinglitt.

Ich wollte nichts überstürzen, aber verdammt, ich konnte nicht anders. Ich fickte ihn hart und stieß so tief zu, dass es wehtun musste, und sein Stöhnen und Flehen nach mehr trieb mich an.

„Du fühlst dich unglaublich an." Er kam mir mit dem Becken entgegen. „Gott, Jeff …" Sein Kopf fiel nach vorne und seine kräftigen Schultern zitterten.

„Oh mein Gott", murmelte ich. „Fuck, ich werde …"

Brad stützte sich mit einer Hand am Kopfteil ab und wiegte sich an mir, fing jeden meiner Stöße auf und mehr konnte ich nicht ertragen. Stöhnend packte ich seine Hüften, zog sie an mich und versuchte, noch ein paar Mal in ihn zu stoßen, als mein Orgasmus mich überrollte.

„Fuck", raunte ich und entspannte mich. „Du hattest recht. Es ist ... viel zu lange her, dass ich dich gefickt habe."

Er schaute über seine Schulter und grinste. „Finde ich auch."

Ich beugte mich vor und küsste seinen Nacken. Dann zog ich mich aus ihm zurück und setzte mich auf meine Fersen.

Brad legte sich auf den Rücken. Langsam pumpte er seinen Schwanz und grinste zu mir hoch. „Ich hoffe, du hast vor, das zu Ende zu bringen."

Ich lachte und beugte mich hinunter, um ihn zu küssen. „Gab es daran jemals einen Zweifel?"

„Nun, du hast es noch nicht getan."

„Geduld." Ich küsste ihn erneut, diesmal länger, und als ich seine Lippen mit meiner Zunge teilte, schob ich seine Hand von seinem Schwanz weg und begann ihn zu streicheln. „Du weißt, dass ich dich immer kommen lasse."

Er stöhnte leise und stieß in meine Hand. „Ja, das stimmt."

„Warum sollte es heute Abend anders sein?"

„Ich hab nur ..." Er keuchte, als mein Griff fester wurde. „Fuck ..."

„Hm?" Meine Lippen berührten seine kaum. „Warum sollte das hier anders sein?"

„Ich habe dich nur ... auf den Arm genommen." Er bäumte sich unter mir auf und neigte den Kopf nach hinten.

Ich beugte mich hinunter und küsste seinen Hals, seine Haut heiß unter meinen Lippen. Ein Kuss nach dem anderen arbeitete ich mich nach unten, über seine Brust und seinen Bauch, und hielt inne, um meine Zunge über seinem Hüftknochen flattern zu lassen. Er wand sich unter mir, ergriff mein Haar, kämmte mit den Fingern hindurch und packte es dann erneut.

Als ich mich seinem Schwanz näherte, stöhnte er auf und Gänsehaut bildete sich überall auf seinem Körper. Ich war versucht ihn hinzuhalten, ihn betteln zu lassen, aber alles, was ich heute Abend wirklich wollte, war, ihn zu befriedigen, also nahm ich seinen Schwanz in den Mund, langsam, so wie er es mochte. Er krallte sich in die Laken, sein Atem abgehackt und unregelmäßig und gespickt mit geflüsterten Flüchen, die mich in den Wahnsinn trieben. Mit langen, ruhigen Bewegungen schob ich ihn so weit in meinen Mund, wie es mein Würgereflex zuließ, dann wieder heraus und wieder hinein.

Ich wollte unbedingt, dass er sich so gut fühlte, wie ich mich dank ihm in unserer ersten gemeinsamen Nacht gefühlt hatte, nachdem wir wieder zusammengekommen waren, und endlich erhielt ich meine Chance. Ich drückte seine Schenkel weiter auseinander, schob zwei Finger in ihn und als ich seinen Schwanz wieder in den Mund nahm, krümmte ich meine Finger so, dass er aufkeuchte. Ich stimulierte ihn, streichelte ihn und genoss sein hilfloses Stöhnen und die Art, wie er zitterte und fluchte, wenn ich ihn berührte. Wenn ich nicht schon gekommen wäre, wäre ich jetzt nicht weit davon entfernt gewesen – nichts auf der Welt machte mich so an wie Brad, wenn er nach und nach die Beherrschung verlor. Ihn zu spüren, zu hören und zu schmecken, wenn er sich dem Höhepunkt näherte.

„Oh ... fuck ..." Er stöhnte und sein Schwanz versteifte sich und dann floss heißes Sperma über meine Zunge, während er versuchte, in meinen Mund zu stoßen.

Mit einem Wimmern ließ er sich zitternd zurück auf das Bett fallen. „Falls ich es in letzter Zeit noch nicht erwähnt habe: Dein Mund ist verdammt unglaublich.

Ich lachte leise, als ich meine Finger herauszog, und kaum hatte ich mich neben ihm auf dem Bett ausgestreckt, packte er mich und küsste mich.

„Willst du heute Nacht bleiben?", fragte er.

„Ich glaube nicht, dass ich aufstehen könnte, selbst wenn ich es wollte."

„Das fasse ich als ein Ja auf."

„M-hm."

Er küsste mich sanft und ließ sich auf den Rücken sinken. „Verdammt, wir haben noch gar nichts gegessen."

Ich streckte den Hals, um auf den Wecker zu schauen. „Können wir um diese Zeit noch etwas geliefert bekommen?"

„So nah an der Uni? Natürlich."

„Gutes Argument."

Er ließ seine Hand in meine gleiten. „Ich rufe in ein paar Minuten an. Ich will mich noch nicht bewegen."

„Ich hab's nicht eilig."

Wir kuschelten uns im Bett aneinander; manchmal lagen wir in angenehmem Schweigen nebeneinander, manchmal küssten wir uns träge. Wir machten uns nicht gegenseitig an, um wieder loszulegen, sondern genossen einfach die Gegenwart des anderen, so wie wir es in der ersten Zeit unserer Beziehung getan hatten.

Ich strich Brads immer noch zerzaustes Haar glatt. „Also, Christine und ich haben uns heute Nachmittag unterhalten und sie hatte einen interessanten Vorschlag."

Er stützte sich auf einen Arm auf. „Ja?"

„Ich hatte ihr gesagt, dass wir immer noch daran arbeiten, alle Dinge zu klären, und sie meinte, vielleicht sei es gut, wenn wir uns irgendwo eine kleine Auszeit nehmen würden."

„Auszeit?" Zwei Falten tauchten zwischen seinen Augenbrauen auf. „Wo denn?"

„Ich weiß es nicht. Nur ein Wochenende außerhalb der Stadt, um allein zu sein und von allem wegzukommen." Ich machte eine Pause und strich mit dem Daumen über den Rand des Lakens. „Ich dachte, wir könnten nach Moab fahren."

Brads Augen leuchteten auf. „Wirklich?"

„Warum nicht? Wir waren schon lange nicht mehr dort und das Wetter soll nächste Woche ziemlich gut sein." Ich legte meinen Arm auf seine Mitte. „Ich glaube, es würde uns gut tun, von allem hier wegzukommen und ein Wochenende zu haben, an dem wir nur zu zweit sind und nicht gestört werden. Handys aus und so."

„Gar keine Handys?"

„Nur wenn es einen Notfall gibt."

Er war einen Moment lang still, seine Augen ohne Fokus. Dann begegnete er meinem Blick. „Ich werde Linda fragen, aber ich wüsste nicht, warum sie mir nicht erlauben sollte, ein paar Tage frei zu nehmen." Er strich mir ein paar Haarsträhnen aus der Stirn. „Das klingt sogar nach einer verdammt guten Idee." Mit einem Lächeln fügte er hinzu: „Besonders ohne unsere Handys."

KAPITEL 9

BRAD

Nachdem ich am Donnerstagabend um fünf Uhr Feierabend gemacht hatte, machten Jeff und ich uns auf den Weg nach Utah. Es war eine lange Fahrt, vor allem nachdem wir beide einen ganzen Arbeitstag hinter uns hatten, aber wir wechselten uns jede Stunde hinter dem Steuer ab und kamen kurz vor Mitternacht an.

Jeff hatte eine Reservierung in einem dieser kitschigen Resorts in Moab mit einem Haufen von Châteaus, die entlang eines Bergrückens unweit des Highways gebaut worden waren. Es war nicht gerade eine „authentische Villa in den Alpen", aber das Château war gemütlich und das Bett war verdammt groß.

Keiner von uns wollte in dieser Nacht die Dimensionen oder die strukturelle Integrität des Bettes testen. Nach einem langen Tag und einer langen Fahrt waren wir uns beide einig, dass wir nur eines tun wollten – uns mit dem Gesicht auf ein Kissen sinken lassen und bis zum Morgengrauen ins Koma fallen.

Als der Tag anbrach, schlurften wir beide in unseren Boxershorts in die Küche. Hoffentlich hatten uns unsere

Gastgeber wenigstens etwas zu essen gegeben, bis wir wieder ausreichend bei Bewusstsein waren, um uns zum Frühstück der höflichen Gesellschaft in einem der Restaurants anzuschließen, an denen wir gestern Abend vorbeigekommen waren.

Der Kühlschrank und die Küchenschränke waren, wie erwartet, leer, aber neben der Kaffeekanne standen ein paar Päckchen mit gemahlenem Kaffee.

„Oh, Gott sei Dank." Jeff hielt eines der Päckchen hoch. „Es ist nicht das gute Zeug, aber es wird gehen."

„Ich nehme es. Gib es einfach in meinen Infusionstropf."

Er lachte und setzte das Wasser auf.

Ich rieb mir die Augen und dehnte meinen steifen Nacken. „Argh. Ich glaube, ich habe im Auto falsch geschlafen."

Jeff verzog das Gesicht. „Nicht nur du. Wir werden uns wahrscheinlich besser fühlen, wenn wir heiß geduscht haben und anfangen, uns zu bewegen."

„Gutes Argument. Also, was willst du heute machen?"

„Ich weiß es noch nicht." Während er den Kaffee in den Filter schüttete, nickte er in Richtung des Tisches. „Sieht irgendetwas davon interessant aus?"

Ich drehte mich um. Ein gutes Dutzend Broschüren lag auf dem Tisch ausgebreitet. „Hm. Wandern. Wildwasser-Rafting."

„Auf keinen Fall."

„Jeeptouren. Reiten." Ich nahm eine bunte Broschüre in die Hand und zeigte sie ihm. „Fallschirmspringen?"

Er sah mich an. „Das glaube ich nicht."

„Angsthase."

„Wenn ich als Angsthase gelte, nur weil ich nicht aus einem wunderbar funktionierenden Flugzeug springen will", Jeff zuckte mit den Schultern, „dann bin ich schuldig."

„Bist du."

„Aha. Wann hast du das das letzte Mal gemacht?"

„Noch nie." Ich schob die Broschüre zurück in den kunstvoll arrangierten Fächer. „Aber nur weil ich niemanden dazu bringen kann, es mit mir zu machen."

„Wie wäre es, wenn ich vom Boden aus zuschaue?"

„Das würde doch keinen Spaß machen."

„Wie auch immer." Nachdem der Kaffee aufgesetzt war, kam er zum Tisch. „Wir könnten in den Arches-Nationalpark fahren." Er nahm die Broschüre in die Hand. „Da war ich schon seit Jahren nicht mehr."

Ich nahm ihm die Broschüre ab und blätterte sie durch. Ich hatte zwar schon einige der rostfarbenen Felsbögen auf Fotos gesehen, aber noch nie in natura. „Klar. Fahren wir hin."

„Toll." Er deutete auf die Anrichte. „*Nachdem* wir Kaffee getrunken haben."

NACH EINER ANSTÄNDIGEN KOFFEINZUFUHR UND einer Dusche frühstückten wir in einem Café in der Nähe unserer Unterkunft. Auf dem Rückweg zum Château hielten wir bei einem Camping-Ausstatter an, um uns mit Proteinriegeln und Studentenfutter einzudecken. Dann füllten wir unsere Wasserflaschen, schnürten unsere Stiefel und machten uns auf den Weg in den Park.

Eine kurvenreiche, landschaftlich reizvolle Fahrt führte uns an riesigen Felsformationen und Dutzenden von Wanderwegen vorbei. Millionen von Jahren der Erosion hatten überall im Park unglaubliche Formen hinterlassen,

und wahrscheinlich weniger als ein Jahrhundert amerikani-
scher Kreativität hatte diesen Formationen Namen wie
Balanced Rock und Delicate Arch gegeben. Nach zwanzig
Minuten Fahrt hörten wir auf, uns die Schilder an den
Aussichtspunkten anzuschauen, weil wir nur noch die
Augen verdrehen konnten. Double Arch? Doppelter Bogen?
Echt jetzt? *Das* war das Beste, was ihnen eingefallen war?

Das Wetter war perfekt – heiß, aber nicht übermäßig
drückend – und zum Glück waren nicht viele Leute hier.
An einem Wochenende in der Hochsaison wären wir auf
dieser Straße mit vier Meilen pro Stunde hinter einer
Kolonne von Wohnmobilen und Minivans hergefahren,
aber heute war es nicht so schlimm. Und es waren noch
weniger Leute auf den Wanderwegen unterwegs. Im Besu-
cherzentrum hatten wir gehört, wie sich einige über die
Höhe beschwerten.

„Touristen", hatte Jeff gesagt und gekichert.

„Eher Weicheier."

Zwei oder drei Meilen nach Fahrtantritt im Park holte
ich die Karte hervor, die uns der Ranger gegeben hatte, als
wir unser Eintrittsgeld bezahlten. Normalerweise
wanderten wir gerne auf technisch anspruchsvolleren
Pfaden, und dieser Park hatte einige davon zu bieten –
Fiery Furnace sah verlockend aus –, aber wir waren beide
ein wenig außer Form. Und obwohl wir uns an die trockene
Luft und die Höhe gewöhnt hatten, war es zudem immer
noch ziemlich heiß.

„Vielleicht heute nur eine leichte Wanderung?"

„Klingt gut." Jeff warf einen Blick auf die Karte, die ich
über meinen Beinen ausgebreitet hatte. „Was sind unsere
Optionen?"

„Da ist ..." Ich schaute auf die Straße und unsere Umgebung, um mich zu orientieren, dann wieder auf die Karte. „Da ist der Start eines Wanderwegs ungefähr eine halbe Meile weiter. Sieht nach einer ziemlich langen Schleife aus, die an einigen wirklich coolen Felsformationen vorbeiführt."

„Gut, lass uns dorthin fahren."

Jeff parkte neben dem Ausgangspunkt des Wegs und wir stiegen beide hinaus in die Hitze. Wir trugen Sonnencreme auf, setzten Sonnenbrillen auf, schnallten unsere Rucksäcke auf die Schultern und folgten dem staubigen, rostfarbenen Pfad durch Gestrüpp und Kakteen zu den hoch aufragenden Felsen.

„Wow, hier ist es wunderschön", sagte Jeff nach einer Weile.

„Ja, ist es." Als wir an einem trockenen, gewundenen Bachbett im Schatten einiger spitzer Sandsteinsäulen vorbeikamen, fügte ich hinzu: „Sag es zu Hause niemandem, aber die Landschaft hier stellt so manches in Colorado in den Schatten."

„Ich werde es nicht verraten, wenn du es nicht tust."

Wir gingen weiter und unsere Stiefel knirschten auf einer dünnen Schicht loser Erde auf flachen Felsen. Eine Familie wanderte vorbei, die Kinder – vielleicht acht oder neun Jahre alt – trabten voraus, während Mom und Dad in gemächlichem Tempo hinter ihnen herliefen. Wir grüßten die Erwachsenen leise, als wir vorbeikamen, und ein paar Minuten später waren sie verschwunden.

„Kannst du dir vorstellen, hier draußen Kindern im Zaum zu halten?" Ich trat über ein paar glatte, aber etwas wackelige Steine. „Ich hätte Angst, dass sie stürzen oder irgendwo runterfallen."

Jeff navigierte mit etwas mehr Grazie als ich über die

Felsen. „Nun, *wir* haben auch überlebt, als wir Kinder waren."

„Wir haben auch überlebt, als wir als Teenager ohne Helm Fahrrad gefahren und wie Andretti rumgesaust sind."

„Gutes Argument." Er atmete schnaufend aus. „Nun, es wird ein paar Jahre dauern, bevor wir uns Sorgen um ein Kind hier draußen machen müssen."

„Ein paar Jahre –" Ich hielt inne, als ich eins und eins zusammenzählte. Richtig. Ein Baby. Ein Baby, das zu einem Kleinkind wurde, ein Kleinkind, das zu einem größeren Kind wurde, wie die, an denen wir gerade vorbeigekommen waren. Ich schüttelte den Kopf und richtete den Blick auf die beeindruckenden Steinbögen in der Ferne. „Was glaubst du, wie jung er sein wird, wenn du anfängst, ihn auf Wanderungen mitzunehmen?"

„Ich weiß es nicht." Jeff trat neben mich, als der Weg breiter wurde und wir wieder nebeneinander gehen konnten. „Mal sehen, ob ihm – oder ihr – die leichteren Strecken in Tucker Springs gefallen. Vielleicht arbeiten wir uns an so etwas heran und dann an die technisch schwierigeren?" Als wir weitergingen, ließ er seine Hand in meine gleiten. Es war komisch, dass sich etwas, das mir früher so vertraut gewesen war, jetzt so fremd anfühlte. Es war, als würde ich eine alte Uhr anlegen, die ich seit Jahren nicht mehr getragen hatte, und mich wundern, dass ich mich so sehr an sie gewöhnt hatte, dass ich vergessen hatte, dass sie überhaupt noch da war. Seine dunkle Sonnenbrille verbarg seine Augen, aber nicht die Art, wie sich beim Lächeln Fältchen in seinen Augenwinkeln bildeten. „Ich schätze, wir werden das dann entscheiden, wenn es so weit ist."

Ich erwiderte das Lächeln und wir gingen eine Weile schweigend weiter, bevor ich wieder etwas sagte. „Hey, erinnerst du dich noch daran, als wir meinen Eltern die namensgebenden Quellen von Tucker Springs zeigten?"

Jeff warf den Kopf in den Nacken und lachte. „Oh Gott. Die elendste und enttäuschendste Wanderung *aller Zeiten*."

„Nicht wahr?" Ich rollte mit den Augen. „Man sollte meinen, sie glauben uns einfach, dass die Quellen nicht annähernd so cool sind, wie das Fremdenverkehrsbüro sie darstellt."

„Ja, aber das Foto in der Broschüre *war* ziemlich beeindruckend."

„Da fragt man sich, wie viel die Parkverwaltung für Photoshop ausgibt."

Jeff kicherte. „Nun, das Mindeste, was deine Eltern hätten tun können, war, uns den Wetterbericht zu glauben."

Ich erschauderte. „Mein Gott. Ich hoffe, ich muss nie wieder eine Wanderung bei strömendem Dauerregen machen."

„Amen." Wir tauschten Blicke aus.

Der Weg machte eine Biegung und führte eine Steigung hinauf. Das schien ein guter Ort zu sein, um stehen zu bleiben, zu Atem zu kommen und die unglaubliche Landschaft zu betrachten. Ich stellte meinen Fuß auf einen großen Stein und Jeff lehnte sich an einen Felsen. Er klemmte sich den Schlauch seiner Trinkflasche zwischen die Lippen und nahm ein paar Schlucke Wasser. Als er den Schlauch wieder auf seine Schulter legte, fragte er: „Erinnerst du dich an das erste Mal, als du meine Eltern getroffen hast?"

Ich schnaubte. „Als ob ich das vergessen könnte."

Jeff lachte. „Aber du warst süß." Er zwinkerte. „Du bist immer süß, wenn du nervös bist."

„Und ich wäre nicht so nervös gewesen, wenn du mich nicht die ganze Autofahrt über vor all den Dingen gewarnt hättest, die einen riesigen Streit beim Abendessen auslösen könnten."

Entschuldigend zuckte er mit den Schultern. „Wäre es dir lieber, ich hätte dich *nicht* gewarnt?"

„Guter Einwand." Ich nahm einen Schluck aus meiner eigenen Flasche. „Deine Familie ist nichts für schwache Nerven."

Er pfiff. „Nein. Nein, wirklich nicht."

„Hast du ihnen …" Ich zögerte und kaute auf dem Mundstück meiner Flasche.

„Habe ich was?"

Ich nahm einen weiteren Schluck lauwarmes Wasser. „Wissen sie schon von dem Baby?"

Jeff senkte den Blick und runzelte die Stirn, als er mit der Schuhspitze einen Schmutzklumpen vom Profil seines Stiefels am anderen Fuß abstreifte. „Ja. Und meine Eltern sind begeistert, aber …" Seine Augen verloren an Fokus.

Ich setzte mich neben ihn auf den Felsen und schlang einen Arm um seine Taille.

Er war einen Moment lang still und atmete schließlich tief durch. „Es bringt nur das ganze alte Drama mit der weiter entfernten Verwandtschaft wieder hoch, ob ich wirklich schwul bin oder nicht."

„Aber du bist *nicht* schwul."

Er nickte und seufzte. „Versuch du mal, Leuten, die sich im einundzwanzigsten Jahrhundert immer noch darüber aufregen, dass ein weißer Mann eine schwarze Frau heiratet, deine Bisexualität zu erklären." Er verdrehte die Augen. „Ich meine, so ziemlich jeder hat Christine geliebt und die meisten tun es immer noch, aber es gab definitiv Getuschel hinter vorgehaltener Hand, als wir geheiratet haben."

Ich versuchte, mich bei der Erwähnung ihrer Heirat oder der Tatsache, dass sie ab nun wieder ein Teil der Familie sein würde, nicht aufzuregen. „Also flippen alle aus, weil du ..." *Mit einer Frau zusammen warst? Ein Kind mit deiner Ex-Frau hast?* Konnte ich das irgendwie formulieren, ohne zuzugeben, wie peinlich und unangenehm mir das Thema war?

Jeff legte seine Hand auf mein Bein. „Sie werden darüber hinwegkommen. Es hat für ein bisschen Drama gesorgt, aber ... um ehrlich zu sein, war meine Mutter ziemlich sauer, als ich es ihr erzählt habe."

„Warum das denn?"

Er schluckte schwer und hielt meinen Blick fest. „Sie dachte, das würde bedeuten, dass ich dich aufgegeben habe."

Mein Herz machte einen Sprung.

Jeff nahm meine Hände, seine Handflächen heiß und feucht an meinen. „Sie war hingerissen, als ich ihr gesagt habe, dass wir immer noch versuchen, unsere Beziehung zu kitten."

Ich brachte ein schmales Lächeln zustande. „Sie fühlt sich also nicht im falschen Film wegen der, äh, ziemlich komplizierten Situation mit Christine?"

Mit einem halben Achselzucken hob Jeff die Hand und fuhr mit den Fingern durch mein Haar. „Wie Mom sagte: Alles, was mit mir zu tun hat, ist kompliziert."

Ich lachte. „Nun, da kann ich ihr nicht widersprechen."

„Hey! Auf wessen Seite stehst du?"

„Ich meine ja nur." Grinsend berührte ich sein Gesicht und zog ihn an mich. „Aber es wird nie langweilig."

Er lachte verhalten und rückte ein bisschen näher heran. „Gott bewahre, dass ich dich langweile."

„Oh, darauf besteht absolut keine Chance."

„Gut. Das heißt, ich mache meinen Job."

„M-hm. Jetzt halt die Klappe und küss mich, bevor jemand den Weg runterkommt."

Ich lehnte mich im Vorraum des Châteaus gegen die Wand, zog meine Wanderschuhe aus und streifte meine Socken ab. „Argh. Ich brauche eine Dusche. Sofort."

„Ich auch." Er grinste mich an. „Wie wär's, wenn wir zusammen duschen? Du weißt schon, um Wasser zu sparen."

„Wasser sparen?" Ich zog eine Augenbraue hoch. „Wenn die gemeinsame Dusche dann dreimal so lange dauert?"

„Nun, es ist einen Versuch wert ..."

„M-hm. Und du weißt, was passiert, wenn wir zusammen duschen, oder?"

Jeff grinste, als er einen Finger in meine Gürtelschlaufe hakte und mich an sich zog. „Du weißt, dass es hier eine *riesige* Dusche gibt, oder?"

„Stimmt." Ich streifte mit meinen Lippen über seine. „War das eines der Argumente für diese Unterkunft?"

„Könnte sein."

„Du hast das also die ganze Zeit geplant."

„Vielleicht." Er umfasste meinen Hintern durch meine Shorts. „Wie oft haben wir schon die Gelegenheit, in einer Dusche zu vögeln, die wirklich groß genug ist?" Noch bevor ich etwas halbwegs Witziges erwidern konnte, küsste er mich, und selbst wenn noch etwas Widerstand in mir gewesen wäre, schmolz er unter der sanften Überredungskunst seiner Lippen und seiner Zunge dahin.

„Wir sollten ... Wir sollten uns ..."

Er schob eine Hand unter mein T-Shirt. „Mal sehen, wohin uns diese Dusche führt."

„Du weißt genau, wohin sie uns führen wird."

„M-hm." Sein Daumennagel umkreiste meine Brustwarze, was mich aufkeuchen ließ. „Je eher sie uns dorthin bringt, desto besser."

„Erst die Dusche", sagte ich, plötzlich außer Atem. „Dann werde ich dich in Grund und Boden ficken."

„Versprechungen, Versprechungen." Jeff deutete zum Schlafzimmer. „Vielleicht sollte ich das Gleitgel holen. Du weißt schon, nur für den Fall, dass wir es brauchen."

„Nur für den Fall?"

Er klimperte mit den Wimpern und ich verdrehte die Augen, während ich ihn in Richtung Badezimmer zerrte.

Nur der Dreck von der Wanderung hielt uns davon ab, sofort herumzumachen, aber selbst als wir uns auszogen und unter die Dusche stiegen, tauschten wir immer wieder Blicke aus, die sagten, dass es verdammt gut war, dass wir Gleitmittel in der Nähe hatten.

In der Sekunde, in der ich sauber bin, versprachen seine Augen, *geht es los.*

Zwischen laszivem Grinsen und teuflischen Blicken wuschen wir uns den Schweiß und den rostfarbenen Staub ab. Jeffs Hände wärmten meine Hüften, während ich mir die Seife vom Gesicht wusch. Dann presste sich sein warmer Körper an meinen, von seiner Brust an meinen Schultern bis zu seinem voll erigierten Schwanz an meinem Hintern. Er legte eine Hand um meine Kehle und zog meinen Kopf nach hinten, während er an der Seite meines Halses knabberte.

Ich schloss die Augen und meine Finger glitten über seine nasse Haut, während ich versuchte, mich an ihm festzuhalten. „Du hast ... du hast doch das Gleitgel mitgenommen, oder?"

„Natürlich." Er küsste mich unter dem Ohr. „Ich habe vor langer Zeit gelernt, dass Gleitgel besser griffbereit sein sollte, wenn du nackt in meiner Nähe bist."

Mit einem Wimmern drehte ich mich in seinen Armen um. Ich zog ihn in einen Kuss, das Wasser strömte über uns, aber nicht zwischen uns, und mein Gott, ich liebte es, wenn er mich auf diese Weise küsste. Diese fordernde Art, die mir immer den Atem raubte und das Gefühl gab, dass wir kurz davor waren, etwas Waghalsiges zu tun. Unsere Hände waren überall. Heiße, glitschige Haut presste sich aneinander und ich wollte jeden Zentimeter seines Körpers schmecken, aber ich wollte diesen Kuss nicht unterbrechen. Nicht einmal für eine Sekunde.

Jeff löste sich jedoch und flüsterte: „Fick mich. Jetzt."

„Gleitgel."

Er reichte mir die Tube und ich drehte ihn um, drückte ihn gegen die Wand und schob seine Beine auseinander. Ich trug etwas Gel auf uns beide auf und sobald mein Schwanz ihn berührte, lehnte er sich gegen mich und stöhnte, als ich in ihn eindrang.

„Oh Gott. Oh mein Gott, Brad ..."

Ich hielt ihn mit glitschigen Händen fest und arbeitete mich tiefer hinein. Er wiegte sein Becken an mir und ermutigte mich, ihn schneller zu ficken, und in meinem Kopf drehte sich alles, als ich ihm gab, was wir beide wollten. Ich stützte die Hände auf seine Hüften und zog ihn mit jedem Stoß an mich. Meine Beine und mein Rücken taten von der Wanderung weh, aber mich kümmerte nichts, außer ihn so tief und hart zu ficken, wie ich konnte.

Ich war viel zu aufgedreht und hungrig nach seinem Körper, als dass ich lange hätte durchhalten können, aber das spielte keine Rolle. Er würde nirgendwo hingehen. Er war dieses Wochenende hier bei mir, in diesem Zimmer und weit weg von allen anderen Menschen auf der Welt, und wir hatten nichts anderes zu tun, als zusammen zu sein – reden, ficken, was immer wir wollten. Also erlaubte ich mir, mich in ihm zu verlieren, und versuchte nicht einmal, mich zurückzuhalten. Ich hämmerte in ihn, biss die Zähne wegen der Schmerzen in meinen müden Beinen zusammen und ließ mich von seinem Körper und seinem Stöhnen mitreißen.

„Heilige Scheiße, Brad!" Jeff suchte Halt an den Fliesen, während er sich um mich verkrampfte und heftig erschauerte, und ich verlor meinen verdammten Verstand.

„Fuck. Oh ... *fuck!*" Ich presste ihn gegen die Wand, stieß so fest zu, wie ich konnte, und rammte meinen Schwanz in ihn, als ich kam. Vielleicht schrie er etwas – vielleicht auch ich –, aber ich konnte mich auf keinen Sinneseindruck konzentrieren, der nicht mein scheinbar endloser Orgasmus war.

Als es vorbei war, legte ich meine Stirn an seinen Nacken und wir beide atmeten einen Moment lang durch, zitternd und keuchend, während die Dusche hinter uns lief. Als die Luft kühler wurde, ließ ich meinen Schwanz vorsichtig aus ihm gleiten und zog Jeff mit mir unter das warme Wasser, wo er mich in eine enge Umarmung zog. Wir waren immer noch außer Atem, aber wen kümmerte das schon? Jeffs Kuss schmeckte sowieso besser als Luft.

„Dieser Ausflug war eine tolle Idee", murmelte ich an seinen Lippen.

„M-hm." Er drückte mich fest an sich, küsste mich tief und mir drehte sich der Kopf so wie gerade eben, als ich ihn gefickt hatte. Dann zog er sich zurück und sah mir in die

Augen. „Wenn wir schon mal hier sind, sollten wir auch in diesem Bett auf unsere Kosten kommen."

Unter dem heißen Wasserstrahl auf meinen Schultern bildete sich eine Gänsehaut. „Sollten wir." Ich strich ihm die nassen Haare aus der Stirn. „Das Bettgestell sieht ziemlich stabil aus. Ich bezweifle, dass du es kaputtmachen kannst."

Seine Augenbrauen kletterten in die Höhe. „Ist das ... ist das eine Herausforderung?"

Ich schenkte ihm ein breites Grinsen.

Er griff hinter mich und drehte das Wasser ab. „Nimm das Gleitgel mit."

KAPITEL 10

JEFF

Christine hatte recht gehabt. Das war es, was Brad und ich brauchten. Und heute? Der heutige Tag war perfekt. Wandern, reden, vögeln – das war genau das, was der Arzt verordnet hatte. Darüber hinaus hatten wir Gerüchte über ein ausgezeichnetes Steakhaus in der Stadt gehört, also verließen wir an diesem Abend das Château und fuhren durch Moab, bis wir das Lokal fanden. Sie hatten etwa ein Dutzend Biersorten aus Kleinbrauereien vorrätig, von denen wir noch nichts gehört hatten, und nachdem wir in einer Ecke Platz genommen hatten, bestellte jeder von uns eines. Ich nahm das Moab Ridge Stout und er wählte das Canyon Lager.

Nichts krönte einen tollen Tag so sehr wie ein gutes Bier und ein Steak. Ich hatte erst zwei Schlucke von meinem Stout getrunken und fühlte mich schon ein wenig beschwipst allein davon, dass ich hier und weit weg von allem war. Ich hatte nicht einmal mein Handy dabei. Obwohl ich insgeheim Bedenken gehabt hatte, vom Rest der Welt abgeschnitten zu sein, gab es in dieser Gegend sowieso kaum Empfang und ich hatte mich schnell an diese Vorstellung gewöhnt.

Auch Brad schien das alles zu genießen. Zumindest war das so gewesen. Während wir auf unsere Steaks warteten, wirkte er distanziert. Er rührte sein Bier kaum an und hielt den Blick starr auf die Speisekarte gerichtet, selbst lange nachdem er sich schon entschieden zu haben schien. Die Kellnerin nahm unsere Bestellungen auf und in der Zeit, die sie brauchte, um mit den Tortilla-Chips und der Salsa zurückzukommen, hatten Brad und ich kein einziges Wort miteinander gesprochen. Das war ein Muster, in das wir immer verfielen, wenn es bergab ging, und ich wollte nicht wieder hineinfallen. Diesmal nicht.

„Ist alles okay?"

Er nickte, sagte aber nichts.

„Du bist furchtbar still."

Sein Adamsapfel hüpfte. Er ergriff sein Bier und nahm einen tiefen Schluck, dann stellte er das Glas ab und sah mir in die Augen. „Ich bin nur nachdenklich."

Warum hatte ich plötzlich das Gefühl, dass Sturmwolken aufzogen?

Bitte, Brad, lass uns das nicht mit einem Streit ruinieren ...

„Worüber denkst du denn nach?"

Brad nahm einen Chip aus dem Korb, aß ihn aber nicht. Er drehte ihn zwischen den Fingern hin und her und betrachtete ihn, als ob er eine seltsame Faszination ausüben würde. „Hör mal, ich will auf keinen Fall einen Streit vom Zaun brechen. Ich weiß, wir sollten das gemeinsame Wochenende genießen und nichts aus der Vergangenheit hervorkramen, aber ..."

Ich ignorierte mein klopfendes Herz, griff über den Tisch und berührte seinen Arm. „Was ist los?"

Einen Moment lang war er still. Dann legte er seine Hand auf meine, aber sein Blick war distanziert. Als er schließlich sprach, war seine Stimme leise. „Wir sind in einem immer gleichen Kreislauf gefangen. Alles ist gut, bis etwas einen von uns aus der Fassung bringt, und dann streiten wir wieder." Er schluckte schwer. „Dann sagen wir, dass alles in Ordnung sei, bis etwas anderes dazwischenkommt. Ich … ich frage mich, ob wir das alles vielleicht jetzt auf den Tisch bringen sollten." Er schaute mir in die Augen. „Solange wir beide ruhig sind. Vielleicht können wir einen Teil davon ausdiskutieren und endgültig klären. Anstatt zu warten, bis wir uns bereits streiten, um es wieder zu erwähnen."

Mir drehte sich der Magen um. Ich wollte auch keinen Streit entfachen und schon gar nicht dieses Wochenende ruinieren, aber vielleicht hatte er recht.

„Okay." Ich setzte mich auf und verschränkte meine Unterarme auf dem Tisch. „Äh, wo sollen wir anfangen?"

Brad schluckte. „Ich bin mir nicht sicher."

„Nun, du magst es nicht, wenn ich zu viele Stunden arbeite."

Er nickte. „Und ich nehme an, dass es nicht gerade hilfreich ist, dass ich in letzter Zeit so viele Spätschichten habe."

„Wenn du an dem Abend, an dem ich länger in der Firma bleibe, eine Spätschicht hast, ist es nicht so schlimm."

„Ja, aber meine sind eine Woche im Voraus geplant. Bei dir ist es eher spontan."

„Stimmt." Ich nahm einen Chip aus dem Korb. „Wie wäre es damit? Du siehst zu, dass du deine unterschiedlichen Schichten ausgleichen kannst, und ich bleibe nur dann länger, wenn es wirklich dringend ist." Ich machte eine Pause und zerbrach den Chip in zwei Hälften. „Allerdings könnte es ein bisschen haarig werden, wenn Christine weg ist, zumindest bis ich jemanden gefunden habe, der für sie einspringt."

Brad nahm einen Schluck und rollte ihn kurz im Mund herum, bevor er ihn herunterschluckte. „Damit kann ich leben."

„Okay. Aber das ist keine dauerhafte Sache. Es könnte nur eine Weile so gehen."

Er nickte. „Verstanden."

Das war schon mal ein Anfang, nahm ich an. Wir hatten dieses eine Thema schon hundertmal besprochen, aber wenn wir es noch einmal in aller Ruhe durchgingen, hatten wir wenigstens die Chance, unseren Standpunkt vorsichtig herauszufinden und langsam auch die anderen Probleme zu besprechen.

Brad holte tief Luft. „Dann sind da noch die ganzen Streitereien, wer mit dem Abwasch dran ist."

Ich strich mit dem Daumen über die Seite meines Glases. „Das spielt keine Rolle, wenn wir nicht zusammen wohnen."

„Stimmt. Aber es ist irgendwie schwer zusammenzuleben, wenn uns solche Kleinigkeiten ins Schleudern bringen."

„Ja, das stimmt."

Er kratzte sich im Nacken und erwiderte meinen Blick. „Um die Wahrheit zu sagen, der Abwasch ist mir wirklich ziemlich egal. Ich verstehe nicht, warum so etwas Dummes zu einem Schreiduell ausartet."

Ich schüttelte den Kopf. „Das tue ich auch nicht. Das Gleiche ist mit den Gläsern, die du überall im Haus herumstehen lässt. Es ist ..." *Etwas, das ich so sehr vermisse, dass ich es nicht in Worte fassen kann.* „Es ist keine große Sache, verstehst du?"

„Ja." Er kaute auf seiner Lippe. „Sieht *irgendetwas* von dem, worüber wir uns in die Haare kriegen, wirklich so aus, als ob es sich lohnt, darüber zu streiten?"

„Jetzt, da du es sagst, nein. Nichts ist das wert."

Brad klopfte locker mit dem Ende seiner Gabel auf den Tisch. „Vielleicht sind diese Sachen ja gar nicht das Problem. Vielleicht müssen wir ein bisschen tiefer graben."

Ich schluckte. „Bis wohin?"

„Ich weiß es nicht." Er grub die Zähne in die Lippe. „Auch wenn dir der Gedanke nicht gefällt, ein Therapeut könnte helfen." Ich wollte protestieren, aber er hielt eine Hand hoch. „Es kann nicht schaden. Wir kriegen es allein nicht sonderlich gut hin, darüber zu reden, also ..."

Ich zuckte zusammen. „Du weißt, dass ich mich einfach nicht wohl dabei fühle, so jemanden einzuschalten."

Er seufzte und ich konnte nicht sagen, ob es aus Resignation oder Verzweiflung war. Vielleicht ein bisschen von beidem.

„Okay, wenn wir das also alleine angehen", sagte er und verschränkte die Hände, „was schlägst du dann vor?"

Ich starrte auf meinen Teller und fragte mich, wann mir der Appetit vergangen war. „Ich weiß es wirklich nicht."

Schweigen senkte sich zwischen uns, aber es hielt nicht lange an.

Brad entfaltete seine Hände und legte sie flach auf den Tisch. „Eine Frage."

Ich hob den Kopf und Brad hielt meinen Blick fest.

„Wann habt du und Christine gemerkt, dass es vorbei war?"

Mir rutschte das Herz in die Hose. „Was?"

„Ich bin neugierig", sagte er leise. „Sei so nett und sag es mir."

Ich kaute auf meiner Lippe. Einen langen Augenblick

dachte ich über die letzten Jahre meiner Ehe nach. Die Gespräche, die wir geführt hatten – laute und leise, mit und ohne Therapeut, produktiv und sinnlos –, bevor wir schließlich einen Schlussstrich gezogen hatten. Ich suchte nach dem Punkt, dem Moment, an dem es wirklich vorbei war.

Schließlich sagte ich: „Als es mir nicht mehr wichtig war, ob wir es schaffen oder nicht."

„Wirklich?"

Ich wich seinem Blick aus und nickte. „Ja. Ich meine, der Gedanke, sie zu verlieren, tat weiterhin weh, aber irgendwann erreichte ich einen Punkt, an dem es mir egal war, wie dieser Kampf um unsere Ehe endete, solange er nur irgendwann *endete*. Ich schätze, ich wusste, dass es vorbei war, als das Loslassen eher eine Erleichterung war als alles andere."

Wieder Schweigen. Diesmal länger.

„Falls es dich interessiert", sagte ich fast flüsternd, „diesen Punkt habe ich bei uns noch lange nicht erreicht."

„Ich auch nicht. Wir sind noch immer hier. Das muss doch etwas bedeuten."

„Natürlich tut es das. Ich habe nur Angst vor dem, was in den nächsten Monaten passieren wird."

Er kaute auf seiner Lippe. „Wenn das Baby kommt?"

Ich nickte. „Und mit der Firma. Du hast mich gebeten, nicht so viel Zeit auf der Arbeit zu verbringen, und ich versuche es, aber ich muss beides unter einen Hut bringen. Und ich muss zugeben, dass es schwer ist. Der Grund, warum ich so viel Zeit dort verbringe, ist nicht, um von dir wegzukommen. Es ist einfach nur ein Job mit großen Anfor-derungen." Ich rang die Hände, um etwas von meiner nervösen Energie loszuwerden. „Und ab jetzt muss es

Christine auch noch ruhiger angehen ...“ *Ganz zu schweigen davon, dass sie weggehen wird.*

Er nickte. „Ich weiß. Ich bin mir nicht sicher, was wir jetzt tun sollen. Du kannst ja nicht von ihr verlangen, dass sie Fünfzehn-Stunden-Schichten schiebt, zumindest nicht für mehr als ein paar Monate.“

„Genau.“ Ich stützte die Ellbogen auf den Tisch und rieb mir die Stirn. „Ich gebe mir Mühe, Brad. Wirklich.“

„Das weiß ich.“ Er machte eine Pause. „Das ist der Punkt, an dem ein Therapeut hilfreich sein könnte –“

„Ich will nicht zu einem Therapeuten gehen.“

Seine Lippen spannten sich an. „Selbst wenn so jemand uns helfen könnte, diese Streitpunkte zu regeln? Da wir es offensichtlich nicht selbst hinbekommen?“

„Aber das können wir.“

„Können wir das? Weil es noch nicht passiert ist.“ Er hielt meinen Blick fest und sah mich an, als würde er *gleich* die Augen verdrehen. „Warum willst du es nicht einmal in Betracht ziehen? Was ist, wenn es *doch* hilft?“

„Weil die verdammten Quacksalber nur dazu da sind, die Leute abzuzocken.“ Ich schüttelte den Kopf. „Der Idiot, bei dem ich mit Christine war, hat uns noch herbestellt, als wir alle schon verdammt genau wussten, dass unsere Ehe am Ende ist.“

„Es sind nicht alle so.“

„Gebranntes Kind.“

Brad atmete aus. „Das hast du auch über die Ehe gesagt.“ Ich zuckte zusammen. „Tut mir leid“, murmelte er. „Das war nicht angebracht.“

„Nein, du hast recht.“ Ich griff über den Tisch und legte meine Hand auf seine. „Hör zu, ich weiß, ich habe meine Macken. Die haben wir beide. Aber das heißt nicht, dass ich uns aufgeben werde. Ich meine, wir werden besser darin. Nach und nach."

Seine Augenbrauen zuckten. *Werden wir das wirklich?*

„Wir können das hinkriegen", flüsterte ich. „Im Moment ist es schwierig, aber wenn wir Geduld miteinander haben und die Dinge einfach besprechen ..."

Brad legte seine Hand auf meine. „Ich habe nur Angst."

„Ich auch. Aber wenn ich nicht glauben würde, dass wir das schaffen können", ich drückte seine Hand, „oder wenn ich denken würde, dass es sich nicht lohnt, wäre ich nicht so lange bei dir geblieben. Und ich weiß, dass du dir nicht so viel gefallen lassen würdest."

Brad nickte. „Ich weiß."

„Ich liebe dich", sagte ich. „Wir werden das schaffen."

Sein Lächeln bildete sich nur langsam, aber es tauchte auf und schaffte es sogar bis zu seinen Augen, als er unsere Finger miteinander verschränkte. „Ich werde nicht aufgeben, wenn du es nicht tust."

„Ich werde auf keinen Fall aufgeben."

Das Lächeln wurde noch ein bisschen breiter. „Dann wird alles gut."

Ich lächelte zurück, aber tief im Inneren konnte ich ihm nicht glauben.

KAPITEL 11

BRAD

Ich starrte an die Decke des Châteaus, während Jeff neben mir schlief, und schluckte den Kloß hinunter, der mir in der Kehle aufstieg.

Dieser Ausflug war fantastisch gewesen. Ich wollte sagen, dass ich mir nicht mehr hätte wünschen können, aber wem wollte ich etwas vormachen? Ich könnte mir eine Menge wünschen. Ich könnte mir wünschen, dass diese Illusion, dass wir Hoffnung hatten, dass zwischen uns alles in Ordnung kommen und perfekt sein würde, mehr als nur eine Illusion wäre.

Ja, ich könnte mir das wünschen. Zu erwarten, dass es Realität wurde, war eine ganz andere Sache.

Denn egal wie heiß der Sex war – und mein Gott, er war heute Nacht unglaublich gewesen –, egal wie sehr wir unsere gemeinsame Zeit genossen, früher oder später mussten wir wieder von diesem Höhenflug runterkommen, und wenn wir das taten, wartete die Realität unten auf uns. Es gab eine Firma zu leiten und ein Baby war unterwegs.

Ich konnte nicht mit Jeffs Kind konkurrieren. Ich wollte es gar nicht, aber ich wollte Jeff auch nicht verlieren. Und ob er es nun zugab oder nicht, tief in mir wusste ich, dass es nur eine Frage der Zeit war, bis Jeff nach Denver zog, um in der Nähe des Babys zu sein. Falls er doch in Tucker Springs bleiben sollte, würde er doppelt so viele Stunden im Geschäft arbeiten, um für Christine einzuspringen. Welchen Weg er auch immer einschlug, in welcher Stadt er sich schließlich niederließ, er war in seinem Leben auf eine Art und Weise an Dinge gebunden, wie er nicht an mich gebunden sein sollte – oder wollte. Dinge in seinem Leben, die dauerhafter waren, als ich es je hoffen durfte zu sein. Selbst als ich jetzt neben ihm lag, konnte ich spüren, wie er mir durch die Finger glitt.

Hier in der Dunkelheit, ein paar hundert Meilen von zu Hause entfernt, versuchte ich, Trost in der Tatsache zu finden, dass er hier war. Dass wir es bis hierher geschafft hatten und dass es ein toller Tag und eine wunderbare Nacht gewesen waren. Auch wenn wir auf unbeholfene Art und Weise über einige der Dinge gesprochen hatten, die uns auseinandergetrieben hatten, wollte ich glauben, dass all dies dazu beitrug, dass wir es ein für alle Mal schaffen würden.

Aber während Jeff leise neben mir schnarchte und mein Körper von der Wanderung und dem Sex schmerzte, wurde mein Herz immer schwerer. So sehr ich auch so tun wollte, als wäre es nicht wahr, war es das doch. Alles, was mir Hoffnung geben sollte, machte das unausweichliche Ende nur noch schwerer zu schlucken.

Es würde nicht funktionieren.

Und wenn alles letztendlich zusammenbrach, würde es höllisch wehtun.

Ich war schon seit einer halben Stunde zu Hause – heute hatte ich Gott sei Dank eine Frühschicht gehabt –, als Jeffs Klingelton mir ein Lächeln auf die Lippen zauberte. Das Einzige, was mich durch einen langen Tag voller Stress im Einzelhandel gebracht hatte, war die Vorfreude auf das Essen mit ihm heute Abend, und jetzt mussten wir nur noch Ort und Zeit vereinbaren. Hoffentlich bei ihm zu Hause. Seine Kochkünste und eine Flasche Wein waren genau das, was wir heute Abend brauchten.

Ich klemmte mein Handy zwischen Schulter und Ohr ein, während ich den Anzug aufhängte, den ich gerade ausgezogen hatte. „Hey du."

„Hey."

Mein Herz sank und meine Hände hielten inne. Ich kannte diesen resignierten Tonfall nur zu gut. „Was ist los?"

„Nun ja ..."

„Du musst länger arbeiten?"

Er seufzte. „Leider. Wir haben einen Eilauftrag für einen dieser Kunden, zu dem wir nicht wirklich Nein sagen können, und –"

„Jeff, es ist in Ordnung." *Bitte komm nach Hause ...* „Weißt du, wie spät es sein wird, bis du kommst?"

„Spät. Sie wollen dreihundert Stück bis morgen früh."

„Großer Gott." Ich hängte den Kleiderbügel auf die Stange und schaute auf meine Uhr. Es war viertel vor sechs. „Und sie haben dir den Auftrag einfach geschickt?"

„Anscheinend hat jemand bei ihnen was vermasselt und sie müssen die Sachen morgen Nachmittag nach Colorado Springs zu einer großen Preisverleihung bringen." Er stöhnte. „Ich brumme ihnen einen heftigen Zuschlag für einen Eilauftrag auf, aber ich kann keinen meiner Leute länger hierbehalten, weil ich sie morgen früh für etwas anderes brauche, und zwischen dem Ende einer Schicht und dem Beginn der nächsten müssen vom Gesetz her acht Stunden liegen. Also müssen Christine und ich es selbst machen."

„Verdammt. Tja, dann ruf mich morgen an, wenn du etwas geschlafen hast. Ich habe morgen Spätschicht, aber wenn du dich danach treffen willst ..."

„Ganz sicher." Wenigstens war jetzt ein Lächeln in seiner Stimme zu hören. „Ich sollte mich an die Arbeit machen. Ich muss die Maschine für diesen Auftrag vorbereiten."

„Viel Spaß. Wir sehen uns morgen."

„Bis morgen." Er machte eine Pause. „Ich liebe dich."

„Ich liebe dich auch."

Nachdem ich aufgelegt hatte, hörte ich mich selbst, wie ich ihm immer wieder versicherte, *Jeff, es ist alles in Ordnung.* Er musste oft lange arbeiten und ich hatte das akzeptiert, auch wenn es eine Zeit lang ein Streitpunkt gewesen war. Er hatte sich aber gebessert. Er blieb nicht mehr stundenlang in der Firma und erledigte Papierkram. Nur bei diesen verrückten Eilaufträgen hatte er keine andere Wahl und konnte nicht gehen, bevor die Arbeit erledigt war. Damit konnte ich leben.

Bis vor Kurzem hatte ich kein Problem damit gehabt, dass er bis spät in die Nacht mit Christine zusammen war. Manchmal hatte ich diese paranoiden Momente, in denen ich mir vorstellte, dass sie ihre Beziehung wieder aufleben ließen, während sie arbeiteten. Normalerweise schaffte ich es, diese Gedanken als lächerliche Unsicherheit abzutun, aber das war jetzt etwas schwieriger. Immerhin hatten sie sich so in ihre jetzige Lage gebracht, nicht wahr? Eine lange Nacht am Ende einer harten Woche?

Und hatte Christine nicht gesagt, dass es ein großer

Fehler gewesen sei, ihn gehen zu lassen? Offensichtlich gab es zwischen ihnen noch immer eine Art Funken. Hatte er auch noch Gefühle für sie? Sie bekamen jetzt ein Baby. Schien es da weit hergeholt zu sein, dass sie beschließen könnten, ihrer Beziehung noch eine Chance zu geben?

Ich schüttelte den Kopf und ging auf der Suche nach Ablenkung ins Wohnzimmer. Vielleicht etwas Wein und einige Wiederholungen einer Sitcom? Es gab auch ein paar Filme, die ich mir schon lange anschauen wollte. Irgendetwas musste es doch geben, das meine Gedanken bis zum Schlafengehen beschäftigen konnte. Wie ich meine Gedanken beschäftigen konnte, nachdem ich zu Bett gegangen war, nun, damit würde ich mich befassen, wenn es so weit war.

Das ist doch lächerlich. Sie arbeiten *zusammen.*

Ich zappte durch die Kanäle und erinnerte mich daran, dass ich ihm vertraute. Ich *wollte* ihm vertrauen. Egal wie viele dumme Zweifel und Fragen ich hatte, ich wollte nicht *so* ein Freund sein. Ich würde nicht unangemeldet auftauchen unter dem Vorwand, in der Gegend zu sein, und um halb zwei nachts vorbeikommen, um Hallo zu sagen.

Leise fluchend schaltete ich den Fernseher aus und ließ die Fernbedienung auf die Couch neben mir fallen. Ich brauchte etwas anderes, um mich abzulenken. Fernsehen reichte einfach nicht aus. Ich musste aus dem Haus und etwas anderes tun, als mich mit Dingen zu befassen, die wahrscheinlich gar nicht passierten.

Ich nahm das Handy in die Hand und scrollte durch meine Kontakte. Als ich Nathans Nummer sah, drückte ich sofort darauf.

„Hey", sagte er. „Was gibt's?"

„Nicht viel. Äh, hast du heute Abend was vor?"

„Irgendwie schon." Pause. „Alles okay bei dir?"

„Ja. Ja, mir geht's gut." *Ja, klar.* „Ich bin nur gestresst wegen der Sache mit Jeff."

„Das wundert mich nicht. Warte kurz." Die Leitung war eine Sekunde lang still. Dann meldete er sich wieder. „Hör mal, ich bin mit Darren und Ryan in Seths Wohnung. Wenn du zu uns kommen willst ..."

„Es macht dir nichts aus? Und ihnen auch nicht?"

„Nee. Je mehr, desto besser."

Zum Teufel, warum nicht? Nathan hatte mir vor einiger Zeit Seth und Darren vorgestellt, und beide waren ziemlich entspannte Typen. Genau wie Ryan.

„Klar, ich komme gleich rüber."

„Cool. Wir sind auf dem Dach."

Ich zögerte. Wenn man mit diesen Jungs auf dem Dach abhing, wurde normalerweise mehr als nur Bier herumgereicht.

Und ganz ehrlich, das klang heute Abend *fantastisch.*

„Ich bin unterwegs."

ICH PARKTE VOR DEM INK SPRINGS, SETHS TATTOO-Studio, und ging die Treppe hinauf. Im ersten Stock befanden sich Darrens und Seths Wohnungen – sie waren schon vor einiger Zeit zusammengezogen, hatten aber weiterhin beide der winzigen Wohnungen gemietet, damit sie etwas mehr Platz hatten. Ich öffnete die Tür und trat auf die Dachterrasse hinaus.

„Hey, hey", sagte Nathan. „Schaut mal, wer da ist."

Sie saßen in einem Kreis aus Plastik-Liegestühlen. Ryan winkte mir zu. Seth und Darren drehten sich beide um und grüßten mich, als sie mich sahen.

„Setz dich." Seth deutete auf den leeren Stuhl. „Wie geht's, Mann? Hab dich lange nicht mehr gesehen."

Wir stießen unsere Fäuste gegeneinander, als ich vorbeiging, um den Platz einzunehmen. „Ganz okay. Hatte nur viel um die Ohren."

„Geht es nicht uns allen so?" Darren lungerte auf einem der Stühle und hatte die Füße in Seths Schoß gelegt, während Seth seinen Arm über Darrens Bein drapiert hatte. Für ein so ungleiches Paar sahen sie immer verdammt entspannt zusammen aus.

Und Darren ... Himmel. In Jeans und einem verblichenen T-Shirt, vor allem mit dem kurzen Bart und ohne Kollar, sah er heute alles andere als priesterlich aus. Ja, klar. Wem wollte ich etwas vormachen? Er hätte eine Bikerkluft oder arschfreie Chaps tragen und an einer Feuerwehrstange tanzen können, und er hätte immer noch diese Ausstrahlung von „ein Mann Gottes" gehabt.

Ich schüttelte den Kopf und riss den Blick von Darren los. Nun, ich war schließlich hergekommen, um mich abzulenken.

„Ich weiß nicht, wie es den anderen geht", Seth griff in seine Tasche, „aber ich könnte ein bisschen Luft gebrauchen." Er holte eine Plastiktüte und eine kleine Blechdose heraus.

„Ich bin dabei." Nathan sah Ryan an. „Es sei denn, du willst."

„Ihr könnt bei uns pennen, wenn ihr wollt." Darren drehte sich zu mir um. „Du auch."

Führe mich nicht in Versuchung ...

„Ist schon okay." Ich winkte mit einer Hand. „Ich muss morgen arbeiten."

„Wie du willst." Seth drehte sich schnell einen Joint.

„Ich passe auch. Muss morgen früh einen klaren Kopf

haben." Ryan legte seinen Arm um Nathans Schultern und küsste ihn auf die Wange. „Aber du kannst dir ruhig einen gönnen."

Nathan schaute ihn an und sie tauschten ein dreckiges Grinsen aus, während er seine Hand auf Ryans Bein legte. Ryan mochte heute Abend nichts rauchen, aber ich hatte das Gefühl, dass er in ein paar Stunden die Früchte ernten würde. Glückspilz.

Seth hielt den frisch gerollten Joint hoch. „Wer will?"

„Nach dir", sagte Darren mit einem Grinsen.

Seth sah ihn an und ich dachte, er hätte gezwinkert, aber ich war mir nicht sicher. Dann nahm er einen Zug und reichte den Joint an Darren weiter, während er den Rauch in seiner Lunge behielt.

Ich schluckte. Oh, verdammt. Wenn der gute Reverend Gras rauchte, dann würde ich das auch. „Ihr habt doch nichts dagegen, wenn ich heute Nacht auf eurer Couch schlafe?"

Seth blies langsam den Rauch aus. „Ganz und gar nicht."

Darren schüttelte den Kopf und hielt mir den Joint hin. Ich nahm ihn entgegen und machte, ohne weiter darüber nachzudenken, einen tiefen Lungenzug.

Als ich die Luft anhielt und den Joint an Nathan weiterreichte, während meine Kehle und meine Lunge brannten, grinste Ryan und drückte Nathans Bein. Ein weiteres Grinsen wurde zwischen den beiden ausgetauscht und plötzlich bedauerte ich dies.

Wie könnte ich mich besser davon ablenken, dass mein Freund möglicherweise wieder seine schwangere Ex-Frau vögelte, als hier abzuhängen und high zu werden, oder? Es war ja nicht so, dass mich Gras hungrig auf einen Schwanz machte oder so.

Richtig. Genauso wenig wie Seth danach einen Heißhunger auf Doritos entwickelte, als ob sie aus der Mode kämen.

Scheiße.

Na ja. Wenigstens war ich aus dieser gottverdammten Wohnung herausgekommen.

ALS ICH AM NÄCHSTEN ABEND NACH DER ARBEIT NACH Hause kam, stand Jeffs Wagen auf einem Gästeparkplatz, ein paar Plätze weiter als mein eigener reservierter. Nach einem langen, langen Tag, den selbst der Rest meines Highs nicht ganz erträglicher machen konnte, sandte der Anblick seines Autos einen kleinen Schauer durch mich. Wenigstens *etwas* lief heute gut.

Nicht, dass ich überrascht war, ihn dort zu entdecken. Wir hatten uns in der letzten Stunde meiner Schicht Nachrichten geschrieben und ich hatte ihm gesagt, er solle schon in die Wohnung gehen. Aber so wie mein Tag gelaufen war, hatte ich die ganze Heimfahrt über Angst gehabt, dass etwas dazwischenkommen würde. Sein Auto würde eine Panne haben. Die Firma würde ihn plötzlich für einen anderen Auftrag mitten in der Nacht brauchen. Er würde es sich anders überlegen und abhauen.

Aber er war hier. Gott sei Dank.

Ich öffnete die Tür und der Duft von frischem Kaffee begrüßte mich eine Sekunde, bevor Jeff aus der Küche trat.

„Ich habe Kaffee gemacht." Er gestikulierte mit dem Becher in seiner Hand. „Ich hoffe, es macht dir nichts aus."

„Ob es mir nichts ausmacht?" Ich lockerte meine Krawatte und warf meine Schlüssel auf den Stapel Kisten, der neben der Tür stand. „Ich könnte dich dafür küssen."

Er schenkte mir ein breites Grinsen. „Wirst du mich in jedem Fall küssen?"

„Natürlich." Ich legte eine Hand auf seine Taille und machte genau das. Als ich mein Sakko auszog, fragte ich: „Wie ist es letzte Nacht gelaufen?"

Er seufzte und rieb sich die Augen. „Wahrscheinlich wäre es doppelt so schnell gegangen, wenn Christine hätte bleiben können."

Meine Hände erstarrten. „Sie war nicht da?"

Jeff schüttelte den Kopf und nahm einen Schluck Kaffee. „Ich schätze, sie ist an dem Punkt, an dem schwangere Frauen sehr, sehr müde werden. Ich habe sie nach unserer Essenspause nach Hause gefahren, weil sie kaum noch die Augen offen halten konnte."

„Oh."

Tja. Wenn ich mir jetzt nicht wie ein Idiot vorkomme, weil ich mir solche Sorgen gemacht habe ...

Jeff stellte seinen Kaffeebecher ab und gab mir einen weiteren kurzen Kuss. „Und wie war dein Tag?"

„Es war einer dieser Tage, die mich dazu bringen, die Arbeit im Einzelhandel zu überdenken. Jedes Arschloch des Universums kam heute in den Laden."

Er lachte. „Und morgen wirst du wieder denken, dass es der beste Job aller Zeiten ist, richtig?"

Ich warf ihm einen gespielt bösen Blick zu, während ich mein Sakko über die Lehne eines Stuhls hängte. „Verurteile mich nicht."

Er schmunzelte. „Ich weiß nicht, wie du das aushältst. Wenn ich nicht die Macht hätte, einem Kunden zu sagen, dass er sein Geld nehmen und es sich sonst wohin stecken soll, würde ich wahrscheinlich ausrasten."

„Ach, Linda unterstützt mich, wenn die Leute wirklich gemein werden. Wenigstens arbeite ich nicht für eine dieser riesigen Ketten. Es macht einen großen Unterschied, wenn die Besitzerin direkt neben dir steht und den Idioten sagt, sie sollen sich verpissen."

„Hat sie das heute gemacht?"

„Fast. Ein Typ war so nah dran", ich hielt Daumen und Zeigefinger knapp übereinander, „aber er ist abgehauen, bevor sie loslegen konnte."

„Kluger Mann."

„Klüger, als er wissen kann." Ich rollte mit meinen steifen Schultern und lockerte meine Krawatte ein wenig mehr. „Dann kam diese Frau herein, die darauf bestand, dass wir *sofort* eine abgebrochene Halterung ihres Rings reparieren, und sie schien nicht zu verstehen, dass der Juwelier heute nicht da war." Ich schnalzte mit der Zunge. „Ich habe ihr gesagt, dass ich es selbst machen, aber kein großartiges Ergebnis versprechen könne."

Jeff musterte mich. „Bitte sag mir, dass du es nicht wirklich getan hast."

Ich schüttelte den Kopf.

„Gut. Wir brauchen nicht noch einen Ausflug in die Notaufnahme, okay?"

„Das wirst du mich nie vergessen lassen, oder?"

„Auf keinen Fall."

„Toll." Ich winkte ihm, mir zu folgen. „Komm. Ich muss mich umziehen."

„Ist das alles, was du da drinnen tun musst?" Er umfasste meinen Hintern, als wir den Flur entlang zum Schlafzimmer gingen.

Ich warf einen Blick über meine Schulter. „Kommt darauf an. Hast du etwas anderes im Sinn?"

Jeff grinste nur.

KAPITEL 12

JEFF

Ich brauchte das heute Abend. Verdammt, ich hätte es auch gestern Abend gebraucht, aber es war nicht dazu gekommen.

Ich lag auf dem Rücken unter dem Laken neben Brad, starrte an die Decke, während ich um Atem rang, und fühlte mich so gut wie seit Tagen nicht mehr.

„Oh mein Gott", stöhnte er. „Das war unglaublich."

Ich lachte. „Du klingst immer so überrascht."

Brad schmunzelte und rollte sich auf die Seite. „Wohl kaum. Und ich weiß nicht, wie es dir geht ", er machte eine Pause und küsste mich unter dem Kinn, „aber ich bin am Verhungern."

„Ich auch."

„Wir essen gleich was." Seine Lippen fanden meine. „In einer Minute."

„Wenn du so weitermachst", murmelte ich zwischen Küssen, „fangen wir wieder von vorne an."

„Hm, das stimmt." Er küsste mich erneut und hob dann den Kopf. „Und wenn ich nicht so hungrig wäre, würde ich sagen, zum Teufel damit, aber ..."

„Dann lass uns etwas essen."

Wir machten uns sauber, zogen uns an und gingen in die Küche.

„Hast du auf irgendwas Bestimmtes Lust?"

Ich zuckte mit den Schultern. „Ich nehme, was immer du willst."

„Schauen wir mal, was wir haben ..." Er begann, den Kühlschrank zu durchstöbern, und murmelte vor sich hin.

Ich lehnte mich an die Anrichte. Nach dem schummrigen Licht in seinem Schlafzimmer ließ mich das helle Neonlicht in der Küche ein wenig die Augen zusammenkneifen.

Brad auch. Er hielt bei seiner Suche im Kühlschrank inne, um sich die Augen zu reiben. Als er die Hand senkte, sah ich genauer hin.

Er hob die Augenbrauen. „Was?"

„Warum sind deine Augen so rot?"

„Sind sie das?" Er rieb sie erneut. „Ist mir gar nicht aufgefallen."

„Mir auch nicht, bis jetzt. Geht es dir gut?"

„Ja, warum?"

„Ich weiß nicht ..." Ich unterdrückte ein Seufzen, als sich die Puzzleteile zusammenfügten. „Deine Augen werden nur so rot, wenn du gekifft hast."

Er warf mir einen bösen Blick zu.

Ich atmete aus. „Brad, verdammt noch mal. Sag mir, dass du nicht –"

„Na schön." Er schaute mir in die Augen. „Ich bin gestern Abend mit Nathan und einigen Freunden rumgehangen und wir haben ein paar Joints geraucht."

Ich blinzelte. „Du ... Genug, dass deine Augen auch heute Abend noch rot sind?"

„Na ja, heute früh haben wir auch ein bisschen was geraucht."

„Brad!"

„Was?" Er warf die Hände in die Luft. „Es ist völlig legal."

„Du warst doch nicht bekifft bei der Arbeit, oder?"

Er hielt inne, dann zuckte er wieder mit den Schultern. „Ja, ich schätzte, ich war immer noch ein bisschen high."

„*Was?*" Ich kniff mir in den Nasenrücken. „Mein Gott, Brad. Ich weiß, dass es legal ist, aber erklär das Linda, wenn du bei einem Drogentest durchfällst! Sie hat ihre Firmenpolitik nicht geändert, oder?"

„Sie wird mich nicht testen lassen, wenn sie keinen Grund dazu hat." Brad machte eine wegwerfende Geste. „Und um ehrlich zu sein, hat mich das wahrscheinlich davon abgehalten, heute ein paar Kunden zu verprügeln, also denke ich, dass sie froh sein wird, dass ich –"

„Du kannst es begründen, wie du willst", fauchte ich. „Ich kann nicht glauben, dass du high warst, bevor du zur *Arbeit* gegangen bist."

„Oh, bitte." Er verengte die Augen. „Tu nicht so, als wärst du ein verdammter Heiliger, wenn es um so einen Scheiß geht."

„Ich habe schon lange nichts mehr geraucht."

„Nein? Vielleicht solltest du es mal versuchen. Das entspannt dich vielleicht ein bisschen." Er wandte sich ab. „Und wenn du es wirklich wissen willst? Ich habe geraucht, weil ich letzte Nacht vielleicht etwas anderes brauchte, um meine Gedanken zu beschäftigen."

„Etwas anderes?" Ich hob eine Augenbraue. „Was meinst du damit?"

„Etwas anderes als die Frage, was in deiner Firma los

war, während du und Christine bis spät in die Nacht dort wart."

Meine Lippen öffneten sich. „Brad, wir arbeiten zusammen. Es ist –"

„Ach ja? Und ihr werdet ein gemeinsames Kind haben, also ist das doch nicht wirklich so weit hergeholt, oder?"

Ich schüttelte den Kopf und ließ einen scharfen Atemzug entweichen. „Denkst du, ich würde dich betrügen?"

„Ich weiß es nicht." Brad warf die Hände in die Luft. „Ich ... ich weiß es wirklich nicht. Ich habe mir die letzten Jahre eingeredet, dass ich paranoid bin, weil ich dachte, ihr könntet noch etwas füreinander empfinden, und jetzt ... Was zum Teufel soll ich denn denken?"

„Du sollst mir verdammt noch mal vertrauen", knurrte ich. „Und wie ich schon sagte, war Christine letzte Nacht nicht einmal *da*. Deshalb bin ich auch erst um halb fünf aus der verdammten Firma gekommen."

„Was ich bis heute Abend nicht gewusst habe."

„Außerdem spielt es keine Rolle. Ich würde dich nie betrügen, Brad. Herrgott noch mal!"

„Aber du würdest mit ihr schlafen?"

Mir fiel die Kinnlade runter. „Ich bin ... Als das passiert ist, waren wir zwei nicht zusammen. Und jetzt bin ich mit dir zusammen."

„Ja?" Er sah mich an und diesmal hatte die Röte in seinen Augen nichts mit dem Gras zu tun. „Für wie lange?"

Der anklagende Unterton traf mich mitten in die Eier.

Er verschränkte die Arme eng vor der Brust. „Sie bekommt dein Kind. Sie verlässt Tucker Springs. Wie lange ..." Er zögerte und ließ den Blick fallen. „Wie lange dauert es, bis du deine Sachen packst und weggehst, um näher bei ihnen zu sein? Wie viele Jahre wirst du das Kind zwischen euch hin- und herfahren, bevor du dich entscheidest, einfach dorthin zu ziehen?"

Mein Mund klappte auf. „Was? Du denkst wirklich –"

„Beweis mir das Gegenteil." Wahrscheinlich sollte es wie eine Forderung klingen, aber seine Stimme schwankte und es klang mehr wie ein Flehen.

„Ich ..." Ich wich seinem Blick aus. „Okay, hör zu. Ja, ich habe es in Betracht gezogen. Aber so einfach ist das nicht. Ich meine, ich kann nicht einfach die Firma zurücklassen, um –"

„Was würdest du tun, wenn ich Tucker Springs verlasse?"

Ich blinzelte. „Was?"

Brads Augen wurden schmal. „Wenn ich plötzlich einen neuen Job bekäme oder spontan beschließen würde, nach Grand Junction zu ziehen oder so was in der Art?"

Ich schluckte. „Was meinst du damit?"

„Ich meine, würdest du mit mir gehen?"

„Ich ... Du weißt, ich kann nicht einfach ..."

„Nein, das kannst du nicht. Aber du bist mehr als bereit, nach Denver zu ziehen und mich zurückzulassen."

„Brad, ich ziehe nur alle meine Optionen in Betracht. Es ist ja nicht so, dass ich schon gepackt hätte, aber wir reden hier über mein *Kind*."

„Ja, ich weiß. Und hast du eine Ahnung, wie es sich anfühlt, dir zuzuhören, wenn du über all die Gründe sprichst, die dich überlegen lassen, nach Denver zu gehen? Nach all der Zeit, in der du mir gesagt hast, dass du mich liebst, aber Angst hast, dich so fest an mich zu binden, wie du es bei Christine getan hast, und dass der einzige Grund, warum du in Tucker Springs bleiben willst, die verdammte *Firma* ist?"

Ich verschluckte mich fast. „Ist das ... ist das wirklich das, was du denkst?"

Er hob die Hände. „Sag mir, dass ich falsch liege."

„Du liegst falsch. Mein Gott, du bist .... Brad, ich will dich nicht verlassen."

„Dann tu es nicht."

„So einfach ist das nicht. Das weißt du."

„Das ist genau mein Punkt."

„Was soll ich denn deiner Meinung nach tun?"

„Ich weiß es nicht, Jeff." Er schüttelte den Kopf. „Ich weiß es wirklich nicht. Aber du könntest damit anfangen, mir keine Vorwürfe zu machen, wenn ich mir eine verdammte Nacht gönne, um an etwas anderes zu denken als daran, wie sehr mir das alles zusetzt und wie viel Angst ich habe, dass du bereits mit einem Fuß in der Tür stehst."

„Und das war der einzige Weg, der dir eingefallen ist, um –"

„Hör auf." Brad hob erneut die Hände und binnen eines Augenblicks waren all die Wut und Feindseligkeit aus seiner Haltung verschwunden. „Hör einfach ... *auf.*"

„Was?"

Brad ließ die Hände und den Blick sinken und schüttelte den Kopf. „Ich kann jetzt nicht darüber streiten. Ich bin einfach nur ... Gott, Jeff, ich habe keine Kraft mehr."

Ich seufzte. „Ich auch nicht."

Schweigen setzte ein und das blieb auch so. Ich konnte mich nicht entscheiden, ob ich das Gefühl hatte, dass die winzige Küche immer näher rückte, oder ob der Linoleumstreifen sich langsam ausdehnte und den Raum zwischen uns vergrößerte.

„Ich hänge an einem seidenen Faden, okay?" Seine

Stimme brach und er räusperte sich. „Jedes Mal, wenn ich denke, dass wir alles in den Griff bekommen haben, kommt etwas anderes dazwischen, und schon sind wir wieder bei ... na ja, dem hier." Er deutete zwischen uns hin und her. „Wir streiten uns. Schon wieder."

„Ich weiß." Ich schüttelte den Kopf. „Für mich ist es auch die Hölle."

Unsere Blicke trafen sich und ich konnte die Resignation in seinen Augen sehen. Genau wie in der Nacht, in der wir beschlossen hatten, Schluss zu machen – vielleicht für immer, vielleicht vorübergehend, aber auf jeden Fall für diese Nacht.

Bevor er das vorschlagen konnte, ging ich zu ihm und schlang die Arme um ihn. Er wehrte sich nicht. Mit einem stockenden Atemzug erwiderte er die Umarmung. Die längste Zeit standen wir einfach nur da, hielten uns fest und sagten kein einziges Wort. Ich war mir nicht sicher, was wir zu diesem Zeitpunkt sagen konnten, ohne alles noch schlimmer zu machen.

Brad stützte sein Kinn auf meine Schulter. „Was denkst du, was wir tun sollen?"

„Ich weiß es nicht. Ich ... ich weiß es wirklich nicht."

Er streichelte mit einer Hand über meinen Rücken, eine Geste, die beruhigender war, als er es sich je hätte vorstellen können. „Ich liebe dich. Das hat sich nicht geändert." Er seufzte. „Ich bin nur erschöpft."

„Ich liebe dich auch." Ich küsste ihn auf die Wange und drückte ihn fester an mich. „Und ich bin auch müde." Ich schloss die Augen und schluckte. „Vielleicht brauchen wir beide eine kleine Atempause. Also werde ich gehen."

Ohne den Kopf zu heben, ohne zu protestieren oder mich zum Bleiben aufzufordern, nickte Brad und seine Bartstoppeln strichen über die Vorderseite meines T-Shirts.

„Okay. Ich werde ... Warum rufe ich dich nicht morgen an?"

Und was dann?

Aber ich hatte Angst vor der Antwort, also sagte ich einfach: „In Ordnung."

———

UM KURZ NACH ELF PIEPSTE MEIN HANDY UND ICH stürzte mich darauf, wobei ich fast einen Stapel Unterlagen von meinem Schreibtisch fegte.

„Hey", sagte ich.

„Hey." Pause. „Also, ähm ...." Er atmete schwer aus. „Hör zu, es tut mir leid wegen gestern Abend. Und ja, vielleicht hätte ich nicht rauchen sollen. Es ist nur ... Ich weiß nicht. Die Sache hat mir ziemlich zu schaffen gemacht."

„Es tut mir leid." Noch nie hatten sich vier Worte so nutzlos angehört. „Ich hätte dich deswegen nicht anschnauzen sollen. Um ehrlich zu sein, hätte ich auch nichts dagegen, mir einen Joint anzuzünden, nur um für eine Nacht abzuschalten."

Er lachte trocken. „Nun, ich weiß, wo wir einen bekommen."

Auch ich brachte ein leises Lachen zustande. „Vielleicht nehme ich dich beim Wort."

Brad lachte erneut, aber dann holte er tief Luft. „Hör zu, es tut mir leid. Ehrlich, ich habe einfach nur so eine Scheißangst wegen all dem ..."

„Wem sagst du das?"

„Tja, ich schätze, dir machen noch viel mehr Dinge zu schaffen als mir."

„So was in der Art." Ich knetete mir den Nacken und

starrte an die Decke. „Ich hätte dich nicht so anfahren sollen. Es tut mir leid."

„Ist schon okay." Er machte eine Pause. „Ziehst du wirklich in Betracht, nach Denver zu ziehen?"

Ich kniff mir in den Nasenrücken. „Ich ziehe viele Dinge in Betracht."

In der Leitung herrschte Schweigen. Wenn es etwas gab, das ich aus unserem endlosen Kreislauf von Streit und Versöhnung gelernt hatte, dann war es, dass wir die Dinge persönlich klären mussten. Das Telefon war gut, um einen Waffenstillstand auszuhandeln, aber nichts war jemals ganz zu Grabe getragen, bis wir es im selben Raum geklärt hatten. Vielleicht lag es daran, dass Versöhnungssex bei persönlicher Anwesenheit wesentlich einfacher war, oder vielleicht mussten wir einfach die Körpersprache des anderen sehen, aber das Entscheidende war, dass wir das von Angesicht zu Angesicht besprechen mussten.

„Hör mal", sagte ich, „ich kann heute früher abhauen, wenn du zum Essen vorbeikommen willst."

„Ich glaube nicht, dass Linda mich gehen lassen wird." Er seufzte. „Bethany ist diese Woche im Urlaub und Gloria wird wahrscheinlich noch ein paar Tage krank sein und ausfallen."

„Verdammt."

Das nächste lange, unangenehme Schweigen.

„Warum komme ich nicht während deiner Essenspause vorbei?"

„Das könnte funktionieren. Es macht dir nichts aus, die Dinge, äh, in der Öffentlichkeit zu klären?"

„Nicht, wenn wir es zivilisiert machen können. Ich würde es lieber beim Essen tun, als zu warten."

„Gutes Argument. Okay. Komm im Laden vorbei, wenn du kannst, und ich mache dann meine Pause."

„Wir sehen uns dann." Ich schluckte schwer. „Ich liebe dich."

„Ich liebe dich auch."

Nachdem ich aufgelegt hatte, fluchte ich und rieb mir die Schläfen. Genau diese Routine war es, was mich immer wieder ausgelaugt hatte, seit unsere Beziehung anfing, den Bach hinunterzugehen. Wir stritten uns über irgendetwas Dämliches. Dann entschuldigten wir uns beide – manchmal, weil wir einfach des Streitens müde waren, aber meistens, weil es uns beiden leidtat, dass wir uns wegen etwas so Unwichtigem in den Haaren lagen.

Heute Abend würden wir zu Abend essen, uns entschuldigen, reinen Tisch machen und dann warten, bis der nächste Tropfen das nächste Fass zum Überlaufen brachte und wir wieder zu streiten anfangen würden. Und wieder. Und wieder.

Die Bürotür öffnete sich und riss mich aus meinen Gedanken.

„Hey du." Christine schloss die Tür hinter sich. „Viel zu tun?"

Ich zwang mich zu einem Lächeln. „In dieser Firma? Immer."

Sie zog eine Grimasse. „Konntest du letzte Nacht überhaupt schlafen? Du hast gestern ganz schön fertig ausgesehen."

„Nicht wirklich." Ich gähnte und griff nach meiner Kaffeetasse. „Wie geht es dir? Fühlst du dich schon besser?"

„Ja. Und ich, ähm ..." Sie wandte den Blick ab. „Hör mal, ich habe gerade mit unserem Anwalt telefoniert. Wegen einer Sorgerechtsvereinbarung."

Ich schätzte, ich würde den Kaffee doch nicht brauchen. Unseren Scheidungsanwalt wieder ins Spiel zu bringen, war einfach seltsam. Es war, als würde man etwas lange Verschüttetes wieder ausgraben. Obwohl ich annahm, dass wir das in der Nacht getan hatten, in der wir ...

„Was hat er gesagt?"

Sie verschränkte ihre Arme locker vor der Brust.

Ihre Brust, die definitiv größer war als zuvor. Die Erkenntnis traf mich wie ein Schlag, nicht weil ich sie begaffen wollte, sondern weil das die erste visuelle Bestätigung war, dass sie schwanger war. Heilige Scheiße. Das war real.

Und sie sagte etwas.

Ich schüttelte den Kopf. „Entschuldige, was?"

Sie grinste und schaute nach unten. „Glaub nicht, dass ich das nicht gesehen habe, Freundchen."

Mit brennenden Wangen lachte ich. „Es tut mir leid. Ich habe nur ... äh ..." Gab es in diesem Fall wirklich eine Möglichkeit, das Gesicht zu wahren? Ich winkte mit einer Hand. „Tut mir leid. Red weiter."

Christine verdrehte die Augen, aber auch sie lachte. „*Wie dem auch sei* ..." Ihre Erheiterung verblasste. „Er hat gesagt, er könne einen Vertrag aufsetzen, sobald wir uns für die Bedingungen entschieden haben."

Ich setzte mich ein wenig auf und verschränkte die Arme hinter meiner Tastatur. „Was *sind* unsere Bedingungen?"

„Ich weiß es noch nicht. Darüber wollte ich mit dir reden." Sie lehnte an der Wand neben der Tür, die Arme immer noch verschränkt. „Was denkst du, was wir tun sollten?"

„Ich, ähm ..." Ich stemmte mich hoch und trat um den Schreibtisch herum. „Wir müssen es vielleicht eine Weile nach Gefühl entscheiden. Sobald wir wissen, wie das Baby so ist. Wie wir uns beide anpassen."

„Und wie oft wir beide zwischen hier und Denver hin- und herfahren wollen."

„Es ist doch egal, wie oft wir es wollen, oder?" Ich versuchte, die Erinnerung an Brads Stimme zu ignorieren, als er mich gefragt hatte, ob ich den Umzug in Betracht zog. „Wir wollen beide das Baby regelmäßig sehen."

„Ja." Sie verlagerte ihr Gewicht. „Aber wenn es zu stressig wird, vor allem mit der Firma hier", sie gestikulierte durch das Büro, „und den ganzen Fahrten. Oder wenn es zu stressig für das Baby ist ..."

Ich knirschte mit den Zähnen. „Dafür gibt es eine einfache Lösung."

Christines Lippen spannten sich an. „Ich muss also die nächsten achtzehn Jahre in Tucker Springs bleiben, um dir das Leben zu erleichtern?"

„Das habe ich nicht gesagt. Aber sieh es doch mal aus meiner Perspektive, Chris. Du willst, dass ich ein Teil des Lebens unseres Kindes bin, aber du bringst es von mir weg. Das wäre keine große Sache, wenn ich nicht auch noch versuchen würde, *diese* Firma alleine zu führen."

Ihre dünnen Augenbrauen hoben sich in der Art von *Hast du das gerade wirklich gesagt?*. „Also ist das jetzt meine Schuld?"

„Was? Nein. Das ist einfach eine beschissene Situation."

Eine Augenbraue schob sich höher als die andere.

Ich atmete aus. „Hör zu, ich bin einfach gestresst. Ich versuche herauszufinden, was ich tun soll, und jedes Mal, wenn ich denke, dass ich alles im Griff habe, wirft mir jemand einen verdammten Knüppel zwischen die Beine."

Die Augenbraue senkte sich nicht und sie presste die Lippen fester aufeinander.

Ach, Mist ...

So klein sie auch war, sie konnte mir immer noch das Gefühl geben, dass sie auf mich herabschaute, wenn sie es wollte, und das war einer dieser Momente. Ich fühlte mich fünf Zentimeter groß und wurde immer kleiner, als sie sagte: „Verzeih mir, wenn der Versuch, mein Leben auf die Reihe zu bekommen, während ich unser Baby bekomme, einen Knüppel für dein Leben darstellt."

„Chris, um Himmels willen. Du weißt, dass ich das nicht gesagt habe. Ich versuche mein Bestes, das Richtige zu tun, aber du bringst mich in eine beschissene Lage." Ich warf die Hände in die Luft. „Ich hatte kaum Zeit zu verarbeiten, dass wir zusammen ein Kind bekommen und du so nebenbei nach Denver gehst."

„Ach ja?" Sie verengte die Augen. „Aber du hattest kein schlechtes Gewissen, als du darauf gedrängt hast, dass wir nach Tucker Springs ziehen."

„Was? Du hast nie gesagt, dass du nicht damit einverstanden bist."

„Natürlich habe ich das nicht." Langsam verschränkte sie wieder die Arme vor der Brust. „Ich habe ewig gehört, wie du davon geredet hast, nach dem College hierher zurückzukehren, also was hätte ich sagen sollen, als es schließlich so weit war?"

„Du hättest mir wenigstens irgendwann im letzten verdammten Jahrzehnt sagen können, dass du hier nicht glücklich bist. Bevor du mit meinem Kind schwanger warst."

„Oh, entschuldige bitte. Es tut mir so leid. Ich schätze, ich hätte in der Nacht, in der wir miteinander geschlafen haben, daran denken sollen, ungefähr zum gleichen Zeitpunkt, als mir hätte einfallen sollen, ein Kondom zu benutzen." Sie legte den Kopf schief und ihre Augen wurden noch schmaler. „Oder fällt irgendwas davon auch in deine Verantwortung?"

„Herrgott noch mal." Ich fuhr mir mit einer Hand durch die Haare. „Diese Nacht war ein Fehler, der auf unser beider Kappe geht, aber –"

„Was?" Sie blinzelte.

Ich erstarrte. „Ich … Was?"

Christine befeuchtete ihre Lippen und verlagerte das Gewicht. „Diese Nacht war also ein Fehler."

Das Herz rutschte mir in den Magen. „Es … Scheiße, ich weiß es nicht. War sie das nicht?"

Sie schaute mir in die Augen und nach und nach wurde der stählerne Zorn in ihrem Blick weicher und zu etwas, das mich noch härter traf. Ihre Augen waren jetzt nicht mehr so schmal, was es einfacher machte, die Tränen zu sehen, die gerade aufstiegen. Ihr Kiefer war nicht mehr verkrampft und ihre Lippen öffneten sich, wie immer, wenn ich bei einem Streit das Falsche gesagt hatte.

„Chris, hör zu. Wir –"

Sie murmelte etwas vor sich hin, drehte sich um und stakste hinaus. Die Bürotür knallte so fest hinter ihr zu, dass die Bilderrahmen an der Wand wackelten.

Ich schloss die Augen und atmete aus, lehnte mich an meinen Schreibtisch und vergrub das Gesicht in beiden Händen. Gott. Es reichte. Wenn ich nicht mit Brad stritt, stritt ich mit ihr. Wenn ich nicht wegen der Firma gestresst war, dann war ich wegen des Babys gestresst. Und wegen meiner Beziehung. Und meiner Ex-Frau. Und … allem anderen auf der Welt.

Und selbst wenn ich vorher nicht verstanden hätte, warum Brad letzte Nacht beschlossen hatte, sich zuzudröhnen, dann verstand ich es jetzt ganz sicher.

CHRISTINE UND ICH GINGEN UNS DIE MEISTE ZEIT DES Tages aus dem Weg. Wir hatten uns schon oft in den Haaren gelegen, vor allem in dem Jahr vor unserer Scheidung, und wir waren Meister darin, das vor unseren Mitarbeitern zu verbergen. Besonders starker Fokus auf dem Papierkram. Ernsthafte Konzentration, jemandem beim Einrichten einer Maschine zu helfen. Wir gingen aneinander vorbei, ohne aufzuschauen, weil wir zu sehr damit beschäftigt waren, einen Auftrag zu prüfen. Wenn jemand vom Team es bemerkte, ließen sie es sich nicht anmerken.

Aber ich merkte es auf jeden Fall. Allein ihre Schritte auf dem harten Boden hinter mir reichten aus, um mir die Nackenhaare aufzustellen und einen Knoten in meinem Magen zu erzeugen. Ich wusste immer, dass sie es war. Irgendetwas an ihrem Gang und ihren Schritten war immer eindeutig Christine, egal ob sie einfach nur herumschlenderte oder auf einer Mission war. Es gab nur einen anderen Menschen auf der Welt, auf den ich so gut eingestellt war, und nach der letzten Nacht hätte er mir genau so diese feinen Haare zu Berge stehen und meinen Magen verkrampfen lassen, wie sie es tat. Es würde noch ein paar Stunden dauern, bis ich die Sache mit ihm klären konnte. Ich konnte nicht länger warten, um sie mit ihr zu klären.

Meine Chance kam, als sie mit einem Stapel Rechnungen ins Büro rauschte.

Ich trat hinter ihr ein. Sie stand am Aktenschrank und schaute über ihre Schulter zu mir, sagte aber nichts.

„Hey." Ich schloss die Tür. „Können wir reden?"

Diesmal drehte sie sich um und sah zur Tür. Sie legte die Rechnungen weg und verschränkte die Arme vor der Brust. „Okay."

Ich schluckte. „Chris, es tut mir leid. Wegen vorhin."

Ihre Schultern gaben ein wenig nach und sie senkte den Blick. „Mir auch. Ich schätze, ich bin einfach gestresst."

„Das sind wir beide. Und wenn du mich fragst, diese Nacht ... Um ehrlich zu sein, weiß ich nicht, ob es ein Fehler war. Ich –" Meine Stimme wäre fast gebrochen, also hustete ich schnell, um es zu verbergen. „Ich weiß im Moment wirklich nichts."

Ihr Gesichtsausdruck wurde weicher, und sie kam näher und legte eine Hand auf meinen Arm, während sie zu mir aufsah. „Das ist für uns beide nicht einfach."

„Nein, ist es nicht." Ich zog sie in eine sanfte Umarmung. „Und ich will es leichter machen, wo ich kann. Es wird nur nicht über Nacht passieren."

„Ich weiß." Sie schlang die Arme um mich und legte den Kopf an meine Brust. „Ich wollte dir wirklich früher oder später von Denver erzählen. Ich wollte dich nicht einfach überrumpeln, aber das Baby hat mich irgendwie dazu gezwungen."

Ich streichelte ihr übers Haar. „Warst du wirklich die ganze Zeit unglücklich?"

Christine seufzte. „Nicht unglücklich, aber ... es ist einfach nicht mein Zuhause. Selbst nach all den Jahren fühlt es sich nicht wie meine Heimat an." Sie sah zu mir auf. „Und wie ich schon gesagt habe, ich will nach Hause zurück."

Meine Brust zog sich zusammen und ich drückte sie fester an mich. „Es tut mir leid. Ich hatte ja keine Ahnung."

„Eine Zeit lang ging es mir gut." Sie ließ mich los und wir lösten uns voneinander. „Aber ich bin bereit für eine Veränderung."

„In Ordnung." Ich setzte mich auf die Kante des Schreibtisches, sodass wir fast auf Augenhöhe waren.

„Okay. Lass uns über deinen Umzug nach Denver reden. Abgesehen vom Sorgerecht und allem anderen, was machen wir mit der Firma?"

Christine atmete aus und lehnte sich mit der Hüfte an ihren eigenen Schreibtisch. „Es gibt die Option, über die wir geredet haben. Ich kann dir meine Hälfte verkaufen und alles aufgeben."

Ich schluckte. Der Gedanke, dieses Unternehmen alleine zu leiten, war eine Migräne, die darauf wartete auszubrechen. „Wir haben über eine Expansion gesprochen. Wir könnten jederzeit einen zweiten Laden in Denver eröffnen." Das hieße natürlich, dass ich den Standort in Tucker Springs immer noch alleine leiten müsste, aber zumindest wäre sie dann weiterhin in den Betrieb eingebunden.

Christine räusperte sich. „Wir könnten ..." Sie senkte den Blick.

„Was?"

Sie schüttelte den Kopf. „Vergiss es. Das ist ... wahrscheinlich keine gute Option."

„Ich bin im Moment für alles offen, also raus damit."

Christine sah mir in die Augen und sagte nach einem Moment: „Wir könnten die ganze Firma nach Denver verlegen."

Ich blinzelte. Seit Brad mich gefragt hatte, hatte ich diesen Gedanken unterdrückt, aber als sie es sagte, wurde er lebendiger, als ich erwartet hatte. Wir hatten schon einmal darüber gesprochen, umzuziehen. Quer durch die Stadt. Nach Fort Collins. Irgendwohin, wo es billiger war. Warum nicht nach Denver, damit wir weiter zusammenarbeiten konnten und das Kind nicht hin und her pendeln musste?

„Es könnte funktionieren", sagte sie leise. „Wenn wir

Expressversand anbieten, könnten wir einen großen Teil unseres Kundenstamms behalten und gleichzeitig in ein neues Gebiet expandieren. Vom geschäftlichen Standpunkt aus gesehen ist es machbar."

„Ist es." Ich nickte. „Aber dann wären wir in Denver."

„Ich weiß. Deshalb habe ich es für keine so gute Idee gehalten."

Ich trommelte mit den Fingern auf die Tischkante und starrte auf den Boden zwischen uns. „Aber es würde uns die Sache mit dem Baby leichter machen. Zumindest die ersten paar Jahre."

„Ich weiß. Aber du warst nicht verrückt nach Denver, als wir dort gelebt haben."

„Nicht wirklich." Ich zuckte mit den Schultern und erwiderte ihren Blick. „Aber in der gleichen Stadt wie mein Kind zu leben, hat einen gewissen Reiz."

„Richtig, aber ... willst du Tucker Springs wirklich verlassen?"

Es ist nicht Tucker Springs, das ich nicht verlassen will.

„Ich ... ich weiß nicht, was ich will. Ich will, dass alles so bleibt, wie es ist, aber was das betrifft, kann ich nicht viel ausrichten." Christine zuckte zusammen und senkte den Blick, und ich griff nach ihrem Arm. „Chris, das ist nicht deine Schuld. Wir müssen uns nur alle auf große Veränderungen einstellen."

„Ja, das stimmt." Sie nahm meine Hand. „Aber wir haben noch etwas Zeit." Mit einem leisen Lachen fügte sie hinzu: „Wenigstens warnen uns Babys, bevor sie auftauchen."

Ich versuchte zu lachen, aber es gelang mir nicht und ich brachte kaum ein Flüstern zustande. „Gott sei Dank."

KAPITEL 13

BRAD

Ausgerechnet heute schien der Tag zu sein, an dem jeder gottverdammte Mann in Tucker Springs beschlossen hatte, seiner Freundin einen Antrag zu machen. Scheiße. Schon mittags zuckte ich jedes Mal zusammen, wenn jemand durch die Tür kam, weil ich wusste, dass er sofort nach links gehen würde, um sich die Vitrine mit den Solitär- und Eheringen anzusehen. War jeder in der Stadt plötzlich in jemanden verknallt? Jetzt hatte ich Angst, einen Fuß in ein nettes Restaurant im Umkreis von hundert Meilen zu setzen, weil ich als unfreiwilliger Zuschauer eines Heiratsantrags enden könnte. Es war schon schlimm genug, ihnen ihre Ringe zu verkaufen.

Bitte, Gott, schick heute keine schwulen Paare rein, sonst breche ich noch zusammen.

Ich verkaufte schon so lange Schmuck, dass der Umgang mit Verlobungs- und Eheringen so alltäglich war wie das Abheften von Papierkram. Momentan tat es allerdings ein bisschen weh. Jedes Mal, wenn ich mit einem hoffnungsvollen Verlobten zu tun hatte, fragte ich mich, wie seine Beziehung wirklich war. Hatten sie alles im Griff?

Wollte er sich wirklich auf die Verpflichtung einlassen, die mit dem Kauf eines solchen Rings einherging? Machte er sich nur etwas vor? Stritten sie sich über so dumme Dinge wie das Löschen von Sendungen aus der DVR-Warteschlange oder im Kühlschrank zurückgelassenes Geschirr mit lächerlich kleinen Essensresten? Oder sparten sie diese Energie für Dinge, die wirklich wichtig waren?

Als ich sah, wie der ordentlich angezogene junge Mann vor mir – er konnte nicht älter als zweiundzwanzig sein – den Ring zwischen seinen Fingern begutachtete, kämpfte ich darum, meine eigenen Gefühle unter der Oberfläche zu halten, wo sie hingehörten. Er war fast eine Stunde lang um einen wunderschönen Solitärring im Prinzess-Schliff herumgeschlichen. Der Verkäufer, Ben, hatte ihn nicht zum Kauf überreden können und ihn mir überlassen, ohne zu merken, dass ich mich am liebsten im Hinterzimmer versteckt hätte, um durchzuschnaufen.

Denn es war schon fast sechs. Jeff würde jeden Moment hier sein. So wie ich mein Glück kannte, würde er heute Abend sogar pünktlich sein. Obwohl wir uns entschuldigt hatten und keine besonders feindselige Stimmung geherrscht hatte, als wir gestern beschlossen, den restlichen Abend nicht zusammen zu verbringen, gefiel es mir nicht, mit ihm auf diesem wackeligen Boden zu sein. Ich kam nicht damit zurecht, wenn die Dinge aus dem Ruder liefen, egal ob es sich dabei um Schreiduelle handelte oder nur um die stille Anspannung, wie auf rohen Eiern zu laufen in dem Versuch, eine kleine Meinungsverschiedenheit nicht eskalieren zu lassen. Und Jeff fragte sich tatsächlich, warum ich Gras rauchte.

Ich zuckte zusammen, so sehr, dass mir mein in langjähriger Übung erworbenes professionelles Auftreten fast abhandengekommen wäre.

Ich komme mit meiner Beziehung nicht klar, ohne high zu werden. Ist das nicht das, was die Polizei ein „Indiz" nennt?

Ohne etwas von all den Gedanken zu ahnen, die in meinem Kopf herumschwirrten, reichte mir der Junge den Ring zurück. „Ich muss noch einmal darüber nachdenken."

„Lassen Sie sich Zeit." Ich lächelte. „Das ist eine wichtige Entscheidung, die Sie nicht überstürzen sollten."

„Ja, stimmt." Er erwiderte das Lächeln. „Aber ich komme wieder. Ich glaube, ich habe gefunden, was ich suche."

Meinst du den Ring oder das Mädchen?

„Großartig." Ich schrieb Bens Namen über meinem auf eine Visitenkarte des Ladens und reichte sie ihm. „Ich bin Brad, der stellvertretende Manager. Fragen Sie einfach nach mir oder Ben, wenn Sie wiederkommen."

„Mach ich. Danke." Er steckte die Karte in seine Tasche und verließ den Laden, während ich den Ring wieder in die Auslage legte. Ich schloss die Vitrine ab und ging zurück zu den Kassen.

Die Eingangstür des Geschäfts öffnete sich und ich blieb mitten im Schritt stehen. Das Spiegelbild in der Vitrine mit den Rolex-Uhren bestätigte, was die Härchen in meinem Nacken bereits wussten: Jeff.

Ich schluckte hart, setzte ein Lächeln auf, das hoffentlich nicht so unecht aussah wie das, das ich für meine Kunden trug, und drehte mich zu ihm um. „Hey."

Er grinste, wenn auch nur halbherzig. „Hey. Komme ich zu einem günstigen Zeitpunkt?"

„Ja. Ja, alles bestens. Warte kurz." Ich wandte mich zum hinteren Teils des Ladens. „Hey, Linda. Ich nehme jetzt meine Pause."

Sie lenkte ihre Aufmerksamkeit von der Auslage mit

den Tennisarmbändern ab, die sie gerade neu sortierte, schaute Jeff an und warf mir einen seltsamen Blick zu, aber dann nickte sie. „Klar, mach nur."

Ich ignorierte ihren Blick. Sie gehörte zu den pessimistischeren Menschen in meinem Leben, wenn es um meine Beziehung zu Jeff ging, und dieses Gespräch hatten wir schon oft genug geführt.

Nicht heute, Linda. Ich will es heute Abend nicht hören.

Ich ließ meinen Vitrinenschlüssel in dem kleinen Tresor unter dem Tresen und Jeff und ich gingen hinaus.

Ich arbeitete in einem der freistehenden Juweliergeschäfte auf der anderen Straßenseite des glitzernden Einkaufszentrums ein paar Blocks vom Light District entfernt. Zum Glück teilten wir uns die Straße mit ein paar halbwegs anständigen Restaurants, und die waren an Wochentagen nicht allzu überfüllt.

Wir entschieden uns für einen altmodischen Burgerladen, in dem wir schon hundertmal gewesen waren. Nachdem die Kellnerin uns an einen Tisch in der Nähe der Bar gesetzt und wir bestellt hatten – heute kein Bier für mich, da ich noch arbeiten musste –, saßen wir uns an dem winzigen, chromgesäumten Tisch gegenüber.

„Wie läuft's auf der Arbeit?"

Ich zuckte mit den Schultern. „Immer das Gleiche. Ich habe heute Morgen eine Rolex verkauft."

Seine Augenbrauen zuckten. „Ach ja? Eine der ganz teuren?"

„Fünfunddreißigtausend." Ich schenkte ihm ein breites Grinsen. „Das wird eine nette Ergänzung für meinem Provisionsscheck diesen Monat sein."

„Wow. Gratuliere, gut gemacht."

„Danke." Ich betrachtete ihn einen Moment lang in

dem hellen Licht. „Ist alles okay? Du schaust furchtbar aus."

Er atmete tief durch und nickte. „Ja. Ich habe in den letzten Nächten nur nicht viel Schlaf bekommen."

„Das tut mir leid."

„Es ist nicht deine Schuld."

„Ich habe heute erst spät Feierabend." Ich trommelte schnell mit dem Daumen auf den Tisch. „Ich weiß, dass wir alles klären müssen, aber vielleicht sollten wir beide erst einmal etwas schlafen. Unsere Probleme werden auch morgen noch da sein."

„Das ist wahrscheinlich eine gute Idee."

Ich wusste, dass es so war, aber mein Magen verknotete sich bei dem Gedanken. Waren wir wirklich schon wieder in diesem Kreislauf? Streiten, uns irgendwie versöhnen, neu zusammenfinden, uns wieder treffen ...

Jeff griff nach meiner Hand. „Wir haben noch immer diesen Abend."

Und wie viele Abende braucht es, bis zwei Männer merken, dass etwas aussichtslos ist?

WIR HIELTEN DAS ABENDESSEN BANAL UND langweilig und redeten über die Arbeit und die Tatsache, dass unser – sein – Nachbar immer noch seine Hunde zu den Mülltonnen ließ. Es war seltsam, mit ihm über solche alltäglichen Dinge zu plaudern, aber auch irgendwie eine Erleichterung. Wir stritten uns nicht. Wir vertieften uns nicht in schmerzhafte Themen. Es war einfach ein angenehmes Abendessen mit einer netten Unterhaltung.

Warum klopfte mein Herz dann immer noch so stark?

Warum wollte ich so weit weg von ihm kommen, wie ich nur konnte?

Vor meinem Laden legte Jeff die Arme um mich, eine Geste, die mich dazu brachte, ihn noch näher an mich heranzuziehen und gleichzeitig wegzuschieben zu wollen.

„Ab wann hast du morgen frei?", fragte er.

„Den ganzen Tag." Ich lächelte trotz der Anspannung in meiner Brust. „Willst du zum Abendessen vorbeikommen?"

„Gerne."

Wir sahen uns in die Augen und er zog mich in einen leichten Kuss. Verflucht seien er und seine Fähigkeit, mir mit einer Berührung weiche Knie zu bescheren. Er wusste immer genau, wann und wie er mich daran erinnern konnte, wie sehr ich ihn wollte, selbst wenn wir uns gegenseitig in den Wahnsinn trieben. Als ich ihn umschlungen hielt und spürte, wie mein Herz hämmerte, wenn ich ihm so nahe war, konnte ich fast glauben, dass sich dieser ganze Konflikt am Ende lohnen würde.

Jeff strich mir ein paar Haarsträhnen aus der Stirn. „Sehen wir uns morgen?"

„Ja. Und ich könnte auch zum Mittagessen vorbeikommen", murmelte ich und drückte ihn an mich.

„Bitte mach das." Er küsste mich erneut. „Wenn du willst, können wir zu dem Thailänder gehen, den wir bislang nie ausprobieren konnten."

„Klingt gut. Um elf?"

„Ich freue mich darauf."

Wir tauschten einen letzten, langen Kuss aus und dann ging er zurück zu seinem Auto, während ich den Laden betrat.

Linda war zum Glück bei einem Kunden, also schlüpfte ich an ihr vorbei und ging durch die Tür *Nur für Ange-*

stellte in den hinteren Teil des Ladens, mit dem Tresor und dem Lager, wo mich niemand sehen konnte. Als ich außer Sichtweite war, zog ich mein Sakko aus und hängte es über einen Stuhl. Ich lockerte meine Krawatte und lehnte mich an den Tresor, die große Stahltür kalt durch mein Hemd.

Es war nur ein Abendessen gewesen. Und es war verdammt gut gelaufen. Wir hatten zwar nicht viel erreicht, aber wir hatten uns auch nicht gestritten und es gab danach weniger Spannungen zwischen uns als vorher. Das musste als Sieg gewertet werden.

Warum hatte ich also das Gefühl, dass ich von der Szene eines beinahe katastrophalen Unfalls wegfuhr, der nur um Zentimeter vermieden worden war?

Die Tür öffnete sich.

Nicht Linda. Nur Ben, Gott sei Dank.

„Oh, ich wusste nicht, dass du schon zurück bist." Er schaute auf seine Uhr. „Ich dachte, du wärst erst um sieben wieder da."

„Ich habe noch ein paar Minuten Pause. Ich musste nur ..." *Zu Atem kommen und mich entspannen.*

„Warst du mit Jeff essen?"

„Ist es so offensichtlich?"

„Das ist es immer." Ben war erst seit ein paar Monaten im Laden, aber er hatte bereits die Saga von Jeff und Brad gehört. Gott, wer nicht? „Es ist schön zu sehen, dass ihr weiter zusammen seid. Besonders nachdem die Sache eine Zeit lang so hart war."

Es kam mir immer seltsam vor, dass er – der Mann, der auf bestem Weg zu seiner dritten Scheidung war – mich ermutigte, es mit Jeff auszuhalten. Linda war seit fünfzehn Jahren verheiratet und hatte mich seit der ersten Trennung aufgefordert, einfach loszulassen und allein mit meinem Leben weiterzumachen, bevor ich den Verstand verlor.

„Läuft es zwischen euch noch immer gut?"

Ich trat zur Seite, damit er den Tresor öffnen konnte. „Es lief schon mal besser."

„Ach ja?" Er gab die Kombination ein und das Schloss öffnete sich. „Was ist passiert?"

„Es ist ..." Allein der Gedanke, das alles zu erklären, erschöpfte mich. Ich wedelte mit einer Hand und sagte: „Es ist einfach kompliziert."

Er schnaufte leise. „Ist es das nicht immer?"

„Ich weiß nicht einmal, warum wir es noch versuchen." Meine eigenen Worte trafen mich wie ein Schlag in die Brust. „Ich meine, ich möchte es, aber es ist ..."

„Es ist schwer", sagte er und nickte. „Aber bleib dran, Mann. Wenn es einmal vorbei ist, ist es vorbei, also lohnt es sich, eine Weile durchzuhalten, damit du weißt, ob du *willst*, dass es vorbei ist."

Ich legte den Kopf schief. „Sprichst du aus Erfahrung?"

„Ein bisschen." Er holte tief Luft. „Unter uns, ich hätte es länger mit meiner ersten Frau aushalten sollen. Jetzt, da ich etwas älter und weiser bin, frage ich mich, ob wir unsere Ehe hätten retten können. Das ist wahrscheinlich auch der Grund, warum ich es mit keiner anderen so richtig hinbekomme – ich hatte einmal die Richtige, und man sagt, man bekommt so eine nur einmal."

Ich lachte verbittert. „Sag das nur nicht zu laut vor Jeff."

Ben legte den Kopf schief. „Warum das denn?"

„Denn wenn er es bereut, jemanden gehen zu lassen, dann bin nicht ich das. Das ist seine Ex-Frau. Die er jeden verdammten Tag bei der Arbeit sieht."

„Oh. Wie lange sind sie schon geschieden?"

„Seit fast sieben Jahren, glaube ich."

„Haben sie die ganze Zeit zusammengearbeitet?"

Ich nickte.

Ben zuckte mit den Schultern. „Wenn es passieren würde, wäre es schon längst passiert."

„Ich glaube, das ist es schon."

„Wie meinst du das?"

Ich schloss die Augen und ließ den Kopf zurück an die Wand fallen. „Vor ein paar Wochen hatten wir uns für eine Weile getrennt und jetzt bekommt sie sein Baby."

„Sie ist ... Whoa, Mann. Aber sie sind, äh, nicht wieder zusammen?"

Ich seufzte. „Noch nicht."

„Autsch." Ben zog eine Grimasse und klopfte mir auf die Schulter. „Viel Glück, Mann."

„Ja, danke."

Ich werde es brauchen.

―――――――

Ich war nicht sonderlich hungrig, als ich in Jeffs Firma auftauchte, um mich mit ihm zum Mittagessen zu treffen. Ich hatte an diesem Tag noch nicht wirklich etwas gegessen, aber mein Magen flatterte zu sehr, als dass ich auch nur annähernd Appetit verspürt hätte.

Jeffs Pick-up stand nicht auf dem Parkplatz. Das war ungewöhnlich. Ich ging ins Geschäft und traf fast sofort auf Christine.

„Oh, hey." Sie lächelte und rückte eine Schachtel mit blanken Messingschildern auf ihrem Arm zurecht. „Jeff ist nur kurz weg, um etwas zu erledigen, aber er wird jeden Moment zurück sein."

„Super. Soll ich, äh, einfach im Büro warten?"

„Klar, mach nur."

„Danke." Ich deutete auf die Schachtel. „Brauchst du Hilfe?"

„Mit dem hier?" Sie rümpfte die Nase. „Ich bitte dich, Baby. Ich habe schon Schwereres getragen."

„Ich weiß, aber ..." Ich unterbrach mich selbst.

Ihre Lippen zuckten. „Ja, sogar in meinem besonderen Zustand." Sie schlug mir spielerisch auf den Arm. „Geh und setz dich. Ich sage ihm Bescheid, dass du hier bist, sobald er zurück ist."

Ich ließ sie mit ihrer Arbeit allein und ging ins Büro. Eine Weile spielte ich auf meinem Handy herum, aber selbst auf meinem üblichen Stuhl fand ich keine bequeme Position. Ich konnte nicht stillsitzen. Der letzte Abend hatte mich unruhiger gemacht, als er hätte sollen – *Wirklich, Brad? Du regst dich über einen Abend auf, an dem ihr euch nicht gestritten habt? –*, also steckte ich das Handy in meine Tasche und stand auf.

Längst hatte ich mir jedes Bild, jede Urkunde, jede Plakette und jeden gerahmten Zeitungsartikel an diesen Wänden eingeprägt. Ich hatte hier jede Menge Zeit damit verbracht, auf Jeff zu warten, damit wir zum Mittagessen oder zu einem Broncos-Spiel gehen konnten. Ich kannte den Wortlaut jeder Auszeichnung auswendig. Hier gab es nichts, was meine Aufmerksamkeit festhalten konnte. Nicht heute.

Auf beiden Schreibtischen lagen wie üblich mehrere Kataloge verstreut, aber einer stach mir ins Auge.

Es war kein Lieferantenkatalog. Er hatte nichts mit Trophäen, Gravuren, Stickereien oder anderen von ihnen angebotenen Dienstleistungen zu tun.

Es war ein Immobilienführer.

Für Denver.

Mit dem Herz in der Kehle nahm ich die Broschüre in die Hand.

In diesem Moment kam Christine herein. Sie schob sich

an mir vorbei und warf einen Blick auf das Heftchen in meiner Hand. „Was ist – Oh." Ihr Blick traf meinen, dann huschte er schnell zur Seite.

Ich legte den Führer zurück und wir sahen uns nicht an. Ich erstickte ein Husten. „Hast du dich schon entschieden, wann du umziehen wirst?"

„Ähm." Sie setzte sich auf ihren Schreibtischstuhl. „Wahrscheinlich nicht vor dem nächsten Frühjahr. Das Baby kommt im Januar und ich möchte ehrlich nicht im Winter umziehen. Oder gleich nach der Geburt des Babys."

Ich schluckte. „Das ergibt Sinn. Habt du und Jeff schon entschieden, was ihr machen werdet mit ..." Ich machte eine ausladende Geste durch das Büro.

Sie seufzte und zuckte mit den Schultern. „Nicht wirklich. Wir überlegen hin und her, ob wir mit der Firma nach Denver ziehen, expandieren oder ob ich meine Hälfte an ihn verkaufen soll. Ich weiß noch nicht, was wir tun werden."

Ich presste die Zähne aufeinander. „Vielleicht alles nach Denver verlegen?"

Christine rutschte unbehaglich hin und her. „Es ist nur eine Idee, mit der wir herumgespielt haben."

„Oh."

„Stimmt etwas nicht?" Ihr abwehrender Tonfall verriet, dass sie mitbekommen hatte, wie ich mich aufregte.

Ich sah sie an. „Hast du je daran gedacht, hierzubleiben?"

„Habe ich. Und ich werde es nicht tun."

Ich konnte mir nur mit Mühe verkneifen, die Augen zu verdrehen oder meiner Frustration noch mehr Luft zu machen. „Ich nehme nicht an, dass du Jeff in deine Entscheidung einbezogen hast, oder?" Tja, so viel zum Thema, meine Frustration für mich zu behalten.

Sie sah mich finster an. „Natürlich. Aber ich muss das tun.“

„Ach ja? Also entscheidest du einfach für ihn, dass –“

„Ich treffe keine Entscheidungen für *ihn*“, fauchte sie. „Falls es dir noch nicht aufgefallen ist, das alles betrifft auch mich.“

„Ja. Aber nicht *nur* dich.“

„Nein, es geht nicht nur um mich.“ Sie verengte die Augen. „Was soll ich deiner Meinung nach tun, Brad? Mein Kind fernab von meiner Familie aufziehen und –“

„Sagt die Frau, die kein Problem damit hat, es in eine andere Stadt zu verpflanzen und seinem Vater wegzunehmen, der Teil seines Lebens sein möchte.“

„Ich war noch nicht fertig“, knurrte sie. „Willst du, dass ich meinen Jungen fern von seiner Familie und nur unter Menschen aufziehe, die überhaupt nicht wie er aussehen?“

„Was?“

„Schau dich um. Vielleicht ist es für dich kein Problem, aber für mich ist es ein Problem, mein Baby in einer rein weißen Stadt aufzuziehen. Du hast keine Ahnung, wie es ist, Brad. Keine Ahnung. Und versuch gar nicht erst, mir zu sagen, dass es dasselbe ist, schwul zu sein, denn das ist es nicht. Ich kann nicht verbergen, dass ich schwarz bin. Nicht einmal, wenn ich es will. Und glaub mir, an einem Ort wie diesem möchte ich es manchmal verstecken. Weißt du noch, wie die Verkäuferin uns angeschaut hat, als sie dachte, wir wären zusammen?“ Christine hob die Hände und schüttelte wieder den Kopf. „Das werde ich meinem Kind nicht antun.“

Ich schluckte. „Daran habe ich nicht gedacht.“

„Tja.“ Sie verschränkte die Arme und verlagerte ihr Gewicht. „Nicht viele Leute in dieser Stadt denken daran.“

Peinliches Schweigen breitete sich aus.

Christine rutschte erneut auf dem Sessel herum. „Und damit eines klar ist: Das ist für niemanden einfach. Ich weiß, dass es auch für dich schwer ist, und ich behaupte nicht, dass es das nicht ist. Es tut mir leid, dass du da hineingezogen wurdest."

Ich seufzte und lehnte mich schwer gegen ihren Schreibtisch. „Um ehrlich zu sein, bin ich froh, dass ich involviert bin."

„Wie meinst du das?"

„Es hat noch nicht das Ende unserer Beziehung herbeigeführt", sagte ich, obwohl ich es mit jedem Wort weniger glaubte. „Wir haben es bis jetzt überstanden. Vielleicht bedeutet das, dass die Sache zwischen uns noch am Leben ist. Es mag letzten Endes nicht klappen, aber es ist noch nicht vorbei." *Noch nicht.*

Sie lächelte. „Baby, ich glaube nicht, dass du dir darüber Sorgen machen musst. Ich weiß, dass es im Moment schwer ist, aber ich kenne Jeff schon sehr lange und ich habe noch nie erlebt, dass er so sehr um etwas gekämpft hat wie um dich." Sie schaute mir in die Augen. „Noch *nie.*"

„Da fragt man sich, ob wir nicht schon längst über den Punkt hinaus sind, unsere Beziehung wiederzubeleben."

Christine schüttelte den Kopf. „Nein, das glaube ich nicht. Ihr seid beide stur, aber auch klug genug, um zu wissen, wann das Schiff endgültig sinkt und ihr euch in ein Rettungsboot begeben solltet. Ihr macht eine wirklich harte Zeit durch, aber irgendetwas muss doch da sein, wenn ihr beide so hart darum kämpft."

„Ich hoffe es."

„Ich auch." Sie berührte meinen Arm. „Und Brad, denk daran, was ich vorhin gesagt habe. Selbst wenn es wirklich schlimm wird, halte an ihm fest. Er ist die Art von Mann, die du kein zweites Mal finden wirst."

Ich räusperte mich. „Würdest du, äh, jemals in Betracht ziehen, wieder mit ihm zusammenzukommen?"

Sie betrachtete mich schweigend. „Willst du wissen, ob ich ihn dir wegnehmen würde?"

Ich wich ihrem Blick aus und flüsterte: „Sei einfach ehrlich."

Sie antwortete nicht sofort, was mir mehr sagte, als ihr vielleicht bewusst war. Schließlich sagte sie: „Wenn die Umstände anders wären ... Ich weiß es nicht. Vielleicht?"

Ich sah ihr in die Augen. Sie schaute in meine.

Dann warf sie die Hände in die Luft und wandte den Blick ab. „Okay. Okay, na schön. Ja, ich würde es in Betracht ziehen. Ich –" Ihre Stimme brach und sie wandte sich wieder mir zu. „Wenn die Dinge anders wären, ja. Ich würde zu ihm zurückgehen. Zufrieden?"

Oh. Ja. *Hingerissen.*

Diesmal war ich derjenige, der den Blickkontakt abbrach.

Ihre Stimme wurde weicher. „Aber das spielt keine Rolle, denn er ist jetzt mit dir zusammen, Schätzchen." Sie griff nach meiner Hand, ihre langen Finger kühl zwischen meinen. „Und ich verspreche dir, dass ich *niemals* etwas tun würde, um mich zwischen euch zu drängen."

„Ich weiß. Es tut mir leid. Ich hätte dich nicht bedrängen sollen."

„Ist schon gut. Ich weiß, dass das nicht leicht für dich sein kann."

Ich begegnete ihrem Blick. „Für dich muss es auch die Hölle sein."

„Manchmal", gab sie mit einem leichten Nicken zu. „Aber wir werden das alle durchstehen. Irgendwie."

„Ja. Irgendwie."

„Wie dem auch sei." Sie räusperte sich. „Ich gebe Jeff

Bescheid, dass du hier bist. Er sollte jeden Moment zurück sein."

„Danke."

Sie ließ mich im Büro allein, und sobald sie weg war, atmete ich schwer aus. Ich glaubte ihr, als sie sagte, dass sie nichts tun würde, um sich zwischen uns zu drängen. Und ich vertraute ihm, dass er mich nicht betrügen würde.

Aber zu wissen, dass die beiden immer noch Gefühle füreinander hatten und dass sie gemeinsam ein Kind bekamen, machte mich nervös. Vor allem, weil ich nicht wusste, wie lange Jeff und ich das Trennungs- und Versöhnungsspielchen spielen würden, bevor wir entweder eine endgültige Lösung fanden oder das Handtuch warfen. Immer wieder mal für ein paar Tage oder Wochen Schluss zu machen, war schon länger unsere Methode, als ich zugeben wollte.

Falls wir uns wieder trennten, was würde dieses Mal zwischen ihnen passieren?

KAPITEL 14

JEFF

Ich setzte ein Häkchen auf einen erledigten Auftrag und fügte ihn dem immer größer werdenden Stapel von abzuheftendem Papierkram hinzu. Früher oder später musste ich in den sauren Apfel beißen und mich tatsächlich an die Ablage machen, zumal der Stapel auf meinem Schreibtisch schon so hoch war, dass er fast in die Kiste auf dem Boden mit den anderen Stapeln wandern konnte.

Vielleicht später.

Ich zog ein weiteres Formular vom Stapel der neuen Bestellungen. Es gab sicherlich Schlimmeres, als dass die Firma zu viele Aufträge hatte. Das Geschäft lief großartig, vor allem in den letzten drei Jahren oder so. Unsere Mitarbeiter machten regelmäßig Überstunden, um mit den steigenden Bestellungen Schritt zu halten. Das bedeutete, dass unsere Lohnkosten etwas höher waren, als mir lieb war, aber die Angestellten waren begeistert, die Aufträge wurden pünktlich erledigt und wir schrieben genug schwarze Zahlen, dass ich nicht darüber meckern würde.

Ich ging die Bestellung durch und vergewisserte mich, dass alles so war, wie es sein sollte. Keine übermäßigen

Rabatte, keine Fehler, Fertigstellung innerhalb eines ange-
messenen Zeitrahmens. Mary Ann hatte diesen Auftrag
vorbereitet, und so war ich nicht überrascht, dass es keine
Fehler gab und die Arbeit fast eine Stunde früher als vorge-
sehen erledigt war. Sie war verdammt gut in dem, was sie
tat. Christine und ich hatten ein paar Mal darüber geredet,
sie zu befördern, sie mit den Kunden arbeiten zu lassen und
ihr mehr Führungsaufgaben zu übertragen – vor allem, weil
Christine in ein paar Monaten weggehen würde –, aber
keiner von uns wollte sie aus der Fertigung abziehen. Sie
beaufsichtigte bereits den Rest der Belegschaft, was sie
einige Stunden am Tag von der Gravur- und der Stickmaschine fernhielt. Wir brauchten sie dort draußen, nicht hier
drinnen.

Ich hakte die Bestellung ab und legte sie auf den Stapel.
Mary Ann würde eine Gehaltserhöhung bekommen, so viel
war sicher, aber ich brauchte weiterhin jemanden, der
Christines Aufgaben übernehmen konnte. Abgesehen
davon, dass alle Mitarbeiter, denen ich wirklich vertraute,
beim Design und der praktischen Arbeit an den Maschinen
von unschätzbarem Wert waren.

Ich schloss die Augen und neigte den Kopf erst zur
einen, dann zur anderen Seite. Es war noch Zeit, bis ich
jemanden brauchte, der für Christine einsprang, aber diese
Person musste auch ausgebildet werden. Das Geld für die
Bezahlung zu beschaffen, wäre kein Problem. Die Zeit, um
jemanden effektiv zu trainieren ...

Scheiße. Das war –

„Jeff." Christines Stimme warf mich fast aus dem Stuhl.
„Was?"

Als ich sie ansah, legte sie den Kopf schief und zog
eine Augenbraue hoch. „Es ist acht Uhr. Geh nach
Hause."

„Gleich." Ich deutete auf den Stapel von Arbeitsaufträgen. „Ich will nur noch das hier fertig –"

„Baby, du bist erschöpft. Geh nach Hause." Sie trat hinter mich und legte mir eine Hand auf die Schulter. Sanft drückte sie sie und fügte hinzu: „In der Früh wird das auch noch da sein."

„Ja, und der Papierkram bringt morgen Verstärkung mit. Ich brauche –"

„Du brauchst Schlaf." Sie drückte wieder zu, dieses Mal etwas fester. „Oder bist du hier, weil du jemandem aus dem Weg gehen willst?"

Meine Hände erstarrten. Ich war ertappt worden.

Sie zog eine Grimasse. „Wieder Probleme mit Brad?"

„Ja und nein."

Ihre Lippen zuckten. „Also, was ist es?"

„Es ist ..." Ich ließ den Kopf nach vorne fallen, während ich mir den Nacken knetete. „In einem Moment läuft alles toll mit ihm. Im nächsten nicht mehr so sehr. Verdammt, ich weiß nicht, was zum Teufel wir überhaupt tun." Ich schob die Unterlagen beiseite und stand auf. „Du hast recht. Ich sollte von hier verschwinden."

Sie zog eine dünne Augenbraue hoch. „Was ist los, Schätzchen?"

„Einfach nur ... der gleiche Scheiß."

„Wirklich?"

„Nun ..." Nein, es war nicht der gleiche Scheiß. Jedes Mal, wenn wir etwas davon fast geklärt hatten, kam eine neue Ladung Mist dazu und machte alles noch schlimmer. Warum zum Teufel brachten wir uns deswegen fast um? Wann war es okay, einfach das Handtuch zu werfen, Schluss zu machen und getrennt mit unserem Leben weiterzumachen?

Aber ich wollte nicht das Handtuch werfen. Ich wollte

Brad nicht verlieren. Das war das Einzige, mit dem ich nicht umgehen konnte.

Christine berührte meinen Arm. „Hey. Alles in Ordnung?"

Ich ließ mich an den Schreibtisch sinken. „Ich habe nur viel um die Ohren."

„Ich kenne das Gefühl." Sie wich zurück und verschränkte die Arme locker vor der Brust. „Was ist denn das Problem bei euch?"

Ich schüttelte den Kopf und seufzte. „Ich weiß es nicht. Ich weiß es wirklich nicht. Die Beziehung steht schon eine ganze Weile auf der Kippe."

„Glaubst du, ihr werdet es schaffen? Bei ... bei all dem, was hier los ist?"

„Ich wünschte, ich wüsste es." Ich wich ihrem Blick aus. „Wir haben uns neulich Abend gestritten. Und –"

„Was? Mein Gott, Jeff. Schon wieder? Worüber?"

Ich starrte sie an.

Sie verdrehte die Augen und sog scharf den Atem ein. „Ihr müsst mit diesem Scheiß aufhören."

„Glaubst du, wir machen das zum Spaß?"

„Ich glaube, ihr macht das, weil ihr beide zu stur seid, um alles in Ruhe auf den Tisch zu bringen und auseinanderzunehmen, bis ihr an die Wurzel all eurer Probleme kommt."

„Das haben wir schon versucht."

„Und?"

Ich warf ihr den nächsten Blick zu.

Sie presste die Lippen aufeinander. „Klingt so, als würde das, was ihr tut, nicht funktionieren."

„Oder vielleicht sind wir es, die nicht funktionieren. Ich will, dass es funktioniert, aber manchmal ..." Ich seufzte und fuhr mir mit einer Hand durch die Haare. „Manchmal sehe ich einfach keinen anderen Weg, wie das enden kann, als dass wir Schluss machen und uns endgültig trennen."

„Und das Baby ist sicher nicht hilfreich."

Ich konnte mich nicht dazu überwinden, sie anzusehen, also konzentrierte ich mich darauf, Phantomfussel von meiner Jeans zu entfernen. Was sollte ich sagen? Das Baby, das Timing, die Entfernung, sobald sie mit dem Kind nach Denver gezogen war – ich konnte nicht so tun, als wäre das alles keine Belastung für meine Beziehung. Brad und ich waren kurzzeitig an einem Punkt angelangt, an dem ich dachte, dass wir es schaffen könnten, wenn wir uns nur zusammenreißen und die Dinge wieder ins Lot bringen könnten, und dann ...

„Das alles tut mir so leid", flüsterte sie.

„Chris, nicht." Ich schlang die Arme um sie und zog sie an mich. „Wir sind beide gleichermaßen für das Baby verantwortlich, und die Sache mit Brad ... Dafür bin allein ich zuständig."

„Ich weiß." Sie schniefte und umarmte mich ganz fest. „Aber ihr wärt besser dran, wenn das nicht passiert wäre."

Ich streichelte ihr übers Haar. „Du hast keine Schuld. Meine Beziehung zu Brad ist meine Verantwortung, nicht deine."

„Trotzdem." Sie machte eine Pause. „Wäre es leichter, wenn ich in Tucker Springs bleiben würde?"

Ich schloss die Augen. Welchen Unterschied würde es machen, wenn ich ihr die Wahrheit sagte? Dies war für sie kein Zuhause. Sie musste hier weg und es spielte keine Rolle, ob das die Sache für mich leichter oder schwerer machte. „Es wäre nicht leichter für dich."

„Nein, aber ..." Christine wich zurück und schaute zu mir auf. „Es tut mir leid. Dass ich es dir schwerer gemacht habe, indem ich weggehe. Und ich hoffe, du weißt, dass ich

möchte, dass du ein Teil des Lebens unseres Babys bist.
Bitte denk nie, dass ich –"

„Tue ich nicht." Ich nahm ihre Hand. „Du bist hier
unglücklich."

„Aber hier geht es nicht nur um mich." Sie legte eine
Hand auf meinen Arm und drückte ihn sanft. „Es geht um
uns beide, das Baby, die Firma." Sie hielt inne. „Und auch
um Brad."

Bei der Erwähnung seines Namens zuckte ich zusammen. „Die Sache ist die, das Baby und die Firma sind ... Sie
werden so oder so hier sein." Ich schluckte schwer und
senkte den Blick. „So ungern ich es auch zugebe, ich weiß
nicht, ob die Sache mit Brad klappt oder nicht, und ich weiß
nicht, wie viele Kompromisse ich eingehen soll, damit es
klappt, verstehst du?"

Sie nahm meine Hand zwischen ihre beiden Hände,
sagte aber nichts.

Ich atmete schwer aus. „Die Wahrheit ist, dass ich es in
letzter Zeit nicht weiß. Ich weiß nicht, ob wir das
hinkriegen."

„Also, was ist im Moment gerade los? Worüber streitet
ihr euch?"

„Wir sind ..." Wie sollte ich das erklären? Dass ich aus
der Haut gefahren war, weil Brad sich zugedröhnt hatte, da
er den Scheiß, den ich ihm zumutete, nicht mehr ertragen
konnte? Dass ich wütend auf ihn war, weil er unter dem
Stress eingeknickt war, den er ohne mich gar nicht gehabt
hätte?

Sie verschränkte ihre Finger mit meinen. „Wenn etwas
passiert ist, kannst du es mir sagen. Das weißt du doch.
Wenn du mit jemandem reden musst, bin ich für dich da."

Ich knetete die verkrampften Muskeln in meinem
Nacken. „Ich werde nicht lügen. Ich verliere verdammt

noch mal den Verstand." Allein die Worte zu sagen, war, als würde ein Damm in mir brechen, und ich konnte nicht aufhören. „Ich bin im Moment einfach so unglaublich überfordert. Ich weiß nicht einmal ... Ich habe keine Ahnung, wie ich das in Ordnung bringen soll. Egal was davon. Jedes Mal, wenn ich denke, dass ich mein Leben im Griff habe, kommt etwas anderes dazwischen –" Meine Stimme brach und ich versuchte, mich mit einem Räuspern zu retten. „Sobald ich denke, dass ich alles unter Kontrolle habe, bekomme ich Angst, weil ich weiß, dass etwas anderes daherkommen wird. Und ich ..." Ich fuhr mir mit einer zitternden Hand durch die Haare. „Ich habe solchen Schiss, dass Brad die Nase voll hat, noch bevor sich die Situation beruhigt hat."

Christine legte ihre Arme um mich, sagte aber nichts.

„Ich darf ihn nicht verlieren, Chris", flüsterte ich. „Ich kann nicht von ihm verlangen, dass er weiter alles mitmacht, egal was kommt, aber mein Gott, wenn ich ihn verliere ..."

„Es tut mir so leid, Baby." Sie drückte mich fester und streichelte über mein Haar. „Ich wünschte, ich könnte mehr sagen, aber ... es tut mir *so* leid."

Ich schniefte laut und kämpfte gegen die Flut von Gefühlen an. „Es ist nicht deine Schuld."

„Es ist niemandes Schuld. Weder meine noch Brads, und egal wie sehr du dich weigerst, es zu glauben, es ist auch nicht deine."

Ich konnte die Fassung nicht mehr bewahren. Ich vergrub das Gesicht an ihrer Schulter, hielt mich mit zitternden Armen an ihr fest und fing zu weinen an.

KAPITEL 15

BRAD

In dem Moment, in dem Jeff an meiner Tür auftauchte, wusste ich, dass etwas nicht stimmte. Seine Augen waren rot, seine Schultern gesenkt. Ich war überrascht, dass er sich noch aufrecht halten konnte.

Ich trat zur Seite, um ihn hereinzulassen. „Alles okay?"

„Es ist nur ..." Er rieb sich das Gesicht, als er eintrat. „Ich schätze, es hat sich alles irgendwie zugespitzt."

Mein Herz machte einen Sprung. „Was bedeutet das?" Bevor er antworten konnte, bedeutete ich ihm, sich auf die Couch zu setzen, und ich nahm neben ihm Platz. „Was ist los?"

„Alles." Er seufzte. „Die Firma, das Baby, wir – es ist alles einfach zu überwältigend geworden."

„Das kann ich mir vorstellen." Ich legte meine Hand auf sein Bein. „Wenn du reden willst ..."

„Das habe ich bereits." Er lachte humorlos. „Ich habe alles bei Christine abgeladen."

Eifersucht flammte in meiner Brust auf und ich versuchte, sie zu unterdrücken. „Okay." Ich machte eine

Pause, bis das Schweigen mir eine Gänsehaut bescherte. „Wenn dich etwas bedrückt, sollten wir ...“

„Nein, nein.“ Er winkte mit einer Hand. „Es hat keinen Sinn, wenn –“

„Du kannst also mit ihr darüber reden, aber nicht mit mir?“

Sein Kopf ruckte zu mir herum. „Was zum Teufel soll das bedeuten?“

„Was *glaubst* du denn, was es bedeutet?“ Ich knirschte mit den Zähnen. Er war bereits aufgewühlt, aber ich hatte meine eigenen Gefühle tagelang unter Verschluss gehalten, und die Tatsache, dass er sich ihr gegenüber öffnen konnte und nicht mir gegenüber, ließ diesen Verschluss mit einem Knall platzen. „Falls du dich fragst, ob ich unsicher bin, wenn es um sie geht, dann hast du recht, denn genau das bin ich.“

„Mein Gott, Brad. Willst du mir wirklich ewig vorhalten, dass ich einmal mit ihr geschlafen habe, als wir *nicht* zusammen waren?“

„Du meinst das eine Mal, von dem ich nur weiß, weil sie schwanger ist? Ich nehme an, das wäre dein kleines Geheimnis mit ihr geblieben, wenn –“

„Was wolltest du denn von mir hören?“, fauchte er. „Sollte ich das als kleine Randbemerkung bei unserem ersten Date einbauen? Die Stimmung ruinieren, obwohl wir eine tolle Zeit hatten? Es ist ja nicht so, dass ich dich betrogen habe. Ja, sie ist meine Ex-Frau, aber das –“

„Was soll ich denn denken?“ Meine Stimme schwankte, egal wie sehr ich mich bemühte, sie ruhig zu halten. „Ich meine, ich habe dir immer vertraut, aber können wir aufhören so zu tun, als ob du und Christine euch nicht lieben würdet?“

Er starrte mich finster an, seine Augen schmal mit kaum

gebändigter Wut. „Wage es nicht, mir das vorzuwerfen. Ich habe dir von Anfang an gesagt, dass ich sie liebe und dass sich das nie ändern würde."

„Das erwarte ich auch nicht", blaffte ich zurück. „Aber mir war nicht klar, dass ihr euch immer noch so liebt."

Jeff blinzelte und zuckte zurück, als hätte ich ihm eine Ohrfeige verpasst. „Was?"

Ich atmete schwer aus. „Komm schon, Jeff. Ihr liebt euch und jetzt bist du der Vater ihres Babys. Wenn ich von der Bildfläche verschwunden wäre, was würde euch beide daran hindern –"

„Nur, dass du weiterhin auf der Bildfläche *bist*."

„Für den Moment, ja." Ich schluckte. „Aber ich habe ... Hör zu, am Anfang war es schon schlimm genug, als ich im Hinterkopf immer diesen nagenden Gedanken hatte, dass ihr euch trotz eurer Scheidung immer noch so nahe seid. Nun, wir wissen natürlich alle, dass zwischen euch beiden noch etwas ist. Und nach all den Malen, in denen wir darüber gesprochen haben, Kinder zu haben, und hin und her überlegt haben, ob wir heiraten und sie gemeinsam adoptieren sollten, oh, sieh an, hast du jetzt eins mit deiner Ex-Frau."

„Das war keine Absicht und das weißt du", knurrte er.

„Es war keine Absicht, aber es wird sich auch nicht ändern. Tatsache ist, dass Christine mit deinem Baby schwanger ist. Ihr arbeitet zusammen. Ihr liebt euch." Ich warf die Hände in die Luft. „Was bin ich? Dein mal ja, mal nein Freund, der nicht weiß, wie er dich in Tucker Springs halten soll."

Er starrte mich mit großen Augen und offenem Mund an.

Ich atmete tief durch. „Ich habe eine Heidenangst davor, dir irgendetwas von dem zu erzählen, was mich in letzter Zeit bedrückt, weil du selbst gesagt hast, dass du darüber nachdenkst, nach Denver zu gehen, und ich Schiss habe, dass du nur darauf wartest, dass ich dir einen Grund gebe, diese Entscheidung zu fällen."

Er blinzelte. „*Das* denkst du also?"

Mit Mühe brachte ich ein Flüstern zustande. „Warum nicht?"

Die Lautstärke seiner Stimme stieg mit jedem Wort, bis er fast schrie. „Wenn ich auch nur im Entferntesten daran gedacht hätte, dich für sie zu verlassen, glaubst du wirklich, dass ich dann so lange geblieben wäre, um unsere Beziehung zu kitten?" Er lehnte sich nach vorne, stützte den Kopf in die Hände und atmete schwer aus. „Ich liebe dich, Brad." Er redete jetzt leiser und fügte etwas zögernd hinzu: „Ich weiß nicht, wie ich dir klarmachen kann, dass das die eine Sache ist, die sich *nie* geändert hat."

Meine Augen brannten. Ich wusste, dass er mich liebte, aber war irgendetwas an der Sache zwischen uns noch so einfach? Und was nützte es, darüber zu streiten? Wir könnten den ganzen Tag lang von den Dächern schreien, dass wir uns liebten, aber einige Dinge würden sich nicht ändern, egal was passierte.

Ich legte meine Hand zwischen seine Schulterblätter. „Es tut mir leid."

Er berührte mein Bein. „Mir auch. Ich glaube, das hat uns alle ein bisschen Nerven gekostet."

Uns allen. Nicht uns beide. Sondern uns *allen*. Richtig, denn es waren drei Leute beteiligt.

Und in ein paar Monaten würden es vier sein.

Ich sagte nichts. Jeff auch nicht. Das Schweigen war so viel schlimmer als Herumgebrülle. Wenn wir uns stritten, ging alles zu schnell, als dass ich wirklich innehalten und nachdenken konnte. Sicher, das war der Grund, warum

unsere Streitereien aus dem Ruder liefen und warum
unsere Beziehung überhaupt in die Krise geschlittert war.
Sich gegenseitig anzuschreien, ohne nachzudenken, war
nie gut.

Aber als sich der Staub in der angespannten Stille legte,
als ich mich beruhigte und zu einem rationaleren Geistes-
zustand zurückkehrte, konnte ich alles klarer sehen. Und
das war kein Bild, das ich klar sehen wollte, denn jedes Mal,
wenn ich es ansah, sank das Gefühl der Hoffnungslosigkeit
in meinen Eingeweiden noch tiefer. Wir hatten es geklärt ...
irgendwie. Dieses Mal. Die sprichwörtliche Schlacht
gewonnen, aber im sprichwörtlichen Krieg keinen Zentimeter Boden gutgemacht.

Ich sah auf meine zitternden Hände hinunter. „Wie
lange wollen wir das noch tun?"

„Was tun?"

„Streiten. Versöhnen. Wieder streiten."

Jeff fuhr sich mit einer Hand durch die Haare. „Ich
weiß es nicht."

Während wir so dasaßen und die Worte in der Luft
hingen, schien die Bleikugel in meinem Bauch immer
größer und schwerer zu werden.

Und bevor ich es mir ausreden konnte, sagte ich: „Vielleicht sollten wir damit aufhören."

„Ich glaube nicht, dass einer von uns beiden das zum
Spaß macht."

„Ich meine nicht, dass wir aufhören sollen zu streiten."
Langsam drehte ich mich zu ihm. „Ich denke, wir sollten
aufhören."

Jeffs Augen weiteten sich. „Was?"

Ich senkte den Blick und schüttelte den Kopf. „Das ...
das muss einfach aufhören. Das alles."

Er schüttelte den Kopf und starrte mich an. „Aber ich dachte ... wir waren ...“

„Wir haben es versucht. Aber ich kann nicht mehr.“

Jeff sah mich einen quälend langen Moment an. „Du schlägst vor, dass wir uns trennen. Und zwar für immer.“

Es hatte noch nie so sehr wehgetan, ein einziges Wort zu flüstern. „Ja.“

Sein Mund öffnete sich.

Ich schluckte. „Wenn du nach Denver ziehst, werden wir eine Fernbeziehung führen. Und das wird sicher nicht funktionieren, wenn wir es nicht einmal hinkriegen, wenn wir in der Nähe wohnen.“ Ich ließ den Atem entweichen. „Aber auch wenn du in Tucker Springs bleibst, ist dennoch ein Baby auf dem Weg und du hast eine Firma, die du leiten musst, und beides wird noch viel mehr von deiner Zeit und Energie in Anspruch nehmen. Vor allem, wenn Christine und das Baby nach Denver gehen, mit oder ohne dich.“

Jeff nahm meine Hand zwischen seine feuchten Handflächen. „Das bedeutet nicht, dass ich nicht mit dir zusammen sein will.“

„Ich glaube, wir sind über den Punkt hinaus, wo es eine Rolle spielt, was wir wollen. Wir müssen anfangen darüber nachzudenken, was wir tun können. Du hast das Baby und die Firma. Ich kann dich von keinem von beiden fernhalten, aber ich ...“ Ich schluckte schwer. „Wir können keine Beziehung führen, wenn sie auf der Prioritätenliste an dritter, vierter oder fünfter Stelle steht. Und die Sache ist die, ich kann dich nicht zu der Entscheidung zwingen, entweder in meiner Nähe zu bleiben oder zu deinem Baby nach Denver zu gehen.“ Ich schluckte erneut. „Ich kann dich nicht zwingen, diese Wahl zu treffen, also entscheide ich für dich. Ich möchte, dass du gehst.“

Er holte scharf Luft. „Wirklich?“

Ich nickte. „Ja. Geh nach Denver."

„Aber was ist mit uns?"

„Ich will nicht, dass du uns über dein Baby oder deinen Job stellst. Diese Dinge sind wichtig. Aber ich ..." Ich bemühte mich, meine Stimme ruhig zu halten. „Hör zu, ich würde nie verlangen, dass ich für dich an erster Stelle komme, Jeff, schon gar nicht vor einem Kind. Aber ich kann auch nicht an letzter Stelle stehen. Deshalb muss ich loslassen."

„Brad ..."

„Es tut mir leid." Ich konnte ihm nicht in die Augen schauen. „Ich will, dass wir beide glücklich sind, und das wird nie passieren, wenn wir weiter mit dem Kopf gegen die Wand rennen. Und die Sache ist die ..." Ich kaute auf meiner Lippe und rang nach den richtigen Worten. Schließlich zwang ich mich, seinen Blick zu erwidern. „Weißt du noch, was ich dir über meine Schwester erzählt habe? Wie schwer es für uns ist, sie zu überzeugen, ihre bipolaren Medikamente zu nehmen, weil sie, obwohl sie ihr bei den Tiefs helfen, die Hochs vermisst?"

Jeff runzelte die Stirn und nickte. „Ja, ich erinnere mich."

„Ich glaube, unsere Beziehung ist in gewisser Weise wie ihre Krankheit. Und ich glaube, die Hochs sind es, die uns immer wieder zueinander zurückbringen. Wenn es gut ist, wenn wir es richtig hinkriegen, ist es so, *so* gut." Meine Kehle schmerzte und meine Augen brannten, aber ich redete weiter. „Aber die Abstürze ..."

Jeff zuckte zusammen und schloss die Augen. „Ich weiß. Sie sind hart."

„Genau. Und so sehr ich die Hochphasen auch liebe, mit den Abstürzen komme ich nicht mehr klar. Ich kann es einfach nicht. Ich will nicht mehr kämpfen, Jeff. Nicht mit

dir und nicht für dich. Ich bin müde." Allein das Ausspre-
chen dieser Worte ließ die Last auf meinen Schultern
schwerer werden, als ob das Eingeständnis der Erschöpfung
sie zu einer greifbaren Sache machte. „Ich will nicht, dass
wir uns streiten, und ich will nicht weiter für etwas kämpfen, das nicht funktionieren kann.

Seine Stimme zitterte mehr als ich je gehört hatte, als er
flüsterte: „Wir können das hinbiegen."

„Wir haben es versucht." Ich löste sanft meine Hand
von seiner. „Es tut mir leid, aber ich *muss* das hinter mir
lassen." Wieder schluckte ich und versuchte, meine
Fassung zu bewahren. „Du hast gesagt, du hast gewusst,
dass es mit Christine vorbei war, als die Trennung eine
Erleichterung war, und so ..." *Reiß dich zusammen. Um
Himmels willen, reiß dich zusammen.* „So geht es mir mit
dieser Beziehung. Es tut zu sehr weh, daran festzuhalten.
Ich ... ich muss loslassen."

Er zuckte zusammen und wandte den Blick ab, und ich
betete, dass er nicht zusammenbrach. Er war heute Abend
schon angeschlagen genug – *es tut mir so leid, Jeff* – und
wenn er jetzt die Beherrschung verlor, würde ich es auch
tun, und ich traute mir nicht zu, nicht die Nerven zu verlieren, sobald ich die Tränen nicht mehr zurückhalten konnte.

Jeff holte tief Luft. „Soll ich gehen?"

Ich versuchte, den Kloß in meiner Kehle zurückzudrän-
gen. Ihn mitten im Streit rauszuschmeißen, war einfach
gewesen. Ihn jetzt zu bitten zu gehen, obwohl ich nichts
mehr wollte, als ihn anzuflehen zu bleiben? Das war eine
neue Version der Hölle.

„Brad?"

Ich schluckte wieder, aber es half nicht viel und ich
glaubte nicht, dass meine Stimme nicht versagen würde,
wenn ich etwas sagte, also nickte ich nur.

Jeff stand auf. Nach einem Moment tat ich es auch.

Auf dem Weg zur Tür sagte keiner von uns ein Wort.

Er blieb im Türrahmen stehen und drehte sich um. „Ich würde trotzdem gerne mit dir befreundet sein."

Allein der Gedanke daran tat weh. Ich wollte Jeff nicht völlig aus meinem Leben ausschließen, aber meine Nerven lagen jetzt so blank, dass ich nicht wusste, was ich sonst tun sollte. Mit all dem fertig werden, während er im selben Raum war? Das war zu überwältigend, um überhaupt daran zu denken.

„Ich brauche etwas Zeit", sagte ich schließlich.

Er hielt meinen Blick einen Moment lang gefangen. Ich dachte schon, er würde versuchen, mich zu überreden oder mir vielleicht versprechen, mich in ein paar Tagen anzurufen, aber er nickte nur stumm und ging hinaus.

Ich sah nicht zu, wie er wegging. Ich schloss die Tür, sperrte ab und schlurfte zum Sofa. Sobald ich mich darauf sinken gelassen hatte, legte ich beide Hände auf das Gesicht und ließ einen langen und schweren Atemzug entweichen.

Ich weinte nicht. Ich konnte es nicht. Ich hatte keinen Zweifel daran, dass das später kommen würde, aber im Moment konnte ich nur dasitzen und mir sagen, dass es vorbei war. Das war's. Das war das Ende. Das war, was wir tun mussten. Das war die einzige Möglichkeit für uns beide, aus dieser verfahrenen Situation herauszukommen. Einer von uns musste seinen Mann stehen und der Sache ein Ende setzen, damit wir mit unserem Leben weitermachen konnten.

Jetzt tat es weh. Mein Gott, tat es weh. Aber es würde besser werden. Die Zeit heilte alle Wunden. Vor der Morgendämmerung war es immer am dunkelsten. Wenn sich eine Tür schloss, öffnete sich eine andere. Es gab eine Million Klischees, die mich daran hätten erinnern sollen, dass ich nicht der Einzige war, der etwas Schlimmes durchmachte, und dass unzählige Menschen vor mir überlebt hatten, auch wenn sie höllische Qualen erdulden mussten.

Nichts davon half. Nicht mal ein bisschen. Das tat mehr weh als alle die anderen Male, als wir uns getrennt hatten, denn es war das letzte Mal. Das tatsächliche Ende. Ich hatte so viel Zeit und Energie darauf verwendet, diese Beziehung wiederzubeleben, dass ich nicht wusste, was ich mit mir anfangen sollte, jetzt, da es vorbei war.

Ich liebe dich, Jeff. Ich liebe dich so sehr, dass es wehtut.

Ich wünschte, es müsste nicht so sein.

Aber wir beide wissen, dass es so sein muss.

KAPITEL 16

JEFF

Das war's also. Brad und ich waren Geschichte. Vielleicht ganz aus dem Leben des anderen verschwunden. Vielleicht konnten wir aus dem, was uns geblieben war, eine Freundschaft bilden, nachdem wir beide etwas Zeit zum Verarbeiten gehabt hatten. Wie auch immer, unsere Beziehung war vorbei. Es gab kein Brad und Jeff mehr.

Hinter dem Lenkrad meines Pick-ups fuhr ich ziellos umher. Ich konzentrierte mich genug auf die Straße, um keinen Unfall zu bauen, aber ich wusste nicht, wohin ich steuerte. Ich wusste nicht, wohin ich gehen konnte. Die Wände des Hauses, das wir geteilt hatten, würden mich einschließen. Kaffee würde nicht helfen. Alkohol schon gar nicht.

Gut anderthalb Stunden lang fuhr ich durch die Stadt und achtete gerade ausreichend auf Schilder und Ampelsignale, aber ohne zu merken, wo ich war. Ich hatte kein bestimmtes Ziel vor Augen, aber schließlich bog ich auf einen Parkplatz ein und hielt an.

Vor der Firma.

Große Überraschung.

Ich verbrachte die meiste Zeit meiner wachen Stunden hier. Tatsächlich waren meine wachen Stunden im letzten Jahr fast ausschließlich zwischen hier und dem Versuch, den Schaden bei Brad zu begrenzen, aufgeteilt gewesen. Jetzt, da Brad Schluss gemacht hatte, gab es wirklich keinen anderen Ort mehr, an den ich gehen konnte.

Und zum Teufel, solange ich wach war – und das würde ich heute Nacht noch eine Weile sein –, konnte ich genauso gut etwas Produktives tun. Ich könnte mich daran machen, schon jetzt ein paar der Arbeitsaufträge zu bearbeiten, damit sie vorbereitet waren, sobald morgen früh die Belegschaft eintraf. Vielleicht ein paar Rechnungen schreiben und bezahlen, bevor der Buchhalter am Freitag kam. Ich könnte den verdammten Boden fegen, wenn ich dadurch genug zu tun hätte, um nicht so bald versuchen zu müssen, einzuschlafen.

Ich schloss die Vordertür auf, deaktivierte den Alarm und schaltete die Oberlichter ein. Es war nicht das erste Mal, dass ich hier mitten in der Nacht allein war, aber es schien auf unheimliche Art still und leer zu sein. Alle Geräte waren ausgeschaltet, nur die Lüftungsanlage summte unauffällig im Hintergrund. Meine Schritte hallten von den hohen Decken wider, als ich durch das Geschäft lief und mir mein Gespräch mit Brad immer wieder durch den Kopf ging.

Eigentlich hätte das die Sache vereinfachen müssen. Es tat weh, ja, aber das Tauziehen war vorbei. Warum hatte ich dann das Gefühl, dass alles noch chaotischer war als vorher?

Auf dem Papier war es jetzt ganz einfach. Die Firma nach Denver verlegen. Ein Haus in der Nähe von Christine suchen, damit wir unser Baby großziehen konnten. Die Beziehung zu ihr so freundschaftlich halten, wie sie immer gewesen war, und versuchen, über die Distanz von einer Million Meilen eine Art Freundschaft mit Brad zu retten.

Wenn wir die Firma nach Denver verlegten, könnten wir vielleicht ein größeres Gebäude bekommen. Ich hatte mir die Preise in dieser Gegend nicht mehr angesehen, seit wir das Geschäft eröffnet hatten. Damals war Denver viel teurer gewesen. Seit die Wirtschaft Saltos schlug und die Lebenshaltungskosten in Tucker Springs Jahr für Jahr weiter in die Höhe schossen, könnte sich das geändert haben. Wenn das der Fall wäre, *könnten* wir vielleicht ein größeres Geschäft bekommen. Damit alle etwas mehr Platz hatten. Vielleicht könnten wir sogar eine weitere Graviermaschine anschaffen, damit wir die Aufträge besser bewältigen konnten.

Und was dann? Würde sich außer der Postleitzahl wirklich etwas ändern? Egal wie ich die Gleichung aufstellte, das Endergebnis war das gleiche. Ich würde immer noch viele Stunden für meinen Gehaltsscheck arbeiten und dann in ein leeres Haus kommen, so wie ich es seit der Trennung von Brad und mir tat.

Andererseits könnte ich auch hierbleiben. Christines Anteil kaufen und die Firma komplett übernehmen. Natürlich hätte ich dann wieder eine Achtzig-plus-Stunden-Woche, bis ich einen neuen Geschäftspartner oder einen kompetenten Schichtleiter gefunden – und ausgebildet – hatte, der in Christines Fußstapfen treten konnte.

Und was dann?

Mein Blick blieb auf dem Lagerschrank hängen. Er war mit Aufklebern und Notizzetteln bedeckt, hätte aber genauso gut mit einem Spurensicherungsband der Polizei überklebt sein können.

Dort war es passiert. Dort hatten Christine und ich das erste von mehreren Malen in dieser Nacht gevögelt. Halb bekleidet und völlig begierig war es kurz und heiß gewesen, während die Stickmaschine im Hintergrund brummte und die Leuchtstoffröhren über uns summten.

Und als es vorbei war, konnten wir uns kaum noch in die Augen schauen.

Wir zogen unsere Klamotten zurecht. Ich rückte alles gerade, was im Schrank umgefallen war, während sie die Stickmaschine überprüfte. Keiner von uns sagte ein einziges Wort, bis wir das Geschäft abgeschlossen hatten und auf den Parkplatz gegangen waren. Dann kam peinliches Schweigen, ein Abschied, von dem wir nicht wussten, wie wir ihn sagen sollten, und zum Teufel damit.

Ein Kuss an meinen Pick-up gelehnt.

Ein geflüstertes *Willst du ...?*

Und jetzt waren wir hier.

Ich wanderte ziellos durch die Firma und sah mir all die vertrauten Dinge an. Die Ausrüstung, für die wir gespart hatten. Die Auszeichnungen, die wir uns im Laufe der Jahre verdient hatten. Beispiele unserer Arbeit an den Wänden und in den Regalen – alles von Unternehmenstrophäen bis hin zu Bowling-Shirts. Der Inhalt dieses Gebäudes war die Summe von allem, was ich in den letzten Jahren getan hatte. Ich hatte geknausert und gespart, um die Anfangsinvestition zu finanzieren. Ich hatte mir den Arsch aufgerissen, um die Einnahmen zu steigern, damit wir eine größere und effizientere Stickmaschine kaufen konnten. Christine und ich hatten den Erwerb eines Hauses aufgeschoben, um die Graviermaschine für die Namensschilder zu kaufen. Wir hatten unsere Scheidung fast ein Jahr lang aufgeschoben, um den Lasergravierer kaufen zu können.

Alles großartige Investitionen, alles Dinge, die dazu beitrugen, dass unsere Firma erfolgreicher war, als wir erwartet hatten. Das ganze Geschäft war ein leuchtendes

Beispiel für kluge Investitionen und persönliche Opfer. Darauf waren Christine und ich verdammt stolz und das zu Recht.

Alles hier war tadellos und intakt, die Wände standen noch und die Maschinen funktionierten noch. Warum fühlte ich mich dann wie der Überlebende eines Tornados, der die Trümmer seines Hauses begutachtete und nach einem oder zwei Teilen eines vergangenen Lebens suchte, um es in das nächste Leben mitzunehmen? Als ob ich nach dem einen Teil suchte, das hier drin war und das ich *brauchte*, um weiterzumachen.

Aber gab es irgendetwas an diesem Ort, für das ich bis ans Ende der Welt gehen würde, um es zu retten? Irgendetwas, das ich unbedingt in meinem Besitz behalten musste, egal was passierte? Wenn der Laden brennen würde, würde ich dann zurücklaufen, um etwas zu holen? Eine Maschine? Eine Auszeichnung? Einen Ordner mit Unterlagen, Rechnungen oder Arbeitsaufträgen?

Nein. Kein einziges verdammtes Ding.

Was auch immer ich brauchte, ich würde es hier nicht finden. Und ich verstand jetzt, warum dieser Ort für Christine weniger ein Anker als vielmehr ein Klotz am Bein war. Ich hatte für alles in diesem Gebäude gespart und geopfert. Genau wie sie. Wir hatten unendlich viel Zeit und Geld in dieses Unternehmen gesteckt und es mit sprichwörtlichem Blut, Schweiß und Tränen am Laufen gehalten. Und wofür? Damit wir abends nach Hause gehen und am nächsten Tag wiederkommen konnten, um alles noch einmal zu machen?

Am Ende reichte nichts hier aus, um Christine in Tucker Springs zu halten, und als ich das alles begriff, senkte sich die einfache, schwere Wahrheit auf meine Schultern: Es war auch für mich nicht genug. Es ging nur um Investitionen, Zahlen und Maschinen und ... nichts. Nichts, das wichtig genug war, um mehr aufzugeben, als ich bereits getan hatte.

Als ich hier mitten in der Firma stand, konnte ich die Wahrheit nicht ignorieren. In meiner Welt gab es nur ein paar wirklich wichtige Dinge.

Das Baby. Christine.

Und Brad.

Mein Herz krampfte sich bei dem Gedanken an ihn zusammen. An alles, was er heute Abend gesagt hatte. Der Schmerz in seinen Augen, als er sich abmühte mir zu sagen, dass wir getrennte Wege gehen sollten. Das leise Klicken der Tür hinter mir. Die Endgültigkeit des Ganzen.

Es war vorbei. Zu Ende.

Und so sehr ich die Hochs auch liebe, mit den Abstürzen komme ich nicht mehr klar. Ich kann es einfach nicht.

Vielleicht musste ich einfach alles hinter mir lassen. Ich könnte mit Christine nach Denver gehen. Wir könnten mit dem Geschäft umziehen. Ein neues Leben beginnen, während wir unsere Firma leiteten und unser Baby gemeinsam großzogen.

Und irgendwie würde ich schließlich mit allem abschließen. Es hinter mir lassen. Mit meinem Leben weitermachen. Vielleicht jemand anderen finden.

Nein, das schien auch nicht richtig zu sein. Nichts daran schien richtig zu sein.

Ich sah mich noch einmal im Geschäft um und etwas in meiner Brust hörte auf zu flattern. Ich wusste, was jetzt passieren musste.

Mit dem Herz in der Kehle schloss ich das Geschäft ab und zog auf dem Weg zu meinem Pick-up das Handy aus der Tasche. Mit zittrigen Händen schrieb ich eine Text-nachricht: *Ich würde dich gerne sehen.*

Dann wartete ich. Ich war zu unruhig, um still zu sitzen, also lief ich neben dem Wagen hin und her.

Eine ganze Minute verging, bevor mein Handy mit einer eingehenden Nachricht piepste.

Heute Abend?

Ich schrieb zurück: *Ich weiß, es ist spät. Bitte.*

Das Schweigen dauerte einen Moment. Dann: *Ich bin noch wach. Wo bist du?*

Ich ließ einen Atemzug entweichen, von dem ich gar nicht gemerkt hatte, dass ich ihn angehalten hatte. Dann glitt ich auf den Fahrersitz und startete den Motor. Während er im Leerlauf brummte, antwortete ich auf die Nachricht.

Verlasse gerade die Firma. Bin in 20 min da. Danke, Chris.

KAPITEL 17

BRAD

So erschöpft ich auch war, ich konnte nicht schlafen.

Als wir das erste Mal Schluss gemacht hatten, hatte ich mich total betrunken. Beim zweiten und dritten Mal hatte ich wie ein Toter geschlafen, weil es endlich vorbei war und ich nichts anderes tun konnte, als einfach zusammenzubrechen. Keine jener Trennungen hatte jedoch die Endgültigkeit dieser aufgewiesen. Es hatte Geschrei und Wut gegeben, bis schließlich jemand hinausstürmte, und so sauer ich auch gewesen war, irgendwo in meinem Hinterkopf wusste ich, dass es noch nicht das Ende war. Sobald wir uns beide beruhigt hatten, würden wir die Dinge klären und wieder zusammenkommen. Vielleicht würden wir uns auch ein oder zwei Wochen Zeit nehmen, um etwas Abstand zu gewinnen, aber ich hatte die ganze Zeit gewusst, dass es noch nicht vorbei war.

Dieses Mal war es vorbei. Ich war mit ihm fertig. Ich hatte ruhig und vernünftig mit Jeff Schluss gemacht, und dieses Mal war es *aus* zwischen uns. Das war's. Ich konnte endlich loslassen und mit meinem Leben weitermachen.

Aber, Gott, es tat weh.

Ich fluchte und rieb mir mit beiden Händen über das
Gesicht. Ich musste morgen arbeiten. Ich brauchte *Schlaf*,
verdammt noch mal.

Tja. Viel Glück dabei.

Da half es auch nicht, dass mein bewährtes Mittel
gegen hartnäckige Schlaflosigkeit war, mir einen runterzu-
holen, denn das würde heute Abend nicht passieren. Es
wäre zu leicht möglich, dass meine Fantasien wieder in Jeff-
Territorium abglitten, und das würde den Zweck verfehlen.
Wahrscheinlich würde ich nicht mal hart bleiben können,
wenn ich an ihn dachte. Oder schlimmer noch, ich würde
es, dann wach im Bett liegen und mich ausgelaugt, verletzt
und schuldig fühlen und mich dafür hassen, dass ich von
dem Mann, über den ich hinwegkommen wollte, auch nur
ein bisschen erregt wurde.

Vielleicht sollte ich ausgehen. Ich könnte ein Bier
trinken gehen. Oder einfach in den Bergen herumfahren,
bis die Sonne aufging.

Nur dass mich allein der Gedanke, aus diesem Bett
aufzustehen, erschöpfte. Ich hatte nicht die Energie,
Nathan anzurufen und mich von ihm zur Vernunft bringen
zu lassen. Sich mit ihm und Seth zuzudröhnen, hörte sich
gut an, aber dazu müsste ich zu ihnen fahren. Und es würde
mich geil machen, was ... nein. Nicht einmal, wenn Seth
und Darren zu einem Dreier bereit wären oder so.

Ich versuchte, mich an dieser Vorstellung festzuhalten,
nur um mich abzulenken, aber es hielt nicht einmal lange
genug an, um mir einen Ständer zu bescheren, bevor meine
Gedanken wieder zu Jeff zurückwanderten. Auch gut.
Keine Ablenkung war eine Masturbationsrunde voller
Selbstverachtung wert.

Ich setzte mich auf und schwang die Beine über den
Rand des Bettes. Die Ellbogen auf die Knie gestützt, ließ

ich den Kopf nach vorne fallen und rieb mir den Nacken und die Schultern. Vielleicht hatte ich irgendwo noch eine Schlaftablette. Die würde mich ausknocken.

Ja. Und dann würde ich bis zum Morgengrauen verrückte, verstörende Träume haben.

Wahrscheinlich über mich und Jeff.

Scheiße.

Ich fuhr mir mit einer Hand durch die Haare. Das würde eine lange, lange Nacht werden.

Und dann summte mein Handy auf dem Nachttisch.

Kein Klingelton, da ich es auf Vibration gestellt hatte, aber ich musste nicht nachsehen, um zu wissen, wer es war.

„Das kann doch nicht wahr sein." Mein Wecker verkündete, dass es fünf Minuten vor zwei war, und als ich das Handy ergriff, zeigte es wie erwartet eine unbekannte Nummer an. Unbekannt in meiner Kontaktliste, aber mir war sie vertraut, weil ich sie erst vor ein paar Stunden gelöscht hatte.

Ich wollte so gerne auf *Ablehnen* drücken und wieder versuchen einzuschlafen, aber ... Ach, scheiß drauf.

Ich drückte auf *Annehmen* und hielt das Handy an mein Ohr. „Jeff? Was zum Teufel?" Ich rieb mir die Augen. „Es ist zwei Uhr nachts –"

„Ich weiß. Es tut mir leid. Können ... können wir reden?"

Irgendetwas in seiner Stimme ließ mir die Haare im Nacken zu Berge stehen. „Geht es dir gut?"

„Es war eine harte Nacht."

Ich kenne das Gefühl.

„Bitte", sagte er. „Ich will nur reden."

Meine Kehle tat weh und meine Augen brannten von den Emotionen, die ich die ganze Nacht versucht hatte zu ignorieren. „Jeff ..."

„Bitte", flüsterte er.

Ich rieb mir mit Daumen und Zeigefinger die Augen. Als das Schweigen zwischen uns anhielt, fiel mir ein Geräusch im Hintergrund auf. Ein leises Rumpeln. „Wo bist du?"

„Unterwegs."

„Mit dem Auto unterwegs?" Ich schaute wieder auf die Uhr und mein Magen sank. Oh Scheiße. „Wohin fährst du, Jeff?"

„Ich will dich sehen." Er atmete schwer aus. „Hör mal, ich werde nicht einfach vor deiner Tür auftauchen, aber ... ich will reden. Persönlich."

„Jetzt gleich?"

„Ja."

Oh zum Teufel. Warum nicht? Viel schlimmer kann es doch nicht werden, oder?

Ich atmete schnaufend aus. „Na schön. Ich setze Kaffee auf."

„Okay. Ich bin gleich da."

Nachdem wir aufgelegt hatten, zog ich mir eine Jeans an und schlurfte in die Küche. Ich widmete mich den Kaffeevorbereitungen und fragte mich, warum ich mir die Mühe machte. Ich war noch immer hellwach, obwohl es noch lächerlich früh am Morgen war. Und der Kaffee würde nur dafür sorgen, dass ich nicht mehr schlafen konnte, nachdem Jeff endlich gegangen war.

Ich ächzte, als ich den Deckel wieder auf die Kaffeedose gab. Warum zum Teufel hatte ich dem zugestimmt? Welchen Teil von *Es ist vorbei und melde dich eine Weile nicht bei mir* verstand er nicht? Welchen Teil verstand *ich* nicht?

Ich schob die Kaffeedose beiseite und legte den Schalter an der Maschine um. Und jetzt? Der Kaffee wurde gebrüht.

Ich brauchte etwas, das ich tun konnte, bis Jeff auftauchte. Nur hatte ich keine Ahnung, wann er hier sein würde. Bald? Das konnte in fünf Minuten oder in einer Stunde sein.

Ich tat alles, was mir einfiel, um mich zu beschäftigen, ohne zu viel Gehirnschmalz zu benötigen. So sehr ich mich auch ablenken wollte, es hatte keinen Sinn, irgendetwas zu tun, das Konzentration erforderte. Das ging einfach nicht. Also vertrieb ich mir die Zeit mit meinem Handy, checkte meine E-Mails und räumte die Spülmaschine aus.

Ein leises Klopfen an der Tür ließ mich aufschrecken.

Ich ging hin, aber bevor ich die Hand auf den Türknauf legte, atmete ich ein paar Mal tief durch und wappnete mich.

Er sah furchtbar aus. Noch schlimmer als heute Abend, als er hier aufgetaucht war, kurz bevor wir uns zum millionsten Mal gestritten hatten. Seine Augen waren recht klar und er war nüchtern, aber die Erschöpfung in seinem Gesicht und in seiner Haltung war selbst auf der anderen Seite der Schwelle meiner Wohnung spürbar.

Ich trat zur Seite, um ihn hereinzulassen. „Geht es dir gut?"

„Nicht wirklich."

Offensichtliche Frage, offensichtliche Antwort.

„Lass uns ins Wohnzimmer gehen." Ich bedeutete ihm, dass er vorgehen sollte. „Der Kaffee ist noch nicht ganz fertig."

Ohne ein Wort zu sagen, betrat Jeff meine Wohnung und ging in Richtung Wohnzimmer. Ich folgte ihm, starrte auf seinen Rücken und war mir nicht sicher, ob ich ihn hinauswerfen oder umarmen wollte, ihm sagen wollte, dass er sich beim Hinausgehen nicht von der Tür treffen lassen sollte, oder ihn anflehen wollte, nie wieder zu gehen.

Reiß dich zusammen. Es ist aus gutem Grund vorbei. Tu das einfach und bring es hinter dich.

Jeff blieb vor der Couch stehen, aber er setzte sich nicht und wandte sich mir nicht zu. Als er redete, drehte er sich nicht um. „Ich verkaufe die Firma."

„Du ... Was?"

„Ich habe mit Christine geredet. Bevor ich herge-kommen bin." Langsam drehte er sich zu mir um und mein Gott, ich konnte mich nicht erinnern, den Mann je so verloren und voller Angst gesehen zu haben. „Sie geht nach Denver. Wir werden die Firma verkaufen. Und ich ... ich bleibe hier. In Tucker Springs."

Ich blinzelte. „Was willst du dann machen? Als Job?"

„Ich weiß es noch nicht. Es wird wahrscheinlich eine Weile dauern, das Geschäft zu verkaufen." Langsam ließ er sich auf die Couch sinken. „Wenn Christine weg ist, werde ich es alleine weiterführen, und wenn es verkauft ist, wird mein Anteil an dem Geld ausreichen, um ein Jahr lang über die Runden zu kommen. Vielleicht auch zwei."

Mit klopfendem Herzen trat ich näher und setzte mich nach kurzem Zögern neben ihn. „Was ist mit dem Baby?"

„Wir werden uns was überlegen und es hinkriegen." Er schluckte schwer. „Aber entweder bleibe ich hier und bringe mich bei dem Versuch um, die Firma allein zu führen, oder ich ziehe nach Denver und fange neu an. Und ich ... ich muss immer wieder an die Tatsache denken, dass beide Optionen bedeuten, dich zurückzulassen."

Es ist vorbei, Jeff. Tu das nicht.

Ich kaute auf meiner Lippe. „Und wenn du dein Geschäft aufgibst und nicht in der Nähe deines Kindes wohnst, aber es trotzdem nicht klappt ... was dann?"

„Ich weiß es nicht. Ich weiß es ehrlich nicht." Er berührte mein Knie und sah mir in die Augen. „Wenn nicht, dann eben nicht. Aber lieber gehe ich das Risiko ein, als uns einfach aufzugeben."

„Wir ‚geben uns nicht einfach auf', Jeff. Wir haben der Sache mehr als nur einen ernsthaften Versuch eingeräumt." Ich legte meine Hand auf seine, obwohl mich dieser sanfte, platonische Kontakt innerlich ein wenig sterben ließ. „Es ist nicht so, dass ich nicht will, dass es funktioniert. Ich will es. Ich will es wirklich. Aber wir bringen uns deswegen um. Was ist mit all den Problemen, die wir hatten?"

„Wir finden immer wieder zusammen, um es erneut zu versuchen." Ein leichtes Lächeln bildete sich auf seinen Lippen. „Das muss doch etwas wert sein, oder?"

Ich wandte den Blick ab, ließ seine Hand aber nicht los. „Das ist das Problem. Wir finden immer wieder zusammen und entfernen uns dann immer wieder voneinander."

„Aber als es wirklich schlimm wurde, haben wir trotzdem durchgehalten. Bis heute Abend, meine ich."

„Und das kann ich nicht weiter tun." Ich zog meine Hand zurück und schüttelte den Kopf, in der Hoffnung, dass ich jetzt nicht meine Fassung verlieren würde. „Ich liebe dich, Jeff, und ich will dich nicht verlieren, aber ich kann das nicht immer wieder und wieder tun. Ich muss darüber hinwegkommen."

„Was wäre, wenn ein Therapeut helfen könnte?"

Ich sah ihm in die Augen. „Was?"

„Hör zu, heute Abend sind mir eine Menge Dinge klar geworden", flüsterte er. „Über mein Leben. Über uns. Dinge, die ich loslassen könnte und Dinge, die ich nicht loslassen könnte. Und ich bin immer wieder auf dich und mich zurückgekommen und darauf, wie sehr ich nicht ..." Er schaute kurz zur Seite, bevor er mich wieder ansah. „Wenn du zu einem Therapeuten gehen willst, dann werden wir das tun."

„Ich dachte, du traust ihnen nicht."

„Tue ich auch nicht, aber wenn du es tust, möchte ich dem eine Chance geben."

Ich betrachtete ihn und versuchte, mir einen Reim darauf zu machen und auf meine eigenen Gefühle und ... alles. „Das ist dein Ernst."

„Absolut. Alles kommt immer wieder auf uns zurück und ..." Er wischte sich über die Augen und ich starrte ihn völlig fassungslos an. Ich hatte Jeff noch nie weinen sehen. Noch nie. Nicht einmal, als wir uns das erste Mal getrennt hatten. Er nahm einen abhackten Atemzug und sah mir wieder in die Augen, und ja, seine waren rot und nass. „Ich liebe dich, Brad. So einfach ist das. Ich liebe dich."

„Aber ist das ..." Ich räusperte mich schnell, bevor meine Gefühle mich überwältigen konnten. „Du weißt, dass ich dich liebe. Mehr als jeden anderen. Aber das hat uns nicht davon abgehalten, diese Beziehung immer wieder auseinanderzureißen, und –"

„Ich weiß. Ehrlich gesagt glaube ich nicht, dass ich jemals realisiert habe, wie viel ich zu verlieren hatte. Wir haben uns immer wieder getrennt und versöhnt, aber dann kamen plötzlich große, dauerhafte Dinge, die das hier bedrohen, und ..." Er wischte sich wieder über die Augen. „Und da wurde mir klar, wofür ich die ganze Zeit gekämpft habe."

„Aber ... das Baby."

Er winkte mit einer Hand und schüttelte den Kopf. „Christine und ich werden eine Sorgerechtsvereinbarung ausarbeiten. Vielleicht treffen wir uns jede Woche auf halbem Weg zwischen hier und Denver. Ich bin ... ich bin mir nicht ganz sicher, aber wir werden uns etwas einfallen lassen." Es schien ein Kampf zu sein, aber er schaffte es, mir in die Augen zu sehen. „Und ich will, dass wir uns für diese Beziehung etwas einfallen lassen, damit sie funktioniert."

„Wir haben es versucht. Und um Himmels willen, Jeff, du kannst mich nicht über dein Kind stellen."

„Mache ich nicht. Das mache ich ganz und gar nicht. Aber ich kann Christine auch nicht zwingen zu bleiben. Ich habe sie überredet hierherzuziehen und sie ist unglücklich. Wenn ich zurück nach Denver gehe, werde ich unglücklich sein. Sie und ich können das mit dem Sorgerecht regeln, aber ich kann dich nicht zurücklassen."

Ich starrte ihn an und wusste nicht, was ich sagen sollte.

„Hör zu, die Sache ist die ..." Er starrte auf seine fest verschränkten Hände. „Es geht nicht darum, dass Christine Tucker Springs verlassen will. Es geht darum, dass sie nach Hause gehen will."

Ich erwiderte seinen Blick und versuchte herauszufinden, worauf er hinauswollte. „Okay ..."

Jeff rieb sich den Nacken. Er schwieg einen langen Moment, sagte nichts und bewegte sich nicht, aber dann griff er über die Lücke zwischen uns und nahm meine Hand in seine beiden. „Sie will nach Hause, und die Sache ist die, Tucker Springs ist *mein* Zuhause." Er sah mir in die Augen. „Genau wie du."

Mir stockte auf einmal der Atem, als hätte mir jemand in den Magen getreten. „Jeff ..."

„Deshalb komme ich immer wieder zurück", flüsterte er und Tränen traten wieder in seine Augen. „Trotz allem, was mit Christine passiert ist, allem, was zwischen uns passiert ist ... Ich darf dich nicht –" Ihm versagte die Stimme und er senkte den Blick, als er sich räusperte. „Scheiße ..."

Ich befreite meine Hand und zog ihn in eine feste Umarmung. Er zitterte und kämpfte offensichtlich darum, den Rest seiner Fassung zu bewahren.

„Es tut mir so leid", flüsterte er. „Ich liebe dich, Brad. Ich kann dich nicht verlieren."

Ich schloss die Augen, drückte ihn fester an mich und küsste ihn auf den Kopf. „Ich will dich auch nicht verlieren." Ich streichelte kurz über sein Haar. „Willst du wirklich zu einem Therapeuten gehen?"

Jeff nickte. „Absolut." Er wischte sich über die Augen und berührte dann mein Gesicht. „Wenn du glaubst, dass es uns helfen kann, dann vertraue ich deinem Urteil."

Ich schluckte. Mir fehlten völlig die Worte. Ich wusste nicht, was ich sagen sollte, aber das Einzige, was ich nicht sagen konnte, war *Nein.*

Er strich mit seinem Daumen über meinen Wangenknochen. „Ich weiß, dass du müde bist. Wenn du das nicht weiter machen kannst oder willst, verstehe ich das. Aber wenn du –"

„Halt die Klappe", flüsterte ich und zog ihn an mich. „Halt einfach ..." Ich hielt ebenfalls die Klappe und presste meine Lippen auf seine. In der Sekunde, in der wir uns küssten, spürte ich, wie etwas in ihm nachgab. Verdammt, etwas in uns beiden gab nach. Als ob Gott wüsste, wie viel Angst und Schmerz, die sich aufgestaut hatten, gerade gewichen waren, und wir schlangen die Arme umeinander und versanken in einem langen, sanften Kuss.

Ich konnte mich nicht erinnern, dass ich mich je so erleichtert gefühlt hatte, nicht einmal, wenn wir uns in der Vergangenheit versöhnt hatten.

„Ich liebe dich", raunte er. „Das habe ich immer getan."

„Ich liebe dich auch." Ich versuchte mir einzureden, dass ich meine Gefühle unter Kontrolle hatte, aber das ging zum Teufel, als er wieder mit dem Daumen über meine Wange strich.

Jeff hielt mich fest und keiner von uns gab einen Laut

von sich, aber ich merkte, dass er genauso überwältigt war wie ich, weil er mit zittrigen Fingern durch mein Haar fuhr und leise schniefte.

Schließlich sammelte ich mich und hob den Kopf. Unsere Blicke trafen sich und er wischte mir eine Träne von der Wange.

„Willst du, ähm …" Ich schaute zum Flur und dann wieder zu ihm. „Willst du hierbleiben?"

Jeff lächelte. „Liebend gerne."

KAPITEL 18

JEFF

Ich war körperlich erschöpft und emotional ausgelaugt, aber keine noch so große Müdigkeit würde mich heute Abend von Brad abhalten, und irgendwo zwischen seiner Couch und seinem Bett erhielt ich neuen Auftrieb.

Ich wusste nicht, wie lange wir uns nicht mehr so geküsst hatten. Wir knutschten, rissen uns gegenseitig die Klamotten vom Leib, krallten uns ineinander und rieben uns aneinander, als könnten wir uns nicht genug berühren, uns nicht nah genug kommen. Ich konnte nicht mehr zählen, wie oft wir schon Versöhnungssex gehabt hatten – sei es nach einem Streit oder einer Trennung –, aber heute Nacht war es anders. Mein Herz pochte, nicht nur vor Erregung, sondern auch wegen der zittrigen Adrenalinausschüttung, die nach einem Moment markerschütternder Panik auftrat, wenn die Gefahr vorbei war, aber die Nachwirkungen noch nicht überwunden waren. Die einzige Möglichkeit, diese bebende Anspannung heute Abend zu lindern, war, ihn zu berühren, zu halten, zu küssen, seine nackte Haut an meiner zu spüren und verdammt noch mal sicherzugehen, dass das wirklich passierte.

Brad, bitte mach keinen Rückzieher, flehte ich stumm, als wir nackt unter die Decke schlüpften. *Gott, bitte lass das real sein.*

Er lag auf mir, küsste mich hart und presste seine Erektion an meine. Ich fuhr mit den Fingern durch sein Haar und ließ meine Hände über seinen Körper gleiten. Das rohe Verlangen war deutlich spürbar, so wie wir uns küssten und hielten und aneinander rieben, als ob es körperlich schmerzhaft wäre, uns nicht überall zu berühren.

Dann brach er den Kuss ab und beugte sich weg. Ein frischer Schwall Panik durchfuhr mich – *geh nicht weg!* –, bis ich merkte, dass er nur zum Nachttisch griff. Nach der Tube Gleitgel.

Oh Gott ...

Brad verteilte das Gleitgel auf meinem Schwanz und dann stockte mir fast der Atem, als er sich mit gespreizten Beinen auf mich setzte. Als er sich auf mich sinken ließ, strich ich mit beiden Händen über ihn. Über seine Brust. Seine Schultern. Seine Seiten. Seine Hüften. Selbst als mein Schwanz immer tiefer in ihn hineinglitt, konnte ich nicht aufhören, ihn zu berühren. Es war mir sogar egal, ob ich heute Nacht kam. Ich wollte ihn nur spüren und mich mit ihm bewegen – mich *in* ihm bewegen. Alles andere war Nebensache.

Ich zog ihn zu mir herunter und hob den Kopf vom Kissen, um ihm auf halbem Weg entgegenzukommen, und sein Kuss – hungrig, zärtlich, fiebrig – ließen mich fast durchdrehen. Als wir wieder auf das Bett sanken, erhöhte er das Tempo, küsste mich härter und ritt mich schneller, und ich ließ meine Hände über ihn gleiten. Das Gefühl seines Körpers, der sich mit meinem bewegte, und seine Haut unter meinen Händen – ich konnte nichts anderes tun, als dazuliegen und ihn zu berühren und zu küssen und in ihm zu sein, während er mich um den Verstand brachte.

Mit einem Keuchen unterbrach ich den Kuss. Mein ganzer Körper zitterte, spannte sich an und bäumte sich auf, und wenn ich oben gewesen wäre, wäre mein Rhythmus zum Teufel gegangen, aber er hielt sein Tempo gleichmäßig, bewahrte die Kontrolle und hob und senkte sich in einem unglaublichen Takt, während ich unter ihm zunehmend die Beherrschung verlor.

„Oh Gott ..." Ich packte seine Schultern und stieß in ihn, und er rollte sein Becken *perfekt*, und ich war so kurz davor, so kurz davor, aber ... „St-stop."

Er hielt inne. „Stimmt etwas nicht?"

„Nein. Leg dich ..." Ich leckte mir über die Lippen. „Leg dich auf den Rücken."

Brad grinste. Er beugte sich für einen kurzen Kuss zu mir hinunter, kam dann aber für mehr zurück. Ich wollte, dass er sich umdrehte, und versuchte, ihn dazu zu drängen, aber als er meine Lippen mit seiner Zunge auseinander-drückte, vergaßen meine Hände, etwas anderes zu tun, als sich an ihm festzuhalten.

Seine Hüften begannen sich wieder zu bewegen. Nicht mehr so schnell wie zuvor, kamen nur noch leicht hoch und senkten sich wieder – nicht einmal genug, dass die Matratze protestierte, aber mehr als genug, dass mir ganz schwindlig wurde. Was auch immer ich vorgehabt hatte, gab ich auf. Das war besser. Das war fantastisch.

Er hob den Kopf. „Willst du immer noch, dass ich mich auf den Rücken lege?"

Ich bäumte mich unter ihm auf. Gott, ich wollte ihn auf den Rücken werfen und tief und hart ficken, bis er aufschrie, aber so wie er sich jetzt bewegte ... Heilige Hölle. Alles an dieser Sache – an Brad und daran, mit ihm zusammen zu sein und in ihm zu sein – war perfekt. Perfekt in jeder Hinsicht, außer in einer.

„Ich will ... ich will, dass du kommst."

Brad sah mir in die Augen, und da war es wieder, dieses vertraute, teuflische Funkeln. „Du glaubst nicht, dass ich ... Spaß habe?"

„Nicht genug." Ich schob eine Hand zwischen uns, schlang die Finger um seinen harten Schwanz und grinste an seinen Lippen, als er erbebte. „Ich will, dass du –"

Er stöhnte und sein Rhythmus änderte sich. Sein Becken bewegte sich vor und zurück und drückte seinen Schwanz durch meine Faust, und jetzt konnte ich kaum noch atmen. Der neue Winkel, das neue Tempo, die Art, wie er sich um meinen Schwanz verkrampfte – ich war jetzt noch näher dran, aber ich kämpfte gegen meinen Orgasmus an.

Du zuerst. Ich verstärkte meinen Griff. Mit der anderen Hand packte ich seinen Nacken und zog ihn zu einem weiteren Kuss herunter. Brad wimmerte leise, aber er unterbrach den Kuss nicht, auch nicht, als wir beide immer schneller wurden. Er ritt meinen Schwanz und stieß in meine Faust und keuchte zwischen den Küssen, während er in meiner Hand noch härter wurde.

Ich pumpte ihn schneller und drückte genau so zu, wie ich wusste, dass es ihm gefiel.

Ein heftiger Schauer lief durch Brad und seine Lippen verließen meine, als er stöhnte: „Oh mein *Gott*". Er spannte sich um mich an, und die heiße Reibung zwischen meiner Hand und seinem Schwanz war plötzlich verschwunden und stattdessen feucht und glatt, und meine ganze Welt wurde weiß. Ich versuchte, ihn weiter zu streicheln und in ihn zu stoßen, aber mein Rhythmus fiel auseinander und ich verlor mich einfach in ihm, bis wir beide einen Atemzug entweichen ließen, noch einmal erschauerten und uns entspannten.

„Fuck ...“ Er legte seine Stirn an meine.

Ich küsste ihn. Unsere Blicke trafen sich und wir lächelten beide, bevor er mich in einen längeren Kuss an sich zog. Die Angst, dass es plötzlich vorbei sein könnte, dass Brad es zurücknehmen und mich rausschmeißen würde, verflog langsam. Ich machte mir keine Illusionen, dass der Weg, der vor uns lag, einfach sein würde, aber allein zu wissen, dass wir uns wieder auf demselben Weg befanden, war eine enorme Erleichterung.

Schließlich lösten wir uns voneinander und standen auf, um uns sauber zu machen. Dann ließen wir uns auf den Rücken auf das Bett fallen und lagen die längste Zeit einfach nur schweigend da, während der Staub sich legte. Die zittrige Angespanntheit und der Adrenalinrausch ließen langsam nach. Müdigkeit machte sich breit, aber ich war noch nicht bereit einzuschlafen.

Nach einer Weile drehte sich Brad auf die Seite und ich tat es ihm gleich.

Seine Stirn legte sich in Falten, als er mir in die Augen schaute. „Glaubst du wirklich, dass wir es dieses Mal schaffen?“

„Ja.“ Ich fuhr mit dem Fingerrücken über seine Wange. „Vielleicht mussten wir diesen ganzen Scheiß durchmachen, um herauszufinden, was wir aneinander haben, aber jetzt, da wir es wissen ...“

Er lächelte und drückte das Gesicht gegen meine Hand.

„Wir sollten es trotzdem langsam angehen“, sagte ich.

„Einverstanden. Ich sollte wahrscheinlich“, er deutete auf den Raum um uns herum, „noch eine Weile hierbleiben, bis wir sicher sind, dass es gut läuft.“

„Gute Idee.“ Ich schluckte. „Das Einzige, worum ich

dich bitte, ist, dass du ein paar Monate lang Geduld mit mir hast." Ich hielt seinen Blick fest. „Es wird einige Zeit dauern, die Firma auf den Markt zu bringen. Christine wird das Baby in Tucker Springs bekommen, und sobald das Unternehmen verkauft ist, wird sie nach Denver ziehen." Ich kämmte mit den Fingern durch sein zerzaustes Haar. „Es wird eine Weile ein bisschen schwierig sein. Ich werde viele ihrer Arbeitsstunden übernehmen müssen, vor allem, wenn sie sich ihrem Geburtstermin nähert, also ...“

Brad war einen Moment lang still. „Vielleicht ... vielleicht kann ich dir helfen."

„Wie meinst du das?“

„Ich müsste ein bisschen mit meinem eigenen Dienstplan jonglieren, vor allem um die Feiertage herum, aber wenn es irgendetwas gibt, was ich in der Firma tun kann, um einen von euch zu entlasten, dann ...“ Brad zuckte mit den Schultern. „Wenn du es mir, du weißt schon, beibringen kannst. Vielleicht kann ich euch zur Hand gehen. Spätabends und an den Wochenenden."

„Du würdest ...“ Ich starrte ihn an. „Ehrlich?“

Er lächelte. Ein aufrichtiges Lächeln. „Was immer nötig ist."

Ich atmete aus. „Das wäre so eine große Hilfe, das kannst du dir gar nicht vorstellen."

„Auch wenn ich am Anfang wenig Ahnung habe?“

„Du lernst schnell und kennst dich im Management aus. Ich mache mir da keine Sorgen." Ich schob meine Hände unter seinen Kiefer und fuhr mit den Daumen über seine Wangen. „Danke. Das bedeutet mir die Welt."

Du bedeutest die Welt für mich.

Brad sagte nichts. Er zog mich einfach an sich und küsste mich so zärtlich, dass mir fast wieder Tränen in die Augen traten.

„Ich liebe dich", murmelte ich.

„Ich liebe dich auch."

Es war fast vier Uhr morgens, als wir uns endlich zum Schlafen bereitmachten. Ich lag auf der Seite und Brad legte seinen Arm um meine Taille. Er küsste mich auf die Seite meines Halses, zog mich etwas näher an sich und schon bald schlief er tief und fest, sein Atem langsam und gleichmäßig neben meinem Ohr.

Ich lag wach, aber zum ersten Mal war ich nicht angespannt und besorgt. Zum ersten Mal seit ich wusste nicht wie langer Zeit hatte ich nicht dieses schreckliche dumpfe Gefühl in meiner Magengrube. Ich verspürte nicht die unausweichliche Gewissheit, dass dies nur ein vorübergehendes Hoch war, bevor wir wieder abstürzten. Gott allein wusste wie, aber wir hatten wieder zueinander gefunden und ich betete, dass wir es dieses Mal wirklich hinkriegten.

Das würde nicht einfach werden.

Aber ich wusste, dass es sich lohnen würde.

KAPITEL 19

BRAD

Der folgende Januar

ALS ICH DURCH DIE FIRMA LIEF, UM MICH ZU vergewissern, dass alle Angestellten mit ihrer Arbeit vorankamen, war ich wie auf Nadeln. Ich war verdammt müde, weil ich letzte Nacht nicht geschlafen hatte, aber hauptsächlich nervös. Richtig nervös.

Es war nicht das erste Mal, dass ich das Geschäft für mich allein hatte. Christine hatte in den letzten sechs Wochen Bettruhe verordnet bekommen und ich hatte mehr als ein paar Mal übernommen, damit Jeff etwas Schlaf bekommen konnte. Zwischen dieser Firma und dem Juwelierladen – vor allem während der Feiertage, die nun endlich vorbei waren – hatten wir beide in letzter Zeit nicht viel Zeit für uns gehabt. Keiner von uns beiden hatte es geschafft, in dieser Woche die von der Therapeutin vorgeschriebenen zwei freien Tage zu nehmen. Zum Glück war Tim schon fast so weit, dass er die Firma allein führen konnte, was wir im Frühjahr mit der dringend benötigten und ebenfalls von der Therapeutin verordneten freien Woche ausnutzen würden. Es war eine irrsinnig stressige Zeit gewesen, aber wir alle hatten das Geschäft am Laufen gehalten, damit sich Christine um ihre eigene Gesundheit kümmern konnte.

Die Nadeln, auf denen ich heute herumlief, waren also nicht wegen der Firma.

Gestern Morgen hatten bei Christine die Wehen eingesetzt, und als Jeff gestern Abend angerufen hatte, hatte er sich äußerst besorgt angehört.

„Ihr Blutdruck ist immer noch total durcheinander und die Medikamente, die sie bekommen hat, weil sie nicht schnell genug Fortschritte macht, helfen nicht."

Ich hatte keine Ahnung, was ich sagen sollte, außer ihm zu versichern – ihnen beiden –, dass Tim und ich die Stellung halten würden.

„Danke. Das ist für uns beide eine große Erleichterung, glaub mir."

Und das war das Letzte, was ich hörte.

Cory schaute von den bestickten Golfhemden auf, die er in einen Karton gelegt hatte. „Schon was gehört?"

Ich schüttelte den Kopf. „Nichts. Hoffentlich sind keine Nachrichten in dem Fall gute Nachrichten."

Ein paar Minuten später blickte Mary Ann vom Einrichten einer der Graviermaschinen auf. „Gibt's Neuigkeiten vom Boss?"

„Nein."

Eine Stunde verging. Eine weitere.

Immer noch nichts.

Die Angestellten hörten auf zu fragen, aber ihre Augen sagten alles. Niemand würde aufatmen, bis wir *irgendetwas* gehört hatten.

Um viertel nach elf Uhr vormittags, als Mary Ann und

ich gerade über ein paar Namensschilder fluchten, die nicht in ihre Vorrichtung passen wollten, erwachte mein Handy piepsend zum Leben.

Die ganze Belegschaft erstarrte.

Ich kannte den Klingelton, aber die Anrufer-ID bestätigte es: *Jeff.*

Ich holte tief Luft und ging ran. „Hey. Wie geht es Christine und dem Baby?"

„Es geht ihnen beiden gut." Die Erleichterung in seiner Stimme war spürbar, und als ich ausatmete, taten das auch alle anderen. Jeff fuhr fort: „Eine Zeit lang sah es nicht so gut aus, doch vor einer Stunde haben sie einen Kaiserschnitt gemacht. Aber beiden geht es gut."

„Gut zu hören." Ich tastete blindlings nach einem Stuhl und als ich ihn fand, setzte ich mich. Ich war so aufgeregt gewesen, dass mir jetzt vor lauter Erleichterung ganz schwindelig wurde. „Wie geht es *dir*?"

„Gut. Mir geht es gut. Danach werde ich wahrscheinlich einen Monat lang durchschlafen."

Ich schnaubte. „Nicht mit einem Baby im Haus."

„Verdammt." Er lachte leise. „Ich komme schon klar. Ich bin erschöpft, aber einfach nur froh, dass es ihnen gut geht. Wie läuft's denn so in –"

„Jeff." Ich verdrehte die Augen, auch wenn er es nicht sehen konnte, was bei allen um mich herum Gelächter auslöste. „Mach dir jetzt keine Sorgen um die Firma, okay?"

„Lass einfach nur –"

„Hier ist alles in Ordnung. Ich komme nach, wenn ich hier abgeschlossen habe."

Er war eine Sekunde lang still und ich dachte, er würde nach weiteren Einzelheiten fragen, aber das tat er nicht. „Okay. Ich schicke dir die Zimmernummer."

„Okay. Bis bald." Ich machte eine Pause. „Ich liebe dich."

„Ich liebe dich auch. Ich sollte jetzt besser zurückgehen."

„Ja, ich muss auch weitermachen."

Ich legte auf und alle tauschten ein Lächeln aus, bevor sie sich wieder an die Arbeit machten. Ein Anruf und die Stimmung in der Firma änderte sich dramatisch. Ohne die schwere Ungewissheit, die über uns allen hing, unterhielten sich die Mitarbeiter während der Arbeit und übertönten das Radio und die Maschinen.

Ich ging zurück ins Büro, um mich um den Papierkram zu kümmern. Während ich einige Arbeitsaufträge durchblätterte, steckte Tim den Kopf zur Tür herein. „Hey, wenn du ins Krankenhaus fahren willst, kann ich alles abschließen."

Ich war versucht, darauf zu bestehen, die Zügel noch ein paar Stunden länger in der Hand zu behalten. Heute Nachmittag standen einige große Aufträge an den Maschinen an, darunter auch einer, der noch einmal gemacht werden sollte. Wir konnten uns keine weiteren Fehler leisten. Aber Tim hatte alles im Griff, und nach all der Aufregung musste ich mich persönlich davon überzeugen, dass es Jeff, Christine und dem Baby gut ging. „Es macht dir nichts aus?"

Tim schüttelte den Kopf. „Überhaupt nicht. So kann ich ein bisschen üben, bevor ihr anfangt, an den Wochenenden zusammen wegzufahren. Richte ihnen einfach Glückwünsche von uns allen aus."

„Das mache ich."

Mit Tim als meine Vertretung machte ich mich auf den Weg zum Mountain Methodist Hospital. Wegen des jüngsten Schneefalls fuhren heute alle wie Idioten, aber das machte mir nichts aus. Ich würde schon hinkommen. Zum Teufel, es hatte viel mehr als nur Eis und schlechten Verkehr gebraucht, um an diesen Punkt zu kommen, also konnte ich mich noch etwa zwanzig weitere Minuten gedulden.

Und es war definitiv ein langer Weg bis hierher gewesen. In den letzten Monaten war es jedoch besser geworden. Jeff und ich lebten zwar immer noch getrennt, aber ich verbrachte immer weniger Zeit in meiner Wohnung und die meisten Nächte bei ihm zu Hause. Vielleicht würde ich dazu kommen, wieder bei ihm einzuziehen, wenn sich die Lage beruhigt hatte.

Die Paar-Therapie hatte ihre Höhen und Tiefen. Der erste Therapeut, zu dem wir gegangen waren, hatte nicht funktioniert, aber Jeff stimmte zu, es bei jemand anderem zu versuchen, und sie half uns, über viele Probleme zu reden, über die wir uns gestritten hatten. Oder in den meisten Fällen ignoriert.

Aber noch mehr als die Therapie hatte die Zusammenarbeit in der Firma einen großen Unterschied gemacht. Jemand anderen um sich zu haben, hatte Jeff etwas entlastet, und weil ich diesen Stress selbst erlebte, konnte ich besser verstehen, womit er zu tun hatte und wie anspruchsvoll das Geschäft wirklich war. Ich war nicht sonderlich überrascht, als Christines Blutdruck zu einem Problem wurde. Ihr Arzt hatte darauf bestanden, dass es ausschließlich mit der Schwangerschaft zusammenhing, aber ich bezweifelte, dass die Firma nicht auch etwas dazu beitrug.

Also half ich zwischen den Schichten in meinem normalen Job aus, wann immer ich konnte. Eigentlich sollte ich heute Abend die Spätschicht im Laden übernehmen, nachdem ich Jeffs Firma verlassen hatte, aber als bei Christine die Wehen einsetzten, hatte ich meine Chefin angerufen und ihr gesagt, dass ich wahrscheinlich bis morgen ausfallen würde. Ob ich bei Jeff und Christine oder im Geschäft sein würde, wusste ich nicht, aber Linda konnte den Juwelierladen ein paar Tage lang ohne mich führen.

Es würde komisch sein, nicht mehr in der Firma zu arbeiten, wenn Jeff und Christine sie verkauft hatten. Je mehr Zeit ich dort verbrachte, desto weniger ärgerte ich mich über dieses Geschäft, und es bereitete mir sogar irgendwie Spaß. Es machte mir nichts aus, dass Jeff so viele Überstunden schob, schließlich war ich ja auch dort. Und da Jeff häufiger als ich direkt mit den Kunden zu tun hatte, packte ich mehr tatkräftig mit an und hatte weniger Kundenverkehr als in meinem anderen Job. Zu sagen, dass mir die Firma ans Herz wuchs, wäre eine Untertreibung – ich würde sie wirklich vermissen, wenn sie weg war.

Ich bog vom Highway ab und fuhr auf den Parkplatz vor dem Mountain Methodist. Drinnen folgte ich den Schildern zur Entbindungsstation.

Die Tür war offen, aber ich zögerte an der Schwelle, weil ich nicht aufdringlich sein wollte.

Christine schlief. Jeff auch. Er saß in einem harten Plastikstuhl, einen Arm über den Tisch gestreckt und den Kopf darauf gelegt.

Auf der anderen Seite des Bettes saßen die Mütter von Christine und Jeff in weiteren dieser Plastikstühle, das eingewickelte Baby auf dem Arm von Jeffs Mom.

„Brad", sagte sie leise und grinste zu mir hoch. „Ich freue mich, dass du es geschafft hast."

„Ich auch." Ich zeigte auf Christine. „Wie geht es ihr?"

„Jetzt besser", sagte ihre Mutter. „Es war eine Zeit lang ein bisschen hart, aber sie ist bald wieder auf den Beinen."

„Gut. Gut." Ich warf einen Blick auf Jeff.

„Er ist etwa zwei Minuten nach dem Telefonat mit dir

eingeschlafen", sagte Christines Mom lachend. „Auch er hatte eine lange Nacht."

„Das kann ich mir vorstellen." Ich widerstand dem Drang, mit den Fingern durch sein Haar zu fahren. Es hatte keinen Sinn, ihn zu wecken. Ich drehte mich zu den neuen Großmüttern und reckte den Hals, um das Baby zu sehen. „Haben sie sich schon auf einen Namen geeinigt?"

Sie schauten sich gegenseitig an. Dann lächelte Christines Mutter mich an und nickte. „Ja."

Jeffs Mom drehte ihn leicht, damit ich sein winziges Gesicht sehen konnte. „Bradley James Hayden."

Meine Knie gaben fast unter mir nach. „Ist das dein Ernst?"

„Absolut. Willst du ihn mal halten?"

Ich war mir nicht sicher, ob ich mich selbst aufrecht halten konnte, aber ich nickte.

Sie stand auf und reichte mir vorsichtig das Baby. „Denk daran, seinen Kopf zu stützen", sagte sie und hielt ihn weiterhin fest, während ich ihn auf meinen Arm bettete. „Und halt ihn nicht zu fest."

„Sicher." Ich wusste, wie man ein Neugeborenes hielt, hatte aber nichts gegen ihre Anweisungen. Es war ihr erstes Enkelkind und nach der Nacht, die sie alle zusammen verbracht hatten, konnte ich verstehen, dass sie den kleinen Kerl beschützen wollte.

„Hast du ihn?"

„Ja, ich hab ihn."

Sie nahm ihre Hände behutsam weg und ich schaute auf den winzigen Säugling in meinen Armen. Er war noch zu jung, um seinen Eltern wirklich zu ähneln, abgesehen von den dunklen, lockigen Haaren und der braunen Haut seiner Mutter, obwohl sein Teint etwas heller war als ihrer.

„Wow", flüsterte ich. „Er ist so süß."

„Nicht wahr?" Jeffs Mutter strahlte. „Er wird ein richtiger Frauenheld, wenn er älter ist."

„Oh, daran sollten wir noch nicht denken", sagte Christines Mom. „Aber so wie er vorhin die Krankenschwestern angelächelt hat? Da hast du wahrscheinlich recht."

Ich lachte leise. „Nun, er kommt ganz nach seinem Vater."

Das Baby zappelte ein wenig und öffnete die Augen, und oh mein Gott, das war eindeutig Jeffs Kind. Mir stockte der Atem. Vielleicht bildete ich mir das nur ein, weil ich nach einer Ähnlichkeit suchte, aber ich hätte schwören können, dass diese intensiven blauen Augen zu hundert Prozent Hayden-Gene sein mussten.

„Wie fühlst du dich, mein Schatz?", fragte Christines Mom.

Ich drehte mich um, nicht sicher, mit wem sie redete, aber dann merkte ich, dass Christine langsam aufwachte. Sie bewegte sich ein wenig und zuckte zusammen.

Ihre Mutter stand auf und berührte ihren Arm. „Hast du große Schmerzen?"

Christine stöhnte. „Die haben nicht gescherzt, als sie meinten, eine Geburt würde *wehtun*."

Ich lachte leise. „Dachtest du, sie machen nur Witze?"

Sie öffnete die Augen und drehte den Kopf. „Brad, du hast es geschafft."

„Natürlich." Ich nickte in Richtung ihres Sohnes. „Und übrigens, gut gemacht."

Sie lachte, zuckte aber wieder zusammen. „Ich hoffe, es macht ihm nichts aus, ein Einzelkind zu sein."

Ihre Mutter erstickte ein Lachen. „In einem Jahr wirst du dich nach dem nächsten sehnen."

Christines Augen weiteten sich vor Entsetzen. Sie zeigte auf mich. „Wenn ich das tue, erwarte ich, dass du meine Stimme der Vernunft bist und mich an diesen Moment erinnerst."

„Du willst, dass ich die Stimme der Vernunft bin?" Ich deutete mit dem Ellbogen in Richtung Jeff. „Hast du gesehen, mit wem ich zusammen bin?"

Jeffs Mom schnaubte.

Christine seufzte melodramatisch. „Da hast du recht."

Ich kicherte, aber als ich auf das Baby hinunterblickte, wurde ich ernster. „Ihr habt ihn also wirklich Bradley genannt?"

Christine lächelte mich schläfrig an. „Gefällt dir der Name?"

„Ja, aber ich ... ich habe nicht damit gerechnet."

„Er mag biologisch nicht dein Kind sein, aber du bist genauso ein Teil dieser kleinen Familie wie jeder von uns."

Die ganze Luft wich aus meiner Lunge. Ich hatte keine Ahnung, was ich sagen sollte.

Genau in diesem Moment kam eine Krankenschwester herein. „Oh gut, Sie sind wach." Sie blieb neben Christines Bett stehen. „Sind Sie bereit für einen kleinen Spaziergang?"

Christine starrte sie an. „Sind Sie bereit für einen kleinen IV-Ständer in Ihrem Arsch?"

Die Krankenschwester lachte. „Auf lange Sicht werden Sie uns danken." Sie klappte das Geländer an der Seite des Bettes herunter. „Setzen Sie sich auf. Langsam."

Christine rollte mit den Augen. „Als ob ich eine andere Wahl hätte." Mit Hilfe der Krankenschwester richtete sie sich auf und schnitt dabei eine Grimasse. „Oh, das ist furchtbar."

Die Krankenschwester nickte. „Ich fürchte, es wird eine Weile so bleiben." Sie legte einen Arm um Christine und half ihr langsam auf die Beine. „Aber denken Sie daran, wie viel Druckmittel Sie später gegen den Jungen in der Hand haben, wenn er sich aufspielt."

Christines Mom lachte. „Sie hat recht, Baby. Das erste Mal, wenn er als Teenager frech wird? Erinnerst du ihn an all das hier."

„Oh, das werde ich", knurrte Christine. „Hast du das gehört, Kleiner? Das werde ich mir merken."

Ich schaute auf das schlafende Baby hinunter. „Ich denke, du wirst ihn später daran erinnern müssen."

„Stimmt." Sie hielt inne und schaute uns an. „Kommst du kurz allein mit ihm klar?"

„Natürlich."

Jeffs Mutter berührte ihre Schulter. „Ich glaube, er ist in guten Händen, Schatz."

Sie lächelte. „Das weiß ich. Ich bin bald wieder da. Hoffe ich zumindest."

Mit der Krankenschwester neben sich und ihrer und Jeffs Mom auf den Fersen humpelte Christine aus dem Zimmer.

Und einfach so war ich mit Jeff und dem Baby allein.

Ich ließ mich in einen der Stühle fallen. Er knarrte lauter, als ich erwartet hatte. Ich zuckte zusammen, aber der Schaden war bereits angerichtet.

Jeffs Lider flatterten. Er wischte sich mit einer Hand über das Gesicht und brummte etwas, und als er sich aufsetzte, rieb er sich behutsam den Nacken.

„Morgen, Sonnenschein", sagte ich.

Er blinzelte. „Du bist –" Er schaute auf seine Uhr. „Die Firma ist doch noch nicht geschlossen, oder?"

„Entspann dich, du Workaholic. Tim hat alles unter Kontrolle." Ich hielt seinen Blick fest. „Ich wollte nicht warten."

Er stand auf, hielt inne, um sich zu strecken, bis etwas

in seinem Rücken knackte, und durchquerte das Zimmer, um sich auf den Stuhl neben meinem zu setzen. Er legte seinen Arm um meine Schultern und küsste mich auf die Wange. „Ich bin froh, dass du gekommen bist."

„Dachtest du, ich würde es nicht tun?"

„Natürlich nicht." Er küsste mich wieder, dieses Mal auf die Lippen. „Danke. Dafür, dass du die Stellung gehalten hast. Und dass du gekommen bist."

„Ich habe dir gesagt, dass ich es tun würde", flüsterte ich. „Und das hier", ich hob das Baby leicht an, „würde ich um nichts in der Welt verpassen."

Er lachte leise. „Nun, es hat uns beiden letzte Nacht eine große Last von den Schultern genommen zu wissen, dass du hinter uns stehst."

„Das tue ich immer. Das weißt du doch."

„Ja." Ein weiterer leichter Kuss und dann trafen sich unsere Blicke. Wir schauten uns tief in die Augen, bevor wir beide unsere Aufmerksamkeit auf das Baby lenkten. Die längste Zeit schauten wir beide nur auf das winzige, zerknitterte Gesicht, das in der Beuge meines Ellbogens ruhte.

Während wir dort saßen, schlug mein Herz immer schneller. In letzter Zeit hatte ich aus einem anderen Grund wie auf Nadeln gesessen und im Hinterkopf hörte ich nur eines: *Jetzt. Tu es jetzt.*

Ich lächelte auf das Baby hinunter. „Du bist also der erste Brad Hayden, was?" Ich schluckte. „Ich schätze, du bist mir zuvorgekommen."

Neben mir richtete sich Jeff auf, sagte aber nichts.

Immer noch auf das Baby konzentriert, sagte ich zu Jeff: „Ich habe mir überlegt, dass du die Firma vielleicht doch nicht verkaufen musst."

„Die ... was?"

Ich hob den Kopf und sah ihm in die Augen. „Du hast so hart gearbeitet, um dieses Unternehmen auf die Beine zu stellen. Vielleicht können wir es am Laufen halten. Gemeinsam."

„Wirklich?"

Ich nickte. „Aber ich sollte wohl noch ein bisschen länger für Linda arbeiten." Vorsichtig balancierte ich das Baby auf meinem Arm und griff mit der anderen Hand nach Jeffs. „Damit ich ein letztes Mal meinen Mitarbeiterrabatt nutzen kann."

Jeff verschränkte seine Finger mit meinen. „Dein Mitarbeiterrabatt? Für ...?"

Ich lächelte und hoffte, dass ich ihn richtig gelesen hatte, und flehte ihn im Stillen an, nicht auszuflippen. „Zwei Ringe."

Seine Augen weiteten sich und er hielt meine Hand fester. „Ist das dein Ernst?"

„Ja." Ich schluckte. „Mein völliger Ernst." Ich brachte ein nervöses Lachen zustande und richtete den Blick wieder auf das Baby. „Ich wollte dir irgendeinen verrückten Antrag machen, auf die Knie gehen und so, aber ich ... Jetzt schien es einfach ..."

„Brad ..."

„Ich meine es ernst." Als ich ihm wieder in die Augen schaute, hob ich seine Hand und küsste seine Finger. „Lass uns heiraten." Mein Herz pochte wie wild.

Bitte sag Ja, Jeff. Bitte, bitte sag Ja.

Er feuchtete seine Lippen an. „Wow. Ich ... ähm ..." Dann griff er hinter sich und kramte in seiner Jackentasche herum. „Ich trage das schon eine ganze Weile mit mir herum und warte auf den richtigen Zeitpunkt." Er zog seine Hand wieder hervor und hielt eine sehr, sehr vertraute schwarze Samtschachtel in der Hand. „Ich schätze, du warst schneller als ich."

Mir blieb der Mund offen stehen. Ich hielt das Baby etwas enger an mich gedrückt, nur um sicherzugehen, dass ich es nicht vergaß und losließ. „Du … Wann zum Teufel hast du das besorgt?"

Jeff lachte. „An einem der freien Tage, zu denen du mich gezwungen hast." Mit einem Augenzwinkern fügte er hinzu: „Ich schätze, Linda hat ihr Wort gehalten, es dir nicht zu verraten." Er öffnete den Deckel und enthüllte einen schmalen Goldring. „Ich bin mir ziemlich sicher, dass er die richtige Größe hat."

Ich grinste. „Ich schätze, es gibt wohl nur einen Weg, um sicher zu sein."

„Schätze ich auch."

Ich legte das Baby vorsichtig von meinem linken auf meinen rechten Arm. Sobald ich es wieder sicher hielt, nahm Jeff meine linke Hand in seine beiden.

„Man weiß ja nie?" Er lachte nervös, als er mir den Ring an den Finger steckte. „Er passt."

Ich lachte auch und mein Gott, das kleine goldene Band an meinem Finger raubte mir den Atem. „Ja. Er passt." Ich warf ihm einen verspielten Blick zu. „Ist das der Grund, warum Linda vor ein paar Wochen plötzlich beschlossen hat, meine Finger zum Kalibrieren der Ringgrößenmesser zu benutzen?"

Er klimperte mit den Wimpern. „Schon möglich …"

„Du hinterhältiger Bastard."

„Ich wollte nur sichergehen, dass es eine Überraschung ist."

Ich berührte sein Gesicht und der Ring fing das Licht ein, als sich meine Hand bewegte. „Das war es definitiv."

Das Baby zappelte ein wenig und wir konzentrierten uns beide wieder auf ihn.

„Was denkst du, Kleiner?" Jeff fuhr mit einem Finger über die Wange seines Sohnes. „Hast du Lust, Ringträger zu werden?"

„Ich glaube, er wäre besser geeignet, das Ringträger-Kissen zu sein."

Jeff schmunzelte.

Wir schwiegen beide einen Moment lang und sahen Bradley einfach nur beim Schlafen zu. Draußen auf dem Flur waren Geräusche zu hören – piepende Maschinen, Menschen, die sich unterhielten und umhergingen, Geräte, die über den harten Boden rollten –, aber das schien alles meilenweit entfernt zu sein.

Nach einer Weile fragte Jeff: „Heißt das, ähm, du ziehst wieder ein?"

„Natürlich." Ich beugte mich vor und küsste ihn auf die Wange. „Sobald sich die Situation beruhigt hat, vor allem mit ..." Ich nickte zu Bradley.

„Nein." Jeff führte meine Hand wieder an seine Lippen. „Wenn wir warten, bis sich alles beruhigt hat, wird es nie passieren. Je früher, desto besser." Er lächelte und seine Augen wurden feucht, als er flüsterte: „Ich möchte, dass du nach Hause kommst."

Ich befreite meine Hand und legte meinen Arm um ihn. Vorsichtig, um das Baby nicht zu stören, zog ich Jeff an mich und küsste ihn. „Natürlich werde ich das."

Er schob einen Arm unter meinen, um das Baby zu stützen, legte den anderen um meine Schultern und küsste mich erneut. „Ich liebe dich."

„Ich liebe dich auch."

Die letzten Jahre waren Wahnsinn gewesen. Zeitweise

die Hölle. Ich konnte nicht mehr zählen, wie oft ich überzeugt gewesen war, dass wir es nicht schaffen würden.

Aber nach und nach hatten wir unseren Halt als Paar gefunden, nur wir zwei und mit Christine. Die Zukunft würde nicht einfach sein, aber ich freute mich darauf, anstatt sie zu fürchten. Zu dritt würden wir die Entfernung zwischen Denver und Tucker Springs überbrücken und ihren Sohn – meinen Namensvetter – gemeinsam großziehen. Jeff zu heiraten war letztendlich nur ein weiterer Schritt auf einer Reise, die wir beide genossen, und nicht mehr ein Endziel, das sich immer weiter von uns zu entfernen schien.

Jetzt, da wir so weit gekommen waren, war ich dankbar für alles, was passiert war – das Gute, das Schlechte und das wirklich Hässliche –, denn es hatte uns zu diesem Punkt geführt. Natürlich hatten wir uns manchmal elend gefühlt, aber wir hatten es geschafft und gemeinsam festen Boden erreicht.

Trotz allem oder vielleicht gerade deswegen hatten wir es geschafft.

Wir hatten alle unseren Weg nach Hause gefunden.

Ende

DIE TUCKER-SPRINGS-REIHE

Jeder Roman kann eigenständig gelesen werden.

Wo Nerven enden
Begehre deinen Nächsten
Fall in die Liebe
Unsere komplizierte Liebe

Tucker Springs

Der Ehe-Schachzug

Wenn Die Meere Feuer Fangen

Die Stimme meines Herzens

Auf Anfang

Der Meister wird erscheinen

Die Mauern zwischen Herzen

...und mehr!

http://www.gallagherwitt.com/german.html

ÜBER DIE AUTORIN

L. A. Witt wurde mit ihrem Mann aus Spanien vertrieben und nach Maine geschickt, um dort ihr Domizil aufzuschlagen. Jetzt schreibt sie dort und ist ansonsten abwechselnd damit beschäftigt, den Leuten zu versichern, dass ihr die Kälte in Maine durchaus bewusst ist, sich zu fragen, wo sie sich ihr nächstes Tattoo stechen lassen soll, und einer mürrischen Maine-Coon-Katze gut zuzureden.

Gerüchte besagen, dass ihre Erznemesis, Lauren Gallagher, auch irgendwo in der Wildnis von New England unterwegs ist, weshalb L. A. auch einen Teil ihrer Zeit damit verbringt, eine Spezialeinheit von Hummern auszubilden.

Die Autorinnen Ann Gallagher und Lori A. Witt wurden gebeten, beim Hummer-Training zu helfen, aber sie „müssen Bücher schreiben" und sich „auf unsere Karriere konzentrieren" und „glaubst du nicht, dass unsere Rivalität ein bisschen ausgeartet ist?". Wahrscheinlich helfen sie Lauren einfach dabei, ihrer Armee aus Eichhörnchen beizubringen, auf Elchen in den Kampf zu ziehen.

Website: www.gallagherwitt.com

E-Mail: gallagherwitt@gmail.com

Twitter: @GallagherWitt